NO TODO SE VENDE

NO TODO SE VENDE

Patricia Gómez Martín

Impreso en España. Printed in Spain
Título original: No todo se vende

Calle Faisán, 28. Colmenarejo 28270. Madrid

Primera edición: Abril 2016
ISBN: 978-84-945469-0-7
Colección BLACK CAT para Librando Mundos

Depósito legal: M-11957-2016
Impresión: Amazon Create Spaces
Diseño y maquetación: agencia autores
Diseño de portada: Lola mucho arte

«NO TE PREOCUPES POR LAS PERSONAS DE TU PASADO, HAY UNA RAZÓN POR LA QUE NO LLEGARON A TU FUTURO.»

Paulo Coelho

«EL MAL NUNCA QUEDA SIN CASTIGO, PERO A VECES EL CASTIGO ES SECRETO.»

Agatha Christie

DOMINGO 5 DE AGOSTO

CAPÍTULO 1

Cansancio. Me dominaba todo el cuerpo. Sentía pesadez en los parpados. Si no hubiese sido porque tenía la boca muy seca, porque estaba sudando y dolor en el cuello, debido a la mala postura que tenía en el sofá, podría haber seguido durmiendo tranquilamente.

Abrí los ojos mientras bostezaba a la vez que estiraba mi cuerpo. Un leve crujido de espaldas hizo que me encontrara un poco menos rígida. Miré a mí alrededor. Mi piso parecía una autentica leonera, nunca lo había visto tan desordenado. En un rincón abandonado estaba mi feo vestido de novia. Un noviazgo fugaz que terminó en un abandono en el altar. ¡Y menos mal que me marché!, ya que resultó que con el hombre con el que me iba a casar era un traficante de órganos, conducta provocada por un trauma de su infancia y que tras estar engañada en un mundo de fantasía y amor durante unos meses terminé secuestrada y mi vida corriendo un gran peligro.

Pero como dicen en mi tierra: «no hay mal que por bien no venga». En esos meses conseguí reforzar una gran amistad con Soledad, la camarera y propietaria de un cafetería preciosa, que me quiso prevenir, y no le hice caso, sobre la mala espina que le daba el que iba a ser mi prometido, Pedro, el mismo que terminó con una bala disparada por la policía atravesándole la cabeza.

Un ronquido me hizo girar la cabeza; sonreí con ternura. Marcos dormía a mi lado. Le debía mucho a ese hombre. Era mi amigo y mi confidente. Me había cuidado hasta el extremo de haberse convertido en mi escudo frente a un Pedro armado y fuera de sí. Marcos había terminado con su cara excesivamente amoratada y un ojo hinchado, el cual debía de dolerle bastante, además de un sinfín de golpes en todo el cuerpo. Él me transmitía paz, tranquilidad y seguridad. Habíamos tenido una *affaire* muy placentero la noche antes de mi no-boda. Esa noche me confesó que se estaba enamorando de mí y yo le di calabazas. Aún así, allí estaba, durmiendo a pierna suelta en mi sofá, para no dejarme sola después de una situación extrema.

Me levanté en busca de un vaso de agua vi que mi ramo de novia continuaba donde lo había dejado la noche anterior. Lo encontré en la puerta de la casa al volver después de todo lo ocurrido con una nota acusadora «Esto no va a quedar así», y lo tiré directamente al cubo de la basura. Y sí, sí iba a quedar así, o al menos eso era lo que yo esperaba. Una vez muerto, ¿qué me podía hacer?

El olor a flores inundaba la cocina. Había escogido rosas negras para el ramo. Dicen que ese color significa separación, tristeza, muerte nocturnidad, pero yo las elegí simplemente porque me gustaban. No quería ser tradicional y mucho menos premonitoria.

—¿Desayunamos? —me dijo Marcos de lejos.

—Más bien almorzamos: son las tres del mediodía.

—Quiero café, por muy tarde que sea, un plato de patatas fritas con huevos ahora mismo no me apetece —bromeó entrando en la habitación.

—Marchando.

Mientras preparaba la cafetera, Marcos se quedó mirando seriamente el cubo con el ramillete; lo sacó y me miró fijamente con sus ojos enrojecidos

—No sé por qué lo has tirado. —Lo cogió—. Dame una bolsa, se lo llevaré a mi amigo Ricardo Guzmán. Él es el policía que va a terminar de resolver el caso. Creo que es necesario que conozca el regalito que te han hecho.

—Creo que estás exagerando. Me lo dejó en la puerta quizás antes de morir —le dije mientras le daba lo que me pedía.

—Dime tus pasos de ayer desde que saliste de la iglesia —insistió con preocupación.

—Está bien, pero antes déjame preparar el *almueryuno*: el desayuno del medio día —me reí—. Necesito estar alimentada para poder pensar. ¿Quieres cereales, tostadas o galletas?

—Galletas.

Y con la mayor rapidez posible comencé a prepararlo todo. Con unas tazas humeantes, a pesar de las altas temperaturas, nos sentamos en la mesa del comedor.

—Empieza —me exigió.

—Vale. —Me metí una deliciosa *Tostarica* con urgencia en la boca y empecé a masticar—. A ver, por el principio. Salí dispara de la iglesia y fui caminando vestida de novia hasta la cafetería de Sole. —Le di un sorbo a mi café, pensativa—. Me extrañó enormemente que estuviera cerrada, ya que no la había visto entre los invitados a la boda. A ti tampoco te vi, pero bueno, ahora lo entiendo, te tenían retenido contra tu voluntad —de nuevo otro mordisco— y me vine para el piso, para cambiarme de ropa. Me dio un ataque de ansiedad en el rellano cuando vi que no tenía llaves. —Marcos asintió—. Por suerte me encontré con la cascarrabias de Remedios, la vecina de aquí al lado, que a pesar de no aguantarnos mutuamente, me ayudó. Me quité el vestido en su casa, me puse una bata de flores de ella y salté de su balcón a mi balcón.

Marcos escupió su café. Se atragantó mientras bebía.

—¿Qué saltaste por el balcón? —Asentí—. Definitivamente estás loca.

—¿A parte de mancharme toda la mesa con tu baño de café, me insultas? —bromeé mientras secaba con una servilleta lo que se había derramado.

—Venga, anda, sigue; es importante

—Pues no me interrumpas, y no bebas más mientras hablo. —Reí—. Como iba diciendo, salté y entré por la ventana; me cambié de ropa me puse esta misma que llevo. Por cierto, necesito una ducha. —Me olí la camiseta con cara de asco—. Encendí mi móvil. Recibí un mensaje diciendo que tú me habías llamado diecisiete veces, Sole seis y Pedro cinco, minutos antes, una vez. Le mandé un mensaje a mi familia y llamé a Soledad de nuevo. No me contestó, así que le dejé un mensaje en el contestador diciéndole que no me había casado que me llamara. Salí a la calle, me encontré con los dos matones, tras forcejear con ellos, aparecí donde tú estabas.

—Es decir, que este ramo de flores no estaba ni cuando llegaste ni cuando te fuiste.

—Pues ahora que lo dices, no, no estaba.

—Lo que quiere decir, que lo pusieron ahí después de ser retenida. Así que, definitivamente, no pudo ser Pedro.

—Me estas acojonando. ¿En qué te basas para decir eso?

—A mí me quedó muy claro que Pedro nos iba a matar. Así que, tú no deberías de volver a tu piso y verlo. No pudo ser él.

—Y sus sombras estaban allí y fueron detenidas, así que tampoco.

—¿Entonces? —Estaba demasiado pensativo, mirando al infinito—. Debemos de hablar con la policía, contarle todos estos detalles —comenzó a recoger la mesa—. Por cierto, ¿no decías que te vas a dar una ducha? A mí me hace falta otra.

—Sí yo primero, por favor, lo necesito.

Marcos tenía una expresión rara en la cara, no podía decir ni que fuera enfado, ni decepción, ni nada. A lo mejor me estaba proponiendo una ducha, juntos, y me estaba dando cuenta tarde. Me tensé un momento; tenía que aclarar las ideas. Por supuesto que Marcos me atraía incluso estando sucio y malherido. Pero estaba reacia a perder un muy buen amigo por polvos esporádicos.

—Pues venga, no te entretengas que cuando salgas tú entro yo. ¿Mientras tanto me podrías dejar tu teléfono para llamar a comisaría? —Rocé con las puntas de mis dedos su palma de la mano mientras se lo daba—. Necesito un móvil nuevo y, por lo que veo, tú también. —Me sonrió.

Sin pensarlo, me metí en la ducha. El agua caliente me sentó genial. Me enjaboné el pelo varias veces, muy a mi pesar, comprobé que el simple roce de la esponja me molestaba. No tardé mucho. Para sorpresa de Marcos, salí del baño liada en una toalla y con el pelo mojado.

—Todo tuyo; no tardo en vestirme.

—He llamado a comisaría: allí no están ni Ricardo ni Pablo Rosales. Están en el cementerio. Ya han subido el cuerpo de Noelia. La enterraran a las siete. Al parecer, al ser la mujer del policía, la autopsia y toda la documentación han sido preparadas a la velocidad de la luz. Yo voy a ir. ¿Te quieres venir? —Estaba compungido.

—Por supuesto.

Nos sonreímos con un poco de timidez. Me metí en mi habitación y cerré la puerta. Abrí el armario y saqué un vestido de tirantes de color negro con un poco de vuelo y unas sandalias cómodas. Mientras me vestía escuché a Marcos tatarear en la ducha.

Al peinarme frente espejo, un brillo llamó mi atención. El anillo de compromiso que Pedro me había regalado en Roma seguía puesto en mi dedo anular izquierdo. Me lo quité y lo guardé en un joyero que tenía escondido debajo de la cama. Era el momento de olvidar. Era el momento de comenzar una nueva etapa en mi vida.

CAPÍTULO 2

Eran las seis de la tarde cuando Marcos y yo llegábamos al cementerio San José de Granada en su *Ford Focus* color blanco. El cielo estaba limpio de nubes; el sol quemaba toda la ciudad. Nos costó dar un par de vueltas para conseguir un aparcamiento. La necrópolis está situada en la Dehesa del Generalife y forma parte del paisaje de la Alhambra. Hay una leyenda que cuenta que surgió a raíz del Cementerio de las Barreras, ya que por 1805 asoló la ciudad un brote de fiebre amarilla. Pero independientemente de su historia, las vistas desde allí son increíbles: Sierra Nevada, Granada y toda su Vega te rodean.

Al entrar fuimos directos a la iglesia. La misa acababa de empezar. Nos sentamos en la última fila. Cuando terminó fuimos al interior del cementerio siguiendo la fila de personas que iban detrás del coche fúnebre. La gran mayoría vestidos con el traje oficial de la policía. Me fijé en algunos uniformes de los que había a mí alrededor, muchos de ellos llevaban colgados insignias y condecoraciones.

En nuestro recorrido paseamos por los jardines. A pesar de estar completamente rodeada de tumbas me encantaba observarlas y ver con detalle la majestuosidad de sus piedras talladas. Hacía un año aproximadamente había asistido a una ruta turística de las que organizan con frecuencia. Aquella tarde recordé todas las explicaciones que daba el guía, así como algunos de nombre de la gente relevante de la ciudad que estaba enterrada allí y los detalles que las grandes esculturas funerarias que protegen sus cuerpos.

Llegamos al final de nuestro trayecto. Vi tristeza en la cara de Marcos cuando él miró a su amigo Ricardo parado delante del hueco frío y oscuro que iba a ser la vivienda eterna de su esposa. Junto a él se encontraba su inseparable Pablo Rosales. Dos compañeros de trabajo, dos amigos que eran casi dos hermanos, enamorados de la misma mujer, uno de ellos en secreto, llorando abrazados viendo cómo el ataúd de Noelia entraba en su nicho.

Terminó todo el ritual. La gente comenzó a despedirse y a dispersarse. Marcos se acercó a Ricardo y lo abrazó mientras el hombre lloraba desconsoladamente.

—Tranquilo —le dijo—. Cuenta conmigo para lo que necesites.

—¿Y ahora qué voy a hacer yo?

—Seguir luchando, tenemos muchas cosas que resolver aún.

El hombre respiraba con dificultad. Comenzamos a caminar en dirección a la salida. Me retrasé e iba unos metros por detrás de ellos. Quería darle la intimidad que se merecían. En nuestro camino de vuelta volví a fijarme en todos los detalles de las esculturas funerarias. Acompañada por los cipreses, vi, clavado en una cruz de mármol blanco, a un Cristo de tamaño humano real. En otro extremo, una columna rodeada por una gruesa cadena de hierro en la que colgaban cuatro calaveras; grandes cruces descansaban sobre gruesas losas de piedra a mí alrededor. Comencé a caminar lentamente, sin darme cuenta, ensimismada en mis observaciones. Dejé de escuchar cómo Marcos intentaba torpemente animar a Ricardo Guzmán. Me llevaban bastante ventaja. Un silbido detrás de mi hizo que me girase. De repente algo me llamó la atención.

Una pequeña caja de color roja, y una rosa negra, estaban situados encima de una tumba. Tallada en mármol blanco, se veía a una dulce doncella muerta que descansa tendida sobre un manto de jazmines de piedra. Extrañada, me acerqué un poco más a mi descubrimiento. Me fijé en la fecha que había inscrita: 1881. Fijándome en los rasgos de la estatua, parecía que la mujer estaba más dormida que muerta. Seguía siendo reacia a coger la caja, así que miré de un lado para otro. No había nadie a mí alrededor. Busqué con la mirada a Marcos; estaba lejos, no se había dado cuenta que me había quedado tan retrasada.

Alguien me había llamado, pero no veía a nadie. Un silencio absoluto me envolvía. Esa caja de color roja era para mí. Estaba segura. La rosa negra lo confirmaba. Muy despacio, acerqué mi mano a la cajita. No la cogí, solo quería destaparla para ver su interior. Mis dedos temblaban. La tapa cedió con facilidad. Una nota impresa decía: «LA NOVIA MUERTA DEBERÍAS DE SER TÚ». Aguanté la respiración mientras notaba cómo los latidos de mi corazón se aceleraban. Debajo del folio había algo que estaba manchándolo en tonos oscuros.

En un último ataque de valentía lo levanté por una esquina. Un chillido ensordecedor salió de mi cuerpo. De los árboles comenzaron a salir cientos de pájaros buscando un nuevo refugio. No podía creerlo. Allí estaba. Me estaba mirando. Dentro estaba uno de los ojos de Pedro. Era de él, seguro. Su color característico, un gris aceitunado, que durante meses atrás me había fascinado, ahora me estaba atormentando.

Sin darme cuenta Marcos llegó a mi lado, seguido por Pablo y Ricardo. No me preguntó que me pasaba. Tenía mi vista fija en lo que me había encontrado. Se acercó lentamente; lo entendió todo. Cuando me miró fijamente, estaba pálido. Me abrazó.

—No te preocupes, estoy contigo —me susurró.

Vi cómo Ricardo y Marcos estudiaban la caja roja sin tocarla. Guzmán puso en alerta a todos los policías que había allí: había que bloquear las entradas y salidas del cementerio. Exigió a sus compañeros todos los datos personales de todas las personas que estaban allí. Le daba igual que estuvieran de visita, de paseo, de ruta turística o trabajando. Por último, cogió su teléfono móvil y llamó a comisaría. Con cara de preocupación se acercó a mí y me dijo:

—¿Cómo has encontrado esta caja?

—Alguien me silbó detrás de mí, y al girarme la vi —contesté cada vez más aterrada

—¿Viste a quien llamo tú atención?

—No.

—¿Sabes a quien pertenece? —me preguntó Pablo Rosales.

—Ese ojo es de Pedro —susurré.

—¿Estás segura? —insistió.

—Completamente segura. —Me abracé a Marcos. Quería hundirme en él. Quería desaparecer.

—Vera, no te preocupes. Lo atraparemos —me dijo Ricardo Guzmán—; sea quien sea no se va a escapar. —Su voz reflejaba rabia contenida. Se acercó a Marcos y suavemente intentando que yo no lo oyera le dijo al oído—: Ve con Vera a su casa; recoge toda su ropa y llévatela contigo. No la dejes sola ni un minuto. Os pondré una patrulla de vigilancia las veinticuatro horas del día hasta que cojamos al responsable.

Escuché cada una de sus palabras de alerta mientras que el latido de mi corazón martilleaba mis sienes.

—Ricardo —dije preocupada—, cuando llegué a mi casa esta madrugada, después de todo lo ocurrido ayer, me encontré mi ramo de novia en mi felpudo con una nota que decía que esto no había quedado así.

El gesto del policía cambió por completo. Yo no había querido darle la razón a Marcos esa misma mañana, pensando que se estaba preocupando en exceso. Pero ahora, tenía que reconocer que no iba a poder dormir tranquila.

—¿Dónde tienes las flores? —me preguntó Guzmán

—Están en el maletero de mi coche, dentro de una bolsa de plástico —contestó Marcos, mientras me miraba fijamente a la cara con su gesto de «te lo dije».

—Perfecto. Pues ese ramo y esta caja, van directas al laboratorio. Hay que analizarlos, ver si tienen huellas, pelos, partículas, o cualquier detalle que nos pueda dar la información que necesitamos. —Dio un largo suspiro—. Venga, Marcos, llévate a Vera contigo. Nosotros nos quedamos a recoger todo esto. Pablo Rosales os acompañará hasta el coche para que le des la bolsa con el ramo. Procurar no tocarlo. Pablo —se giró hacia él—, antes de que se marchen, tómale las huellas a Vera, para que cuando hagamos el análisis las descartemos, ya que es la única que ha tocado la caja.

Con un temblor excesivo en las piernas, fui arrastrada hasta el aparcamiento. Confirmado, mi vida había cambiado para siempre. Mi objetivo: Seguir con vida.

CAPÍTULO 3

Ricardo Guzmán había decidido quitar a Vera y Marcos de la escena, no sin antes ponerle una patrulla de vigilancia. Si sus sospechas eran ciertas, estaban en peligro. Por ese motivo, tras el encuentro de la caja roja, había hecho la llamada a comisaría. Necesitaba una respuesta para poder dar comienzo al puzle de piezas escondidas frente al que se encontraba. Escuchó sonar su teléfono en su bolsillo. Contestó sin mirar quién era; esperaba una respuesta que le daría solución a esa pregunta que le rondaba por la cabeza.

—Dime.

Al otro lado del teléfono le hablaban desde el depósito de cadáveres del hospital clínico, donde estaba el cuerpo de Pedro.

—Hola, Ricardo, me han pedido desde tu comisaría que te llame. ¿Qué ocurre?

—Hola. Gracias por la rapidez en llamarme —le saludó sincero—. Tengo un problema. Me acabo de encontrar con un supuesto ojo de un cuerpo que tienes que tener aún en el depósito. Se llama Pedro Montijano. Te lo llevaron ayer por la noche. Es el tipo al que le pegamos ayer un tiro tras el secuestro.

—Sí, sé de quién me hablas. Espera. —Se escuchó como soltaba el teléfono en una mesa para ir a comprobar al congelador físicamente si podían ser ciertas sus sospechas. Pasaron unos eternos segundos. Ricardo notó como el hombre le respondía con la respiración muy agitada—. ¡Madre mía! Estás en lo cierto: alguien ha manipulado el cuerpo Ricardo, pero es peor de lo que me cuentas. —Respiró hondo—. A este hombre, a falta de seguir revisándolo, le faltan los dos ojos.

—Quiero imágenes de todas las cámaras de seguridad —ordenó Guzmán en un impulso, intentando ordenar sus ideas, mientras notaba cómo un nudo le iba cerrando el estómago.

—Lo lamento, pero en esta zona no hay esa seguridad.

—¡Maldita sea!

—Recuérdalo, amigo —dijo en tono conciliador—, por desgracia, tenemos superávit de cuerpos. Cuesta demasiado mantenerlos en el congelador, y eso es lo que no hay. Sin espacio y sin dinero, nadie quiere tener tantos cuerpos bajo su custodia. Aquí no es como en cualquiera de los otros dos depósitos. Desde aquí el traslado se prevé inminente, por lo que no hay tanta seguridad.

—Lo sé, lo sé. Lo siento, he sido demasiado impulsivo. Aún así, necesito un favor urgente: es importante saber si falta algún órgano más, ya sea a ese hombre o a cualquiera de los que tengas ahí ahora mismo.

—Está bien —dijo tras un largo suspiro—. Me llevará unas horas comprobarlos uno a uno. Me pongo manos a la obra. Te llamaré en cuanto termine.

—No hay problema. Espero respuesta sea la hora que sea.

Sin esperar ninguna despedida, Ricardo colgó el teléfono. Guzmán era uno de esos hombres que se ganaba la confianza de los demás a base de mostrarse siempre amable y respetuoso. Aún así, debido a su profesión, no terminaba de confiar en todas las personas que le rodeaban. Durante años había sido el jefe de una comisaría relativamente tranquila, robos, atraco a mano armada, alguna que otra violación, era lo máximo a lo que se tenía que haber enfrentado. Pero ahora, con este caso, a pesar de estar más que preparado para solucionarlo, se sentía superado. Había sufrido la muerte de su esposa y veía cómo el peligro seguía acechando. Se sentía confundido, enfadado, irritado y tremendamente desesperado. Creía que, con la muerte de Pedro, el caso se cerraría con cierta facilidad, a falta de ultimar el papeleo. Pero el hecho de encontrar un órgano y averiguar que no iba a ser el único, hacía que se rompieran todos sus esquemas. Hacía años que no se enfrentaba a un perfil psicológico de este calibre. Y él, sentimentalmente hablando, no se encontraba en su mejor momento para tener la mente completamente limpia y concentrada en este nuevo revés.

Aún así, agradeció ir en un vehículo profesional en lugar de en su coche personal. De no ser así, él mismo no podría recoger la muestra para llevarla al laboratorio, y no le habrían podido tomar las huellas dactilares a Vera. Se puso los guantes y, tras fotografiar toda la zona del encuentro, se giró a su alrededor y decidió hacer múltiples fotografías para, con posterioridad, ver con tranquilidad su entorno. Miró alrededor de la tumba, buscando huellas en la tierra, algún pañuelo de papel o algo que le pudiera dar alguna pista. Pero no había nada.

Con mucho cuidado metió la caja roja dentro de una bolsa de plástico. Al moverla le llegó el olor nauseabundo de la muerte y su descomposición. Le dieron ganas de vomitar, pero se contuvo. Por suerte llevaba demasiadas horas sin comer.

Cogió de nuevo su móvil; buscó en su agenda y le dio a la tecla de llamada.

—¿Un domingo a las nueve de la noche? —No había ni un «hola», ni un «buenas noches». A pesar del interrogatorio, los dos hombres sabían que era un saludo cordial.

—Sí. Lo lamento Jaime, pero es importante. ¿Podemos vernos?

—¿En media hora en la puerta de Genyo?

—Allí estaré.

Colgaron sin despedirse. Jaime López, de piel blanca, ojos negros y pelo moreno con entradas, era profesor de Medicina Legal y Forense de la Universidad de Granada y colaborador del FBI. A pesar de la crudeza de su profesión, y que algunas de las imágenes que sus ojos veían, podían helar la sangre y ser causantes de autenticas pesadillas, era una persona de muy buen corazón. Él era el promotor de un proyecto diseñado para evitar el tráfico de menores en el mundo.

Todo comenzó en uno de sus viajes al extranjero, cuando veía en un país del sur de América como muchos menores andaban mendigando un poco de comida. Según los agentes de policía que le acompañaban en ese momento, ellos no podían hacer nada porque no conocían quienes eran sus padres. Y él quiso dar solución a ese problema. Para ello creó dos bases de datos, una con el ADN de los niños de los que nadie conocía su origen y otra con el de los padres que habían denunciado la desaparición de sus hijos. Con este sistema consiguió, entrelazando datos, encontrar la relación entre los niños perdidos y sus familiares que lo buscaban.

Ricardo se acercó a Pablo Rosales, quien estaba tomando nota de todas las personas que había en aquel momento. Estaban pidiendo a todo el personal que se identificase, corroborando la información con sus respectivos DNI. Había solicitado una lista de todos los asistentes a la ruta turística de ese día. Y estaba interrogando, junto con el resto de los compañeros a todo el mundo, para ver si alguien había visto a algún extraño. En cierto modo, estaba buscando una aguja en un pajal.

Las respuestas de todo el personal habían sido evasivas y negativas. Nadie había visto nada. Para ellos, aquella tarde, era lo mismo de rutinaria que cualquier domingo.

Al verlo acercarse, Pablo se separó un poco del resto del grupo, poniéndose justo enfrente de Ricardo Guzmán, dándole la bolsa que contenía el ramo de novia que Vera se había encontrado en la puerta de su casa. Solo con la mirada de su amigo supo que no traía noticias buenas. Como bien dice el refrán «a buen entendedor, pocas palabras bastan». Y eso lo habían conseguido los dos hombres, a fuerza de estar muchas horas juntos.

—Me voy al edificio Genyo a que vean los regalitos —dijo irónicamente.

—Perfecto. Mantenme informado —contestó Rosales girándose sobre sí mismo, para continuar con su cometido.

El edificio Genyo está situado en el Parque Tecnológico de Ciencias de la Salud, en Granada. Es un mastodonte de seis mil metros cuadrados con fachada de color gris, integrado por el centro de investigación del CSIC, en el que trabajan hasta dos cientos investigadores, repartidos en veintidós laboratorios.

A pesar de que conocía bien el edificio, a Ricardo siempre le impresionaba los espacios abiertos con los que se había construido. Cuando llegó, Jaime ya lo esperaba en la puerta. Se dieron la mano, y cruzaron una mirada de preocupación. Pasaron directamente al laboratorio portando en la bolsa la muestra que había que analizar.

Jaime López sabía perfectamente que si Ricardo Guzmán había ido directamente en persona a llevarle una muestra, un domingo por la noche, era porque tenía entre manos algo que se salía de lo rutinario.

Le dio al interruptor y unas luces fluorescentes les hicieron que entornaran un poco los ojos. Se puso una bata blanca y unos guantes de látex mientras se preparaba mentalmente sospechando lo que se podía encontrar en las muestras que le llevaba su amigo. Se sentó delante de un mostrador, ataviado con sus gafas, y le sonrió:

—Realmente no sé si me da alegría verte por aquí.

—Nunca debe de darte. —A Ricardo se le alzaron levemente las comisuras de los labios—. Estoy trabajando en una historia muy larga y demasiado cercana. Ayer atrapamos a un desgraciado, bueno, más bien terminó con un tiro en la frente. Y hoy, la que iba a ser su esposa, se ha encontrado un ojo de este hombre junto con una nota, y una rosa negra, similar a la que llevaba en su ramo de novia.

—Espera, espera, despacio. ¿Iba a ser su esposa? ¿Ramo de novia?

—Sí, es una historia muy larga, como te decía. —Le alargó las dos bolsas que llevaba, una con el ramo y otra con la caja roja. —Ella lo dejó plantado en el altar y se marchó; él la secuestró y terminó muerto. Y alguien le ha dejado estos recordatorios.

—¿Cómo estáis seguros de que este ojo es de ese hombre? —preguntó aún confundido

—Porque la muchacha lo reconoció. Ya sabes que yo no me baso en eso, así que llamé al Hospital Clínico; hablé con el depósito y me confirmó que ha ese cadáver, no le faltaba un ojo si no los dos. —Dio un largo suspiro, mientras Jaime negaba con la cabeza—. Le he dado orden, hace una media hora, justo antes de llamarte, de que revisaran todos los cuerpos para comprobar que no hay nada más fuera de su sitio.

Con mucho cuidado Jaime se puso un poco de *Vivaporú* justo debajo de la nariz, dejándole un brillo pegajoso. Abrió la bolsa sacando la caja roja. Leyó la nota y la retiró poniéndola justo al lado.

—Aquí solo hay un ojo. ¿Dónde está el otro que dices que falta? —preguntó mientras arrugaba la frente.

—No lo sé, aún no ha aparecido —dijo mientras se masajeaba las sienes con las dos manos. Un leve calambre le amenazaba con provocarle un gran dolor de cabeza

—Pues si tiene que aparecer, no creo que tarde mucho en hacerlo. —Ricardo lo interrogó con la mirada. No sabía a qué se debía esa afirmación—. Si no me equivoco y, con la poca información que me has contado, quien haya dejado este órgano a la mujer es porque está detrás de ella. Solo deja uno de los dos que debe de tener en su poder, por lo que querrá dar otro aviso. Te preguntarás en que me baso para afirmar esto ¿verdad? —Ricardo asintió, sin atreverse a hablar—. Para que lo sepas, el ojo es el órgano más difícil de mantener. A las seis horas se seca; pasado ese tiempo ya no se puede hacer nada. Hay que estar hidratándolo inyectándole suero. Aguanta cuarenta y ocho horas como mucho en temperatura húmeda para que no pierda propiedades. Por esto, mis sospechas me llevan a dos conclusiones: una, que si estoy en lo cierto, ya mismo tendrás el otro ojo en tu poder; y dos, que la persona a la que buscas tiene conocimientos de medicina o carnicería.

A Ricardo comenzó a sonarle el móvil. Contestó sin mirar quien le llamaba.

—Dime.

—Hola, Ricardo, te llamo del depósito. —Al hombre le temblaba la voz al otro lado—. Me habías pedido una información que ya tengo hecho. Todos los cadáveres están intactos, excepto el de Pedro Montijano. Hasta ahora sabíamos que le faltaban los dos ojos, pero tras revisarlo, he comprobado que también le falta la lengua. El resto del cuerpo está completo.

—Que nadie se mueva del hospital. Voy para allá.

—Está bien, aquí te espero.

De nuevo volvió a colgar sin despedirse. Se giró a mirar a Jaime.

—Ricardo, estás pálido. ¿Qué ocurre? —Su tono de voz mostraba bastante preocupación

—Al cuerpo de este hombre también le falta la lengua.

—Lo que significa que vamos confirmando mi teoría —dijo mirando al techo, intentando aliviar sus hombros de la tensión.

—Me marcho. Voy al hospital. Llama a Pablo Rosales y dile que te haga llegar las huellas dactilares de la muchacha. Ella cogió la caja así que tienes que descartarlas en nuestra búsqueda.

—Estamos en contacto —dijo Jaime mientras asentía.

Sin más despedidas, y con el corazón dándole un vuelco, Ricardo se marchó. Cuando se sentó en su coche, escuchó su móvil sonar. Era un mensaje de *WhatsApp* que decía: «*Segundo ojo encontrado por los muchachos*».

CAPÍTULO 4

Abrazada a Marcos, bloqueada por la tensión y el pánico, salí del cementerio. Parecía un monigote guiada, sin hablar, sin moverme por decisión propia. Me senté en el interior del coche. Marcos me miró a los ojos seriamente mientras me ayudaba a abrocharme el cinturón de seguridad. No cruzamos palabras, no hacía falta. Cerró mi puerta, bordeó el vehículo, se sentó con urgencia en el lado del conductor. Al arrancar escuché de fondo la música pegadiza de *Cadena 100*. Comenzamos nuestro camino a mi casa a coger mis pertenencias. Debía desaparecer, o por lo menos eso me habían recomendado. Me quedé mirando por la ventana sin fijarme en las vistas tan bonitas de la ciudad que me acompañaban. Por el espejo retrovisor comprobé como un coche de policía nos estaba siguiendo.

Llegamos a mi portal, con manos torpes y temblorosas busqué las llaves en mi bolso. Se las di a Marcos, quien ya comenzaba a subir por las escaleras.

En menos de medio minuto ya estábamos en el primer piso. En mi puerta, en el felpudo, había otra caja roja, igual a la que me había encontrado en el cementerio, esta vez también acompañada de una rosa de color negro.

Busqué a Marcos con la mirada, pero no lo encontraba. Las lágrimas hacían que se me nublara la vista. Comencé a temblar.

—Tranquila, Vera. —Me agarró de las manos—. Recuerda que venimos acompañados de la policía. Ellos se encargarán. Ahora vamos a entrar a coger tus cosas. No nos entretendremos ¿vale?

Asentí. Entre con rapidez saltando la caja roja. Con mi sistema nervioso amenazando con explotar, cogí la maleta del altillo. La abrí en la cama, sin cuidado ninguno. Comencé a llenarla con los montones de ropa que iba cogiendo sin mirar. No sabía que necesitaba, pero quería vaciar mi armario y meterlo todo en la minúscula maleta para no volver más.

Salí cargada con todo lo que pude. Llené hasta mi bolso con ropa interior, cepillo de dientes, peines, colonia. Cuando llegué a la entrada la puerta estaba a medio abrir. Escuché cómo Marcos estaba hablando con el policía.

—¿Qué hacemos ahora? —preguntó.

—Ya he llamado a comisaría; mis compañeros me han dicho ahora mismo que están aparcando abajo. Ellos se encargarán de recoger la muestra y llamar a Ricardo Guzmán. Nosotros nos vamos a tu casa.

—¿Qué decía esta vez la nota? —Tuvo que toser para que el policía lo oyese. No le salía la voz del cuerpo.

—¿De verdad lo quieres saber? —Se me encogió el corazón. Fueron unos segundos de silencio aterradores—. Dice: «Os estamos vigilando».

Abrí la puerta con rapidez. Los dos hombres se sorprendieron de mi reacción. No sabían que estaba escuchando:

—Repite lo que has dicho —exigí al policía.

—Ha dicho que nos vamos —me cortó Marcos. Dudé, mirando al policía—. ¿Nos podemos ir ya? —dijo con urgencia. Como si le molestara estar allí, como si realmente necesitara que saliéramos corriendo.

Me quitó la maleta y comenzó a bajar. Lo seguí. Nos cruzamos en las escaleras con dos policías que iban uniformados y llevaban guantes blancos y un maletín. Un escalofrío me recorrió la espalda. Sin mediar palabra, nos volvimos a montar en el coche dirección a casa de Marcos.

Vivía en Armilla, demasiado cerca de la casa de Pedro, diría yo. Cuando llegué, para mí fue una autentica sorpresa: las dos viviendas estaban separadas por una larga calle con forma de letra C muy abierta, pero como lo que había justo delante es la base aérea, aunque estuviese vallada, al estar descampada, desde el balcón de Marcos podía ver a unos dos kilómetros la urbanización de Pedro. Ironías de la vida. Los dos hombres con los que me había cruzado, tan cerca y a la vez tan lejos. Definitivamente me había equivocado con mi elección.

Ante aquel pensamiento me acordé de mi amiga Soledad: debía de haberle hecho caso. Ella me había advertido; Pedro no era de fiar. Pero jamás me hubiese esperado este giro en mi vida. Esto ya se pasaba de castaño a oscuro. Me puse una nota mental: «Llamar a Sole».

Estaba centrada en mis pensamientos mirando por la ventana, cuando escuche a Marcos decir:

—Bienvenida a casa.

Me giré y le sonreí con vergüenza.

—Gracias. No sé por cuánto tiempo voy a ser tu ocupa —Marcos se carcajeó.

—El tiempo que necesites. —Me deslumbró con todos sus dientes relucientes bien alineados y su cara llena de moratones—. Vamos, te enseño el apartamento. No tardaremos mucho; es más bien pequeño.

Viéndolo moverse por su casa, Marcos parecía más juvenil y despreocupado, o esa era la fachada que me quería ofrecer aunque en el fondo lo notaba nervioso. Aún no me creía que ese hombre, tan solo dos años mayor que yo, se hubiese jugado la vida por defenderme. Sin duda, Marcos lo había tenido todo fácil; un padre que le paga sus estudios en el extranjero, le regala piso en propiedad, pequeño, sí, pero sin hipoteca. Y le entrega el liderazgo de una cadena de pubs y discotecas que funcionan a la perfección. Como dicen en Granada «Es un tío con la vida resuelta». Aún así me sorprendía su humildad: me imaginé que tendría una gran vivienda, con lujos en exceso cuando supe que era propietario de todos aquellos locales de moda que todo el mundo frecuentaba y que deberían de dar grandes beneficios

Vivía en un pequeño apartamento muy luminoso, con salón con cocina americana, un baño, una gran terraza y un solo dormitorio. Decorado en tonos blancos, negros y grises y demasiado minimalista. Se podría decir que la gran televisión junto con el sofá era lo que más destacaba en la vivienda.

—Como habrás podido observar —Marcos carraspeó—, solo tengo una habitación con una cama de matrimonio. Es que no tengo muchos invitados que digamos.

—No me puedo creer que no hayas traído a nadie aquí —dije intentando ser divertida. Miró al suelo, dudando de qué contestarme. Una risa juguetona le iluminó la cara.

—He dicho que no tengo invitados, no que no venga nadie. Normalmente a las chicas que vienen no les importa dormir conmigo.

—Pues esta vez tenemos un serio problema, amigo —me reí.

—Dormiré en el salón —dijo rápidamente—. Mi sofá es muy cómodo.

—¿Qué tal si comemos algo y luego lo solucionamos? —No tenía hambre; era más bien algo metódico

A pesar de todo lo que habíamos vivido, y del miedo que tenía, Marcos me hacía tranquilizarme, sentirme bien. Era como si fuese mi talismán tranquilizador, con él me sentía a salvo, aunque en realidad estábamos los dos corriendo el mismo peligro. «Os estamos vigilando». No podía olvidar la advertencia.

Pedimos unas pizzas. Una se la dejamos a los policías que nos custodiaban. Charlamos tranquilamente, igual que cuando tomábamos café cada mañana. Solo que ahora estábamos contándonos cosas absurdas para evitar hablar sobre lo que realmente pensábamos. Nos rodeaba una burbuja absurda de tranquilidad irreal. Cuando todas nuestras conversaciones posibles se estaban agotando, y aún no nos sentíamos preparados para hablar de lo que había ocurrido, pusimos la tele: *Comedy Central* con el gran Dani Rovira, nos arrancó unas cuantas carcajadas nerviosas. Al terminar el programa, Marcos se levantó y miró por la ventana, dos coches de policía estaban aparcados.

—Siguen ahí —me dijo.

—Debemos dormir tranquilos ¿no?

—Pon tele basura y verás que pronto escuchas mis ronquidos —me sonrió mientras se sentaba de nuevo a mi lado.

En un acto reflejo me dejé caer sobre su pecho. Respirando su aroma. Acompañando con mi reparación el subir y bajar de su pecho. Puso un brazo sobre mis hombros y comenzó a acariciar mi pelo. Cerré los ojos. No quería pensar, solo sentir ese momento. Sabía que Marcos se estaba enamorando de mí. En ese momento, me di cuenta que él me necesitaba a mí, tanto como yo a él.

CAPÍTULO 5

Ricardo Guzmán recorría Granada a toda prisa con las luces y las sirenas de su coche oficial encendidas. Agradecía que fuese domingo, casi las diez de la noche y que la zona universitaria estaba poco transitada. Tampoco había mucho tráfico, por lo que hizo un recorrido que se suele tardar unos veinte minutos en tan solo doce.

Aparcó en la parada de taxis que se encontraba vacía en la misma puerta.

«¿Quién me va a multar?», pensó, gastándose una broma interna.

Subió con prisa la rampa que le llevaba hasta la puerta de urgencias. Allí se encontró con Víctor, el responsable del depósito de cadáveres, quien ataviado aún con su bata blanca, se estaba fumando un cigarrillo sin parar de moverse de un lado para otro.

—Buenas noches.

—Buenas noches, agente —le dijo con media sonrisa.

—Llámame Ricardo, por favor, Víctor, que no estoy para bromas.

—Aunque no te lo creas, yo tampoco. Es la primera vez en mi vida que estoy viviendo algo parecido.

Víctor tenía unos cincuenta y nueve años, con el pelo canoso y de ojos azules. Llevaba más de treinta años al cargo del depósito de cadáveres. El hombre tenía que soportar constantemente las bromas de sus compañeros por estar trabajando entre los muertos en los sótanos del hospital. A lo que siempre respondía que les temía más a los vivos que a los muertos, y que aunque no lo creyesen, ellos envidiaban su trabajo, ya que a él nadie le metía prisa por terminar sus tareas, ni ningún error por su parte le podría costar la vida a alguien. Muy en el fondo, Víctor reconocía que en sus primeros años de trabajo lo había pasado bastante mal, hasta que aprendió a desconectar y a imaginar que no estaba viendo lo que realmente estaba viendo.

—Vamos, que María nos está esperando —dijo Víctor, poniéndose en marcha hacia el interior del hospital

—¿Quién es María? —preguntó Ricardo Guzmán siguiéndolo.

—María, la pobre —sonrió con ternura—. Una joven que hoy es su primer día en el hospital y no se le va a olvidar. Ahora lo entenderás cuando te expliquemos todo paso por paso.

—Me tienes intrigado —le contestó Ricardo mientras le sujetaba por el hombro.

La sala de espera, a pesar de ser bastante grande, estaba repleta de gente, muchas de ellas en pie, por estar todas las sillas ocupadas. Cruzaron el pasillo de urgencias. Ricardo pudo comprobar cómo las salas de observación y las consultas también estaban llenas. Aún así los pasillos estaban ocupados por muchísimos enfermos en camilla, sillas de ruedas, o sentados aquí y allá, esperando a ser atendidos.

Cogieron un ascensor en el que había un cartel que indicaba que para uso exclusivo del personal y comenzaron a bajar.

—Bajemos a las mazmorras —suspiró Víctor.

—¡Qué poco me gusta tener que ir a esa zona! No sé como lo aguantas cada día. Supongo que terminas acostumbrándote ¿no? —Las puertas del ascensor se abrieron, salieron y comenzaron a atravesar un pasillo muy largo.

—Sí, la verdad es que te terminas acostumbrando. Aunque si quieres que te sea sincero, te reconozco que ahora es gloria. Imagínate cuando yo empecé en esto, joven e inexperto. No teníamos los medios que hay ahora mismo. Entonces sí que esta zona parecía de película de miedo. ¿Ves todos estos focos que nos alumbran ahora? —dijo mientras señalaba los fluorescentes del techo—, antes no había ni una cuarta parte que ahora. Las paredes no estaban tan bien pintadas, y en alguna ocasión me he encontrado alguna que otra rata o cucaracha. Por suerte todo eso ya pasó. Decidieron poner esto algo decente.

—Se me pone la piel de gallina solo de pensarlo. Vamos, era para salir corriendo, pero en dirección contraria —intentó bromear Ricardo.

—Si no hubiese sido porque mi hijo mayor ya había nacido, en más de una ocasión hubiera salido corriendo.

Los dos hombres se sonrieron con complicidad. Se habían ido formando como profesionales endureciendo su coraza humana a fuerza de malas vivencias.

El aire del pasillo estaba muy cargado. El olor a muerte los envolvía. Cuando llegaron a la puerta del depósito se encontraron con una María nerviosa que esperaba fuera. La chica iba vestida con un uniforme de pantalón y camiseta en color verde, zuecos de color blanco y su pelo largo y rubio recogido en una coleta baja.

—Buenas noches —saludó Ricardo mientras apretaba la mano sudada de María.

—Buenas noches —dijo ella—. Víctor, espero que no te importe que haya preferido esperaros aquí fuera. Siguen impresionándome un poco los frigos.

—Para nada. Quédate tranquila; tú no has hecho nada. Ricardo Guzmán solo va a escuchar nuestra versión de lo que ha pasado, luego él ya buscará culpables. —María asintió. Miró a Ricardo Guzmán y él le sonrió. La chica se quedó un poco más tranquila—. Ahora vamos a pasar y a explicar todo paso por paso.

Abrieron la puerta metálica y entraron. El depósito de cadáveres era una sala grande. Con dos camillas metálicas situadas en el centro iluminadas con dos focos que estaban situados justo encima. Ricardo pudo observar como cada una estaba ocupada por un cuerpo cubierto por una sábana.

Al fondo se podían observar las cámaras frigoríficas donde se almacenaban los cuerpos. A la derecha una mesa de escritorio con un ordenador, y montones de folios apilados unos encima de otros. Justo encima había un tubo fluorescente parpadeando.

—Bueno, pues contadme —dijo Ricardo Guzmán un poco impaciente.

María cambió su peso de una pierna a otra y comenzó a morderse las uñas.

—Empecemos por el principio. —Víctor se apoyó en el escritorio, quedándose de frente al policía. Se cruzó de brazos y comenzó a hablar—. Tienes que saber que este hospital es muy grande, somos aproximadamente unos dos mil seiscientos profesionales, entre médicos, matronas, auxiliares, enfermeras, personal de mantenimiento, y demás que vamos rotando, ya que la jornada de veinticuatro horas tiene que estar cubierto entre unos y otros.

—Vamos al grano, por favor —interrumpió Ricardo

—Espera y escucha. —Víctor dio un largo suspiro—. Como te decía, como somos tantos y en distintos turnos, es imposible conocer a todo el personal. Hay gente que tiene contratos de años, otros de meses; otros de días y algunos de horas. Sin contar que esto es un hospital universitario, entran y salen gente de prácticas a diario, como es el caso de María. —Señaló a la muchacha y le sonrió, ella asintió con la cabeza—. Desde hace una semana, esta luz que ves parpadeando me trae de cabeza. —Levantó su dedo hacia el techo, justo encima de su ordenador—. Había pedido por activa y por pasiva a mantenimiento que me cambiaran, por eso no me ha extrañado nada cuando este medio día me llegó un desconocido para cambiarme varias bombillas que había fundidas y en teoría arreglarme esta, que era la que yo reclamaba, y que como verás se ha quedado sin cambiar. —Ricardo Guzmán asintió—. Así que estaba terminando de hacerle la autopsia a Pedro Montijano, lo estaba metiendo en la cámara frigorífica, mientras este hombre me cambiaba las bombillas, cuando María llamó a mi puerta pidiéndome que la acompañara. Casi mejor que ya te siga explicando ella.

María, que hasta ahora se había mantenido escuchando pegada a la puerta se acercó a los dos hombres. Se retorció las manos y comenzó a hablar.

—Soy celadora y hoy es mi primer día en el hospital. Nadie me ha indicado con exactitud donde están los distintos departamentos. Conozco más de este hospital por las veces que he venido a urgencias, que por lo que como trabajadora se me ha explicado. Al poco de haber comenzado mi turno me han pedido que traslade a una mujer que había muerto en la planta de oncología aquí al depósito. Cuando comencé a empujar la camilla, una enfermera me dijo para llegar hasta aquí tomara el ascensor bajara a urgencias y preguntara. Total que tarde más de veinte minutos en llegar, paseando el cuerpo, porque nadie me decía con exactitud el camino correcto. Y aunque la camilla lleve ruedas, una se cansa. Ya daba por hecho que me estaba gastando una novatada —Víctor y Ricardo asintieron a la vez—, así que cuando por fin llegué a los sótanos, ya estaba agotada, y al salir del ascensor golpeé en la cabeza al cadáver de la mujer contra una esquina. Si hubiese estado viva, un buen moratón le iba a salir a la pobre. Así que enfadada conmigo misma, repitiéndome que era muy torpe, vine en busca de Víctor para que me ayudara, comentarle lo que había sucedido, para que lo tuviera en cuenta a la hora de hacer él su informe. Toqué a la puerta y los dos salimos.

—Dejando al de mantenimiento, solo y dentro —afirmó el policía, tanto Víctor como María asintieron—. ¿Qué pasó después?

—Le expliqué a Víctor lo que me había pasado y le enseñé el golpe donde había sido —continuó hablando ya un poco más tranquila— y los dos empujamos la camilla para entrar. Justo cuando llegamos a la puerta, al abrirla, el de mantenimiento salió con mucha prisa. Tenía el cinturón de las herramientas colgado a la cintura, llevaba un cúter en la mano lleno de sangre. Por la urgencia con la que iba pensé que se había cortado.

—¿Nadie conocía a ese hombre? —preguntó Ricardo.

—Como te decía al principio, aquí es muy fácil no conocer a la gente. Como venía con el uniforme de trabajo en color azul, y sus cinturón, con sus herramientas colgadas, pues la verdad, no me extrañó —aclaró Víctor.

—Ahora que lo pienso —dijo María dándose unos golpecitos con su dedo índice en la frente—, hubo algo que me llamó la atención. No llevaba las botas de seguridad obligatorias, sino unas zapatillas de deporte. Al principio pensé que como era un hombre mayor, de unos sesenta años aproximadamente, con sobrepeso, que quizás las botas le harían daño.

—Nadie más ha venido por aquí en todo el día hasta que me has llamado tú pidiéndome que comprobara si a alguien le faltaba algo —sentenció Víctor—. Entonces ha sido cuando lo hemos detectado. Por lo que sospechamos que fue ese hombre el responsable.

—¿Qué hora sería cuando lo habéis visto salir?

—Aproximadamente las una del medio día. No te lo podría decir con exactitud —contestó Víctor.

—Además —continuó María, evitando que Ricardo empezará a hablar—, como no me quedé tranquila al ver la sangre de ese hombre, hace una hora, he pasado por mantenimiento, buscándolo, y allí, el responsable, me ha dicho que en ese turno, por ser domingo, no había nadie a parte de él. He intentando explicarle que alguien estaba trabajando en el depósito y su respuesta ha sido tajante. Las bombillas del depósito fundidas están previstas cambiarlas mañana lunes a primera hora.

—Es decir, que tenemos un intruso, que sabía muy bien lo que venía buscando donde estaba y que además se dedica a martirizar a una joven inocente.

—Pobrecilla, ¿Qué le hacen? —soltó sin pensar María, al tiempo que se ruborizaba—. Perdón. No quería …

—No te preocupes. —Ricardo la miró fijamente a los ojos confirmándole que no le iba a contar nada—. Los dos debéis venir conmigo a comisaría. Tenemos que hacer un retrato robot de ese tipo y localizarlo cuanto antes. —Tanto Víctor como María asintieron—. Y os enseñaré algunas fotos a ver si lo reconocéis en alguna. Necesitaré que nos acompañe también el que está ahora a cargo del departamento de mantenimiento. —Ricardo cerró los ojos, estaba muy cansado—. Tengo que echarle fotos al cuerpo de Pedro.

Víctor se puso en movimiento, levantó la sábana dejando el cadáver al descubierto y cogió el teléfono. Avisó a Mantenimiento lo ocurrido y que lo esperaba en la puerta de entrada para ir a comisaría. Por primera vez Ricardo se alegró en su interior de tener que hacer esas fotos. Hasta ahora siempre le habían resultado desagradables, pero Pedro Montijano tenía un porcentaje muy alto de ser el responsable de la muerte de su mujer.

Cuando Ricardo terminó, los tres salieron del depósito de cadáveres, cerrando con llave la puerta, para que nadie pudiese entrar sin que ellos lo supieran.

CAPÍTULO 6

Me sentía atrapada por el paisaje. Admiración y miedo, un coctel explosivo. El olor a tierra mojada me envolvía. Llovía. Tenía mi ropa empapada; me costaba trabajo moverme. Me sentía pesada. Mis movimientos eran a casi a cámara lenta.

Estaba en el centro de un bosque, completamente rodeada por la arboleda tan alta que no le veía fin. Las hojas frondosas me impedían ver el cielo. ¿Era de día? ¿Era de noche? Solo se veía el agua caer. Extrañamente a pesar de la oscuridad, podía ver hasta unos cuatro metros de distancia. Solo había troncos que se impulsaban hacia arriba, con magnitud, con elegancia, con aspereza, y acababan en aquellas hojas suaves verdes.

Si eran verdes, ¿por qué crujían hojas secas cada vez que daba un paso? Miré al suelo. Todas las plantas eran marrones o negras, estaban muertas. Arriba vida, abajo muerte.

Miré a mí alrededor. Siempre era la misma imagen, árboles. Detrás de ellos, más árboles. Comencé a notar cómo mi corazón iba acelerando su ritmo. Me sentía en un laberinto sin salida. Giré sobre mí misma. ¿Qué dirección debía tomar? Parecía que todos los caminos me iban a llevar al mismo sitio. A ninguna parte.

Mi respiración era entrecortada. Cada vez llovía con más intensidad. Intenté dar un paso, mis piernas estaban atrapadas. Habían sido cubiertas por barro y unas ramas de color verde, pero astilladas, se movían lentamente hacia mí, como serpientes sin cabeza, me rodearon los tobillos. Grité con fuerza. No había nadie, ni tan siquiera unos pájaros se habían asustado y habían emprendido el vuelo. Soledad. Me sentía sola y aislada.

Presa del miedo, me agaché intentando soltarme. Quería romper las ramas con mis manos. Fue imposible. Las ramas rodearon mis muñecas, arañando mi piel a su paso, obligándome a ponerme en pie.

Pánico. Chillé. Pedí auxilio con todas mis fuerzas. Notaba como mi garganta sufría por el esfuerzo. No obtuve respuesta de nadie. Comencé a llorar, intentando controlarme. Los nervios no me dejaban pensar con claridad. Debía de haber una forma de escapar. Cerré los ojos.

«Piensa, Vera, piensa.»

Debía de haber una salida, por muy difícil que pareciese. Oí unos crujidos a lo lejos. Abrí los ojos asustada. Allí estaba Pedro, delante de mí. Vestido con su traje negro, camisa blanca y corbata a rayas verdes. Tenía las manos metidas en los bolsillos de su pantalón. Estaba con los ojos cerrados y las piernas ligeramente abiertas, como si no quisiera perder el equilibrio.

—Pedro, ¡ayúdame!

La desesperación hacía mella en mi voz. Negó con la cabeza.

—Pedro, por favor, ¡ayúdame!

Insistí. Volvió a negar con la cabeza. Aún con los ojos cerrados, comenzó a caminar lentamente hacia mí.

—Por favor, por favor.

Suplicaba. Cuando lo tenía a menos de un metro de distancia, comencé a oler a Azufre. El ambiente se volvió cargado. Noté como mi boca se iba secando, se me iban irritando los ojos y la garganta. Intenté deshacerme de las ramas que me tenían atrapada. Pedro, aún con los ojos cerrados, levantó su mano derecha con los dedos abiertos, poniendo su palma frente a mí. Al hacer ese movimiento, mi cuerpo se paralizó. No respondía a mis movimientos. Estaba rígida, mirando de frente a Pedro. Él comenzó a mover sus labios, como si intentara decirme algo, pero no emitía sonido alguno. Repetía una misma palabra en silencio. Venganza.

—Venganza.

Susurré cuando conseguí entenderlo. Al oírlo de mis labios, Pedro abrió bruscamente los ojos y la boca. Comenzó a salir sangre. Sus ojos estaban huecos, vacíos. En el interior de su boca no había lengua. No paraba de sangrar. El líquido, espeso y negro, comenzó a manchar su cara, descendiendo hasta caer en su camisa que hasta ahora estaba inmaculada.

Grité. Un grito fuerte y ensordecedor salía desde lo más profundo de mi interior.

—¡Vera! ¡Vera! —Me movían hacia delante y hacia detrás—. ¡Vera, por favor, despierta! —Sentía gritar—. ¡Vera, vamos! ¡Vera!

Abrí los ojos y me encontré a un Marcos preocupado, cogiéndome por los hombros. Miré a mi alrededor con desesperación. Estábamos en su casa, en su salón. Me había dormido. Comencé a llorar y a balbucear.

—Ha sido horrible. ¡Por Dios, Marcos! ¡Es lo peor que he vivido en mi vida!

—Vera, ha sido una pesadilla. —Me acercó un pañuelo—. Tranquila; ya todo ha pasado. —Me senté sobre sus rodillas y me envolví en su cuerpo—. Solo ha sido un mal sueño. ¿Quieres contármelo?

—Sí, pero antes necesito un poco de agua.

—Espera que te la traigo. —Se fue a la cocina. Me senté abrazando un cojín.

Sonó mi móvil. Miré el reloj. Las doce menos cuarto de la noche. «Sole amiga» iluminaba la pantalla de mi teléfono sin parar de sonar.

—Buenas noches, Sole —intenté aparentar tranquilidad.

—Sé lo que has soñado. —Su voz era misteriosa, pero segura.

—¿Cómo? —pregunté. ¿Seguía dormida?

—No preguntes. Solo créeme, lo sé. Quizás deberíamos de hablar tranquilamente. Que conocieras un poco más de mi mundo. No debes de tener miedo. Confía en mí.

—Sabes que confío en ti, y miedo no me da: es pánico lo que tengo. Soledad, amiga, ha sido horrible. Verlo sin ojos y sin lengua. ¡Por Dios! ¡No tenía ningún ojo y no paraba de sangrar!

En ese momento entró Marcos al salón escuchando la conversación. El vaso de agua que llevaba en las manos se le cayó, rompiéndose en mil pedazos pequeños. A pesar de todos los moratones que tenía en su cara, unos más malvas, otros más amarillentos, se había puesto pálido. Sin hablar y sin recoger lo que había roto, se sentó a mi lado, escuchando mi conversación.

—Tranquila, Vera, todo va a salir bien, pero nos va a costar trabajo encontrar la verdad. —Ella siempre tan misteriosa, tan oscura y a la vez tan luminosa. Está vez tenía que hacerle caso. Aunque tuviera miedo. La última vez que le llevé la contraria casi termino muerta. No, ahora no me la iba a jugar.

—¿Cuándo podemos vernos? —Mi voz no era todo lo firme que me hubiera deseado.

—Te llamaré mañana y confirmamos. Antes tengo cosas que resolver. Hasta mañana.

—Está bien. Hasta mañana.

A pesar de estar en pleno mes de agosto, en una Granada calurosa, tenía frío. Mucho frío. Mi cuerpo temblaba sin que lo pudiera controlar. Marcos me cogió en brazos, como si fuera un bebé, me llevó a su cama, y me tumbó. Yo tenía la mirada perdida. Miró de nuevo por la ventana, comprobando que seguían los dos coches de policía aparcados. Abrió el armario y cogió un edredón nórdico. Me envolvió en él. Apagó la luz. Se tumbó de frente a mí y me abrazó. Noté como sus cálidas manos acariciaban mi pelo.

—Creo que deberíamos de hablar —susurró.

—¿Qué había dentro de esa caja? —hice la pregunta, temiendo la respuesta.

—El otro ojo de Pedro, o eso creo, hasta que la policía nos lo confirme. —Mi corazón comenzó a palpitar más rápido. Seguía temblando. Algo en mi mente me decía que para qué preguntaba si yo misma lo había visto—. Mañana hablaremos con Ricardo. Aún no me creo que lo hayas soñado. Tu subconsciente te ha jugado una mala pasada, y ha acertado. Tú no habías visto que había dentro de la segunda caja. En tu pesadilla también le faltaba la lengua, así que olvídalo. Son solo coincidencias.

—No creo en coincidencias, Marcos. A Pedro le faltaban los dos ojos y la lengua, y reclamaba venganza. Me estaba mandando un mensaje.

—Vera, te tengo por una persona inteligente. No me vengas a decir ahora que crees en fantasmas. Es solo una coincidencia —me regañó con dulzura—. Nadie se va a vengar de nada. Ricardo y su equipo son los mejores; no van a permitir que nos pase nada. Los dos tenemos miedo, pero estamos juntos en esto.

—Ya viste lo que decía la nota —insistí.

—Sí, y tú no deberías escuchar detrás de las puertas. —Dio un largo suspiro, cogió un mechón de mi pelo y lo enredó en sus dedos—. Oye, hasta mañana no podemos hacer nada. Estamos bajo vigilancia y nadie va a venir. Así que, ¿por qué no intentamos descansar? Debemos de tener la mente y el cuerpo descansado.

—Está bien. Hasta mañana.

Me dio un beso en la frente, y escuché como su respiración se iba calmando poco a poco, hasta que pasados unos minutos se quedó dormido. Miré por encima de su hombro; observé como entraba a través de la ventana el reflejo de la luz de las farolas. Aquella noche no dormí. No quería cerrar los ojos. No quería ver de nuevo a Pedro.

LUNES 6 DE AGOSTO

CAPÍTULO 7

—¡Mierda!

Ricardo Guzmán se había quedado dormido en su oficina. No había querido ir a su casa, ya no tenía esperanza de recuperar a Noelia, su esposa, por lo que la noche anterior sabiendo que no iba a ser capaz de superar el vacío que había dejado ella en su cama, se quedó trabajando hasta tarde. Realmente, se había quedado dormido sin darse cuenta. Eran más de las cuatro de la mañana cuando terminaron de hacer el retrato robot del intruso del hospital, y aún no lo tenían nada claro que fuese realmente esa cara, ya que ni María ni Víctor, se habían fijado al detalle en el rostro del hombre.

El jefe de mantenimiento no sabía nada, no había visto a nadie, no aportó nada de información que los pudiera ayudar a avanzar en el caso. Los tres estuvieron fotografías de personas con antecedentes penales, con características similares, pero el hombre que buscaban no estaba fichado por la policía.

—¡Mierda!

Volvió a repetir mientras limpiaba con el puño de su camisa la saliva que se le había caído mientras dormía, sentado en su silla y con la cabeza apoyada encima de su escritorio, que estaba lleno de informes.

Salió al baño. Se echó un poco de agua por la cabeza y en la cara. A continuación se compró un café solo de la máquina que había en el pasillo y volvió a entrar a su despacho. Miró el reloj: eran las ocho y media de la mañana. Solo había dormido unas horas, pero gracias a ello consiguió que se le pasara un poco el dolor de cabeza que le martirizaba.

Se puso de pie delante del tablón de corcho en el que a modo de árbol genealógico tenía fotos colgadas y folios con signos interrogativos en otras. En la cabeza de todo el engranaje tenía unas iniciales P.M. ahora sabía a quién pertenecían. Pedro Montijano, anotó el nombre con bolígrafo justo debajo de las iniciales, no había duda. Él mismo había escuchado su confesión un día antes. Justo cuando creía que iba a matar a Vera y a Marcos, él mismo había hablado. La organización «NO TODO SE COMPRA, NO TODO SE VENDE», era una tapadera. Legalmente se supone que luchaban contra el tráfico ilegal de órganos, e irónicamente, era todo lo contrario. Ellos eran los primeros que secuestraban, asesinaban, y luego hacían negocio. De un pedido de órganos que resultó fallido, localizó la policía las iníciales. Un folio, con todo lo que necesitaban, estaba firmado por P.M.

Pobre Noelia; no podía quitarse de la cabeza el estado en que la había encontrado. Ella había sido una de sus víctimas. Ricardo había conseguido vengarse, él mismo fue el que le dio el tiro de gracia a Pedro en plena frente, pero ni eso le iba a aliviar su dolor.

Se sentó en su mesa, imprimió las fotos que había echado la noche anterior al cadáver y las metió dentro del expediente. Pablo Rosales entró al despacho sin llamar a la puerta.

—¡Vaya careto tienes, jefe! —dijo con alegría, aunque todo era fachada, estaba moralmente hundido por la muerte Noelia, su amor en secreto—. Vengo a por ti; nos vamos a registrar la casa de Perlitas Montijano.

—Pablo, sabes que no me gustan tus motes.

—¿Acaso estoy diciendo una mentira? —Ricardo negó con la cabeza—. Además, he pensado que podríamos llevar al registro a Vera. —Guzmán lo interrogó con la mirada—- ¡No me mires así, jefe! Sé que te puede resultar una locura, pero ¿para qué queremos estar como locos buscando el quirófano escondido, si ella sabe dónde está?

—Llevas razón. Le voy a mandar un mensaje a Vera para avisarla. Pero primero iremos nosotros. Cuando lo tengamos todo controlado que venga ella. No quiero ponerla en ningún peligro más. Bastante tiene ya. ¿A qué hora salimos?

—Hace media hora que han salido ya algunos equipos, ya deben de estar en la puerta. Así que no deberíamos de retrasarnos más.

Eran las nueve de la mañana cuando los dos policías salieron de comisaría. Se vieron obligados a utilizar gafas de sol. A pesar de ser temprano, el sol brillaba amenazando con que el día iba a ser excesivamente caluroso.

Llegaron sin dificultad a la casa de Pedro Montijano, que estaba rodeada por el cordón policial de color amarillo. Entraron. Pablo Rosales silbó al llegar al salón mientras lo recorría con la mirada. Salón a doble altura, un chaislonge gigante en el centro, una televisión enorme, una mesa de cristal con diez sillas de piel, alfombras, papel pintado… no faltaba ni un detalle. Decoración minimalista, pero con estilo y sin escatimar en gastos.

—Toda mi casa entra en este comedor.

—Bajemos al sótano. Vera me dijo que siempre lo tenía cerrado con llave —cortó Ricardo.

—Está bien. Nada de salirnos de nuestro papel. Pero reconoce que esta casa es demasiado lujosa.

La puerta estaba abierta. Bajaron. El sótano era amplio. Al final estaba la puerta metálica de la cochera. Había espacio para resguardar más de diez coches, con amplitud para maniobrar, pero se veía claramente que nunca había entrado ningún vehículo. Paredes pintadas en color blanco, suelo de barro marrón, cuatro mesas de despacho, y la mitad de las paredes recubiertas por paneles de corcho, con fotografías y anotaciones que dejaron a Ricardo Guzmán sin palabras. Allí había ya personal policial trabajando. Estaban revisando uno de los tres portátiles que había en una de las mesas.

Pablo y Ricardo saludaron a sus compañeros y se acercaron a uno de los paneles de corcho. A los dos se les heló la sangre. Allí había fotos de Noelia alrededor de un folio pinchadas con chinchetas metálicas. A mano, con bolígrafo azul, estaban escritos con detalle todos los horarios de salida y entrada de la mujer, qué supermercados, tiendas o sitios públicos frecuentaba, a que clases del gimnasio asistía. La habían estado observando, siguiéndola, hasta que consiguieron su objetivo. Ellos no pudieron detenerlos. Se miraron el uno al otro. Sentían impotencia. Ricardo apretó los puños hasta que su piel cogió un tono blanquecino. Cerró los ojos, intentó calmarse y siguió avanzando mirando los paneles, pero ya solo los veía superficialmente. Las fotos de Noelia se agolpaban en su mente impidiéndole pensar. Junto a ella había cientos de fotografías de rostros que hasta ahora eran desconocidos para ellos. Todos con las mismas observaciones de la vida privada de cada uno.

En el centro de una de las paredes había una puerta cerrada con llave.

—¿Habéis abierto ya esta puerta? —preguntó Pablo a los dos policías que estaban concentrados en el portátil.

—Sí, hemos encontrado la llave por casualidad. Al entrar, hemos tirado un jarrón que había sobre la mesa que hay en el mismo recibidor. En su interior hay una llave maestra que abre todas las puertas que hemos intentado abrir hasta ahora. La puerta está cerrada, pero con que la empujes se abre. No hemos vuelto a apestillar nada de lo que hemos encontrado. Solo le pudo decir una cosa, jefe, menudo pendejo estaba hecho Pedro Montijano. Entra ahí y lo comprobarás con tus propios ojos.

Con mucho cuidado Ricardo abrió la puerta de la habitación. Sabía que podía esperar cualquier cosa. Pero nunca la esperaba con tanta magnitud.

La sala tendría unos cincuenta metros cuadrados, completamente cerrada y sin ventanas. Ahí no había nada de decoración. Tres de las cuatro paredes estaba cubiertas por paneles deslizantes unos encima de otros, llenos de armas, de distintos tipos, tamaños y calibres. Justo en el centro había un pallet de cocaína. Pablo Rosales volvió a silbar al verlo.

—Este tipo lo hacía todo en grande ¿no? —dijo Pablo, bordeando el pallet—. Aquí hay cocaína como para que toda Andalucía se vaya de fiesta una noche.

—O más gente aún —sentenció Ricardo—. Sí que ha tenido que ganar dinero ilegalmente.

—Recuerdo que Vera que nos dijo que había un montón de puertas cerradas con llave en esta casa. ¿Qué tal si vamos comprobando si todas abren con la llave maestra?

—Está bien: veamos que sorpresas nos tiene preparadas.

Los dos hombres subieron a la planta superior, abrieron el armario de la entrada y comprobaron que estaba lleno de cajas de cartón que, a su vez, contenían neveras de color azul especiales para el transporte de órganos. Igual que las que utilizaban en los hospitales.

Junto al salón había una cocina, también decorada con mucho diseño. Abrieron todos los muebles. La despensa. No encontraron nada que no estuviese habitualmente en ese espacio. Al lado de un ventanal en la entrada había un pasillo que terminaba en cuatro puertas que estaban cerradas, y en unas escaleras que subían a la planta de arriba que daban luminosidad a la zona gracias a la vidriera tallada que había.

Tres de las cuatro habitaciones estaban completamente vacías. Solo estaban amuebladas por una bombilla y unas cortinas semi opacas, para que entrara luz pero no se viera nada a través del tejido desde el exterior.

La última puerta que estaba junto a las escaleras les dio paso a más y más cajas de cartón repletas de neveras azules.

—¿Pero cuanta gente pretendía matar para tener tantas? —Ricardo Guzmán estaba indignado.

—Lo mismo pilló una oferta —intentó bromear Pablo. Su jefe lo fulminó con la mirada. Definitivamente, Ricardo no estaba para chistes.

Salieron de la habitación y subieron a la planta alta. Al subir se fijaron en la vidriera tallada en colores que los iluminaba. Representaba a una mariposa con las alas abiertas, en colores malvas, verdes, azul y blanco. Impactaba su belleza y, a la vez, desentonaba un poco con el resto de la casa.

—Curioso ¿no? —comentó Pablo Rosales mientras la fotografiaba.

Subieron a la planta alta. Allí había, decorado en la misma línea que la planta inferior, un pasillo que se abría en dos. La parte izquierda que estaba cerrada con una puerta con llave y la parte derecha que era muy luminosa. Abrieron con la llave maestra la puerta y pasaron. Un largo pasillo les acompañaba a tres habitaciones que estaban completamente vacías. Solo tenían cortinas del mismo tejido semi opaco que abajo y una bombilla que iluminaba.

—Demasiada casa, y todo vacío —dijo Ricardo Guzmán, sin parar de fotografiar todas las zonas por las que pasaban.

Los dos policías pasaron al ala derecha de la vivienda. Prácticamente estaba dividida en el dormitorio único y principal. Un vestidor ordenado meticulosamente y un baño.

El teléfono de Ricardo comenzó a sonar.

—Dime.

—Hola, soy Jaime. Ya tengo resultados.

—Cuéntame. —Se puso tenso.

—Del ramo de flores, no he podido sacar nada. Ya me han hecho llegar el segundo ojo encontrado. Tras analizarlos y comprobar ADN, debo de decirte que las dos muestras corresponden a Pedro Montijano. No hay huellas dactilares de quien lo haya manipulado, ni en el órgano ni en la caja. Lógicamente he descartado las huellas de Vera de una de las cajas tal como me pediste. Pero aparte de las de la muchacha, no hay nada. La muestra está completamente limpia de cualquier resto que nos pueda dar una pista. Eso sí, sigo manteniéndome en mis trece: quien sea que lo esté haciendo, tiene conocimientos o de medicina o de carnicería.

—Ok. Gracias por todo.

—Estamos en contacto —se despidió Jaime, y colgó.

—Creo que ya debería de venir Vera —sentenció Pablo, que había estado escuchando la conversación—. A simple vista, no veo donde puede estar el quirófano.

—Le voy a mandar un mensaje, a ver si para las doce de la mañana pueden estar por aquí. Vamos a dejarlos descansar un poco. Mientras tanto, esperemos en el sótano. De ahí es de donde más información podremos sacar.

CAPÍTULO 8

Necesitaba moverme. Marcos me tenía atrapada en un abrazo de oso, y encima estaba envuelta en una manta. Un calor sofocante me tenía asfixiada.

Con mucho cuidado, me giré despacio. Me costó trabajo: el brazo de Marcos que me rodeaba pesaba mucho. Me deshice de la manta. Fui al baño, me mojé la cara y los brazos. Al mirarme en el espejo vi que tenía un aspecto horrible. Sin pensarlo me metí en la ducha.

El agua templada me hizo espabilar. Mi vida había cambiado, sí. Pero yo nunca me había escondido. Vale, nunca me había enfrentado a nada parecido, pero los días pasaban, yo seguía respirando. Y pensaba seguir haciéndolo. Estaba decidido. Hoy debería de ver a mi amiga Soledad.

Salí empapada, busqué una toalla y salí al dormitorio.

Marcos estaba tumbado en la cama aún dormido, no se había movido, estaba tal y como lo había dejado. Dormía solo con los pantalones puestos, con el pecho al descubierto y la cara girada hacia el lado derecho. Me senté a su lado y me quedé mirándolo. Definitivamente me había equivocado de hombre. Pedro había resultado ser una caja de sorpresas desagradables, mientras que Marcos había estado a mi lado en todo momento. Me había apoyado. Había puesto en juego su propia vida. Su cara lo demostraba. Aún seguía lleno de moratones cada vez más amarillentos, y el labio un poco hinchado.

Con mucho cuidado de no despertarlo, rocé con mis dedos una

cicatriz que tenía en su hombro. Deslizando suavemente mi mano subí hasta su cara. Incluso estando tan estando tan golpeado, se veía guapo. Tenía que tener cuidado. Marcos me atraía cada vez más. No podía hacerle daño. No quería jugar con él.

Seguí con mis suaves caricias, recorriendo cada una de sus cicatrices y marcas. Me dolía que por mi culpa estuvieran ahí. Me fijé en sus labios. Cerré los ojos y recordé nuestro momento. Hacía tan solo tres días que nos habíamos acostado, y parecía una eternidad.

Todavía no se había despertado, así que seguí tentando a la suerte. Acerqué mi dedo índice a la herida que tenía junto a sus labios. En ese momento apareció un Marcos divertido. Sonrió y me mordió el dedo.

—¡Ay! —me quejé.

—¡Vaya tela! Sabes a mi gel de baño. No es erótico, es de hombre —rio a carcajadas.

Me quedé mirándolo con sonrisa bobalicona. Sus ojos negros me cautivaron. Nunca antes me había fijado en las dos arrugas tan graciosas que le salían encima de la mejilla cuando se reía.

—No pretendo ser erótica —reaccioné siguiéndole el juego—. Además, que yo sepa a hombre es culpa tuya. Solo tienes ese gel de baño de machotes; nada de gel normal y corriente.

—¿Sabes una cosa? —Me miró fijamente, con su gesto juguetón—. Soy un hombre, así que por favor, vístete. O no respondo de mis actos. Te puedo tomar como desayuno.

Directo, al grano, y manteniéndome la mirada. En mi interior mi musa del sexo pegaba saltos de alegría, pero antes había cosas que resolver.

—Sí, señor. —Me puse en pie, imitando el saludo del ejército.

—Voy a ducharme. —Abrió su armario y sacó su ropa—. Cuando salga te quiero preparada.

—Perfecto. Había pensado una cosa. ¿Qué tal si vamos a desayunar a la cafetería de Sole?

—Por mi bien —se asomó a la ventana—, así invitamos también a desayunar a nuestro vigilantes que siguen ahí.

Eran las diez de la mañana cuando llegamos a la cafetería, acompañados por nuestra escolta. Soledad estaba recogiendo una mesa. Cuando nos vio llegar su rostro se iluminó. Se secó sus manos en su ropa y nos dio un abrazo.

—¡Muchachos, que alegría verlos por aquí! ¿Habéis desayunado?

—No, y te advierto: tengo hambre —dijo Marcos señalándola con el dedo.

—Tú siempre tienes hambre —le contestó Soledad mientras le tiraba un pellizco en la mejilla con cariño—, pero marchando desayuno para cuatro, porque vosotros dos también queréis ¿verdad? —les preguntó a los dos policías, que asintieron.

Todos nos sentamos en una misma mesa. Soledad apareció a los dos minutos, con sus deliciosos cafés decorados, pastas, tostadas y sus deliciosos bombones. Se acercó a nosotros, y dijo:

—Invita la casa, chicos —sonrió de nuevo—, pero con una condición: necesito hablar con Vera a solas.

—Si no sale de la cafetería, no creo que haya problema —apuntó uno de los dos policías.

—Pues desayunad tranquilos, y Marcos, coge fuerza. —Él la interrogó achicando sus ojos—. Dada tu experiencia en el sector, te vas a quedar al cargo de la cafetería para que podamos hablar.

—Eso es explotación, lo sabes, ¿verdad? —Se levantó y le dio un abrazo—. No te preocupes, que yo me encargo.

Terminamos de desayunar tranquilos y, en silencio, no sabíamos de qué hablar. Me sentía un poco incomoda viendo cómo la policía controlaba todo a nuestro alrededor, cómo había creado una coraza entre la pared y ellos, quedando yo en el centro. Recogí mi plato, mi taza y la llevé a la cocina seguida por Soledad. Y, bajo la atenta mirada de uno de mis guardianes, ella le hizo un gesto a Marcos, indicándole que la cafetería era toda suya, mientras que nuestros dos acompañantes mostraban un gesto un poco más serio.

Dentro de la cocina, había una puerta que conducía a un despacho pequeño. Una ventana estaba cubierta por unos visillos de color verde. Una mesa de madera de nogal estaba situada en el centro. En un lateral había una estantería que ocupaba toda la pared, llena de carpetas y archivos definitivos. Nos sentamos en la mesa. Había un cofre de madera tallada envejecida con unos símbolos que no había visto nunca en relieve. Y en el lado opuesto un candelabro de plata. El candelabro estaba vacío, pero había espacio para tres velas.

Soledad abrió un cajón y sacó una pequeña bolsa de tela de tul en color negro, atada con un lazo del mismo color. Sacó un pañuelo de seda blanco y lo extendió sobre la mesa. Me miró a los ojos.

—Vera, no soy bruja, ni estafadora, ni leo el futuro. No soy adivina. Solo tengo una percepción extra sensorial sobre lo que nos rodea. No sé qué va a pasar, pero puedo percibir algunas cosas que, aunque al principio no sepamos que nos están diciendo, cuando llegue el momento, lo entenderemos —asentí. Realmente no entendía nada, pero ella me estaba transmitiendo sabiduría. Eso ya me tranquilizaba—. Comencemos. El pañuelo blanco que he extendido significa pureza, limpieza, que no pretendemos hacer nada malo. No creo en fantasmas, pero sí en las fuerzas desconocidas, así que ya le indicamos que vamos por las buenas. Solicitamos que nos iluminen en el camino a seguir, por eso vamos a encender unas velas. —Cogió el candelabro y abrió la caja de madera. Me asomé a su interior. Había velas de todos los colores, todas nuevas a estrenar y de un mismo tamaño—. Tienes que conocer que el uso del fuego de una vela tiene una interminable historia con el paso de los años. En mi caso, esta luz me ha acompañado toda mi vida. ¿Por qué? Por las creencias que me han enseñado desde pequeña, han ido de generación en generación en mi familia. Cuando hemos prendido su llama, pretendemos quemar la energía densa concentrada, ayudar a remover obstáculos y las piedras del camino que nos podamos encontrar. Desde pequeños, cuando hemos visto una vela nos quedamos mirándola, nos relaja —asentí de nuevo. Estaba sorprendida con el lado oculto de Soledad—. Eso es porque con sólo una gota de fuego y luz apreciamos la magia y el encanto que en realidad encierran. —Buscó una vela entre todas. La cogió—. En tu caso vamos a encender una vela blanca, ya que atrae la pureza, lo inmaculado, lo divino. Se usa para purificar ambientes. Atrae lo bueno y aleja lo malo. —La colocó en el candelabro. Buscó otra. Yo la miraba atenta—. La segunda vela que vamos a encender es de color azul, ya que estimula la concentración y la memoria. Vera, ahora debes de estar muy atenta a lo que ocurre a tu alrededor, si ves algo que tu intuición te pone en alerta, ten cuidado. No lo olvides.

—Me estás dando un poco de miedo —susurré mientras ella colocaba la segunda vela en el candelabro.

—Recuerda que estoy aquí para ayudarte. —Me dio un apretón de manos mientras me sonreía—. Solo estamos pidiendo a las fuerzas que te ayuden a resolver, yo no te voy a adivinar que pasa. Eso es de estafadores. La vida se va creando en el momento, no está escrita. Puedes ver algo venir, pero no tiene porqué pasar.

—Está bien, continuemos. —Quería saber que intentaba decirme.

—Continuemos —asintió, buscó otra vela en el interior de la caja—. La última que vamos a utilizar es la de color verde, ya que es el color que predomina en la naturaleza. Significa salud, esperanza, renovación. El verde nos da frescura. —Cogió una caja de cerillas y comenzó a encenderlas una a una—. Vera, en las velas todo es mágico. Solo con encenderlas ya nos sentimos en un momento especial; su olor nos embriaga. Una vez hecho esto vamos a comenzar.

Puso en un lateral el candelabro, cogió la bolsita negra. Con mimo deshizo su nudo y sacó una baraja. No me dejó verla. La barajó y la puso boca abajo en forma de abanico.

—Cariño, coge una carta y ponla boca arriba justo delante de ti.

Y eso hice. Miré todas las cartas y cogí una central. La puse delante de mí, dándole la vuelta. Resultó ser una baraja española. La primera carta un Rey de Copas.

—Vera, este Rey de Copas indica que hay un anciano que te acompaña, pero si te fijas bien, la carta la has puesto boca abajo, eso quiere decir que es destructivo, que no te hace bien.

—¿Pero quién es, Sole? —Estaba completamente envuelta por la situación. Necesitaba saber más.

—Ya te he dicho que no soy adivina, eres tú la que me lo estás contando con tus elecciones. No tiene por que pasar pero nos dará pistas. Coge otra carta y ponla justo a la derecha.

—Tres de espadas —dije mientras la colocaba donde me había dicho.

—Tiene dos significados: ansiedad por resolver algo y desequilibrio mental. No sé si el anciano, o quien, si una cosa o la otra, o el problema son las dos a la vez. Pero es una fuerza que te acompaña. —Me miró fijamente—. Sigamos. Coge otra carta; esta vez ponla a tu izquierda.

—Sota de Bastos del revés —susurré.

—Aléjate de los desconocidos —sentenció.

Nos quedamos mirándonos. Las cartas nos decían todo y no nos decían nada. Siempre había tenido muchos reparos en creer. La lectura de cartas siempre me había pensado que era cosa de estafadores y caraduras, pero ahora quería creer, dejarme llevar. Sin que ninguna de las dos se moviera, sin que hubiese ninguna ráfaga de aire, las tres velas se apagaron a la misma vez.

Un escalofrío me recorrió el cuerpo entero. Nerviosa, miré a mi amiga, buscando una respuesta.

—Las cartas no quieren hablar más; ya no nos iluminan el camino.

—Necesito saber una cosa. —Sole levantó sus cejas, esperando a que le dijera mi pregunta—. ¿Cómo adivinaste lo que estaba soñando?

—No lo adiviné: lo soñé a la misma vez que tú. Tus gritos me despertaron.

—Sole, me estás dando mucho miedo. ¡Es imposible que yo te despertara! ¡Estábamos muy lejos!

—Pues lo hiciste. Y no sólo eso. Desde que conociste a Pedro, no paro de soñar con gusanos desagradables que se convierten en mariposa, en una preciosa, de grandes alas, colores llamativos, que te invita a seguirla y acariciarla. Pero en el fondo sigue siendo un gusano desagradable. Como si en vez de hacer el proceso del cambio de oruga a belleza, llevase una doble vida. Una farsa, una carcasa.

—¿Y eso que significa?

—No lo sé. Me lo tendrás que decir tú.

Unos toques en la puerta me hicieron salir del misticismo del momento. Era Marcos.

—Chicas, lo siento, pero me ha llamado Ricardo. Debemos marcharnos. Nos están esperando.

CAPÍTULO 9

Marcos me había dicho que Ricardo Guzmán nos estaba esperando en la casa de Pedro. Por un lado, no me apetecía volver a aparecer por allí, pero por otro mi inconsciente me ánima a ir, ahora sí podría estar en esa casa sin llaves, podría resolver algunas de mis dudas y protegida por la policía. ¿Qué me podía pasar?

Cuanto más me acercaba a esa casa, bueno, más que casa, a *esa* mansión, me notaba más presión en el pecho. Un tic nervioso comenzó a hacer mella en mi ojo derecho. Le indiqué a Marcos cómo llegar. Aparcamos sin problemas fuera de las verjas de la casa. El portón principal estaba entreabierto y delimitado con un cordón policial.

Marcos me dio la mano, dándome ánimos a seguir. «Estoy contigo», me decía con la mirada. Cruzamos todo el jardín. Vi cómo junto a la piscina seguían los sillones con sus cómodos cojines de plumas, desde donde estando sentada en ellos descubrí que había más ventanas en la fachada que las que había visto en el interior de la casa. Un auténtico quebradero de cabeza hasta que conseguí dar con ellas. Ahora no debería de costarme trabajo volver a abrir esa puerta. Me quedé mirando fijamente las ventanas. Cuando lo descubrí no debería de haber seguido con la boda, tenía que haberme alejado de Pedro. ¡Qué ingenua y cabezota fui!

Marcos me apretó la mano, sacándome de mis pensamientos, pidiéndome con un giro de cabeza que continuáramos nuestro camino.

Entramos a la casa. Unos policías que había allí trabajando nos dijeron Ricardo y Pablo estaba en el sótano. ¡El sótano! Por fin iba a poder saber que se cocía allí abajo. Aunque hubiese sido mejor no saberlo. Me encontré cara a cara con las fotos de aquellos desconocidos que sospechaba que Pedro se había llevado por delante. Me topé con una auténtica central de operaciones del horror. Vi unas pantallas en las que se podía observar todos los rincones de la casa. Ya me lo advirtió antes de morir: grabó todos mis movimientos. Unas lágrimas amenazaron con escapar. Mientras yo paseaba tranquilamente por la parte de arriba que me estaba permitida de la vivienda, abajo planeaban asesinatos. ¿Cómo se puede tener tanta sangre fría? Pablo Rosales que se dio cuenta de por dónde iban mis pensamientos. Se acercó a mí.

—Vera, por favor, ¿por qué no nos indicas donde está el quirófano que descubriste?

—Está bien; subamos al vestidor.

—¿Al vestidor? —preguntó Pablo—. Eso es imposible. Lo he revisado todo; no he visto nada.

—Ahora verás —le dije con media sonrisa.

Comenzamos a subir las escaleras. Justo cuando estaba a mitad del camino sentí un escalofrío que me recorrió toda la espalda. Me quedé fijamente mirando la vidriera decorada, ese ventanal que hasta ahora me había pasado desapercibido, ahora me hipnotizó. Una mariposa. Recordé las palabras de Sole:

«No paro de soñar con gusanos desagradables que se convierten en mariposa, en una preciosa, de grandes alas, colores llamativos, que te invita a seguirla y acariciarla. Pero en el fondo sigue siendo un gusano desagradable. Como si en vez de hacer el proceso del cambio de oruga a belleza, llevase una doble vida. Una farsa, una carcasa».

Ahí estaba, la intuición de Sole por decirlo de alguna manera. Al parecer, no tenía límites. Sus palabras me martilleaban la cabeza:

«Es destructivo, que no te hace bien. Ansiedad por resolver algo. Desequilibrio mental. Aléjate de los desconocidos».

Me tocaron por la espalda. Me sobresalté.

—Vamos. ¿Qué miras tanto?

—Nada, Marcos, sigamos.

Ahí estaba la primera pista, la intuición que Sole me dijo que siguiera. Subí detrás de ellos hasta el vestidor.

—Ilumínanos —me dijo Ricardo Guzmán con ansiedad.

Me acerqué temblorosa a la ventana. Bajé un poco la persiana igual que aquél día. Ahora había demasiada luz. Con los nervios, no recordaba donde estaba la puerta de acceso. Los tres hombres me seguían con la mirada. Notaba cómo esperaban que le resolviera sus dudas. Igual que el día que descubrí donde estaba el quirófano, me tumbé en el centro de la moqueta de la habitación. Su suavidad y calidez me envolvió en un abrazo.

—Vera, ¿qué haces? —La voz de Marcos temblaba

—Shhh —lo silencié.

Allí tumbada, en posición fetal, volví a ver el halo de luz. Luz donde debían de estar las sombras. Sonreí para mí misma.

—Listo —dije levantándome de un salto.

—¿Seguro? —dudó Pablo Rosales.

—Ayudadme a empujar.

Los tres hombres se miraron. No sabían qué hacer. Marcos fue el primero que se puso al lado mío.

—Tú dirás —me dijo con confianza.

—Solo empujar de aquí y el mueble girará.

Marcos sin ponerme en duda, comenzó a hacer fuerza. La madera crujió, él paró en seco pensando que lo estaba rompiendo.

—No, no pares —le alenté—. Cruje demasiado, es como si le faltara aceite a las bisagras. Ya nos dijo Pedro que llevaba años sin usarla.

Marcos comenzó de nuevo a hacer presión, esta vez ayudado por Pablo. Con un gran estruendo, la puerta terminó por ceder, abriendo paso al quirófano escondido.

—¿Pero qué demonios?... —balbuceó Ricardo, sin terminar la frase cuando vio la puerta abrirse por completo.

—Aquí lo tenéis. Dicen que lo prometido es deuda, ¿no? —Levanté mis hombros.

—Ya me explicarás cómo lo descubriste tú sola. —Ricardo no salía de su asombro.

—Pues haciendo lo que hice, tumbarme desesperada ahí en la moqueta. Y tener un golpe de suerte. Lo abrí y lo cerré. No entre. Para ser sincera, me dio miedo.

—Lógico. —Marcos me dio un abrazo.

Pasamos los cuatro al interior. Nuestras pisadas quedaban marcadas sobre la capa de polvo que cubría el suelo. Pablo Rosales apartó con su mano la gran tela de araña que nos impedía cruzar la habitación por el lateral izquierdo. Todo estaba tal y como recordaba. Habitación muy luminosa, la ventana tenía un cristal translucido, por el que pasaba mucha luz pero no dejaba ver nada, ni al interior ni al exterior. En el centro había una mesa de operaciones con un colchón negro, justo al lado se veía una mesa con instrumentos médicos; había un mostrador con cubetas, botes de suero vacíos tirados por el suelo y mucha maquinaria que se me antojaba que era médica. Al final de la habitación había unos cubos. La última vez que estuve allí no me atreví a pasar, así que no pude averiguar que había dentro. Sin pensarlo dos veces me acerqué. Con la respiración entrecortada abrí la tapa: no había nada. Estaba vacío.

—Vera, nos has sido de gran ayuda. Sin ti no lo hubiéramos encontrado.

Miré a Ricardo Guzmán. Me hablaba sin parar de fotografiarlo todo.

—Si no necesitáis nada más, creo que nosotros deberíamos marcharnos. —A Marcos se le notaba incómodo dentro de la casa, como si cada día que pasara fuese abriendo un poco más los ojos y viendo la magnitud del problema en el que me podía haber metido casándome con Pedro. Pero lo peor de todo era la incertidumbre de no saber con qué nos podíamos encontrar desde ese momento.

—Está bien —le respondió Ricardo—, pero tendremos que hablar con vosotros en comisaría.

—Llámame y quedamos.

Marcos me cogió de la mano y me arrastró a salir a la calle. Bajó las escaleras dando grandes zancadas, miré de reojo la mariposa de la vidriera al salir. Para memorizarla, por si acaso.

Antes de darme cuenta estábamos en la calle. Marcos frenó de golpe. Otra caja roja junto con una rosa de color negro estaba encima del coche de Marcos, en el lado del copiloto. Mi cuerpo tembló. Con pequeños pasos me acerqué hasta ella.

Marcos quería impedírmelo, pero no pudo evitarlo. Con dedos temblorosos la cogí mientras escuchaba cómo Marcos gritaba a la policía para que viniera hasta donde estábamos nosotros. Abrí la tapa lentamente. La nota decía: «MUERTE AL CHIVATO». Debajo, había una lengua.

Ricardo se acercó corriendo a nosotros.

—¡Vera! Suelta esa caja ahora mismo donde estaba. No debemos tocarla; tenemos que comprobar si hay huellas. —Lo miré fijamente e hice lo que me pidió—. Marcharos de aquí con vuestra escolta. Ahora. —Se notaban nervios en su voz—. Nosotros nos encargaremos. ¡Venga! —Hablaba en voz baja, como si no quisiera que le oyera nadie, pero con urgencia—. ¡No sé a qué esperáis!

Marcos me arrastró al interior de su coche. No paramos de mirar en todas las direcciones. Allí no había nadie que no hubiese estado antes. Dos hombres uniformados se montaron en la parte trasera del coche y un coche de policía comenzó a seguirnos.

Estaba huyendo por segunda vez en muy pocos días. Mi cuerpo y mi mente estaban bloqueados. En un ataque de valentía no paraba de mirar por la ventanilla en todas las direcciones con un solo pensamiento: «¿Quién eres?»

Estaba claro que ya no me podría fiar de nadie. Un nuevo aviso me confirmaba que mi vida corría peligro. Las palabras de Sole no paraban de martillear mi mente:

«Es destructivo, que no te hace bien. Ansiedad por resolver algo. Desequilibrio mental. Aléjate de los desconocidos».

Pero, ¿cómo iba a poder alejarme de los desconocidos si, hasta mi escolta, los policías que se suponen que me protegían y que en ese momento me acompañaban en el coche, eran extraños para mí?

CAPÍTULO 10

Desesperación. Ricardo Guzmán no paraba de andar de un lado para otro dando órdenes. Había estado allí. Les había dejado un nuevo aviso y no lo habían visto. Tenía que ser alguien muy cercano, pero ¿cercano a quién? ¿A la policía? ¿A Pedro? Esa persona conocía el sitio, conocía la casa, conocía los movimientos de Vera, y lo peor de todo, conocía los movimientos de la policía. Estaba al corriente de la visita de Vera a la casa.

Ella no había estado más de veinte minutos en el interior de la casa y al salir ya le habían dejado la caja roja con el aviso. Lo cual quiere decir que o, venían siguiéndola, o el responsable estaba ya en la urbanización. ¿Hombre? ¿Mujer? No sabía nada.

Una única idea le mortificaba la cabeza. Cada día que pasaba Ricardo Guzmán estaba más seguro de que el responsable sabía cuál iba a ser su siguiente paso. Por eso actuaba así. Necesitaba avanzar, buscar el factor sorpresa que hiciese a ese delincuente equivocarse, dejar una pista, encontrar el principio del hilo del que poder tirar hasta desenliar la madeja de lana.

—Buscadme al guarda de seguridad de la urbanización. Toda la zona está vigilada por cámaras. Quiero ver las grabaciones.

—Ahora mismo, jefe.

—Que alguien le lleve esta nueva muestra encontrada al edificio Genyo, a la atención d Jaime López. —Ricardo seguía dando órdenes que debido al respeto que se había ganado a pulso en el cuerpo los demás cumplían sin rechistar.

—Yo lo haré —dijo un muchacho acercándose a él.

—Está bien —asintió Guzmán—. Ve directo. No te entretengas. No se la des a otra persona que no sea Jaime. Yo me voy a poner en contacto con él ahora mismo.

Sin despedirse del policía al que le entregó la muestra envuelta en la bolsita de plástico oficial para estos casos, Ricardo se metió la mano en el bolsillo, sacó su móvil y empezó a escribir:

> *«Hola Jaime. Va para Genyo un oficial. Lleva una muestra que hemos encontrado. La lengua que esperábamos que apareciera. Necesito que me analices que realmente es de Pedro Montijano. Los dos sabemos que es solo un trámite burocrático, ¿de quién iba a ser si no? Espero respuesta».*

Le dio a enviar. A los dos segundos, antes de que metiera el teléfono en su bolsillo lo escuchó pitar. Era Jaime:

> *«Ok, lo espero. Lo veíamos venir. Te mantendré informado».*

La confianza por los años de amistad hacía que entre Jaime y Ricardo todos los trámites oficiales se agilizaran con un simple mensaje.

Ricardo Guzmán respiró hondo. Notaba cómo el latido de su corazón se reflejaba atormentando sus sienes. Un tremendo dolor de cabeza amenazaba con ser persistente. Se tocó el bolsillo de la camisa; por suerte, siempre llevaba un *paracetamol* o un *nolotil* a mano. En cuanto encontrara un poco de agua se lo tomaría. Aún tenía mucho trabajo pendiente. Había que averiguar quién estaba detrás de todo. Quien tenía tanta sangre fría para ir regalando partes de un cuerpo humano.

Ricardo volvía a debatir consigo mismo. ¿Qué puede estar pasando por su cabeza para actuar así? Aparentemente, lo debería de tener todo planificado. Un loco a la deriva hace las cosas al azar y, hasta ahora, se estaba encontrando con procedimientos estudiados y meticulosos. Parecía más bien un psicópata.

Guzmán sabía que en cualquier parte te puedes encontrar con

un psicópata, conduciendo un autobús, administrando una empresa, vendiendo chucherías en un puesto, donde menos te lo esperas, puede haber alguien que sufre un trastorno de la personalidad. Aparentemente no hay nada que los diferencie, aunque ellos viven bajo sus propias normas, ellos crean sus reglas. Sienten remordimientos o culpa solo cuando rompen su propio código, pero no les duele hacer lo imposible para cumplir su objetivo. Hacen lo que tenga que hacer, sea lo que sea. Deben de cumplir su código. Pero hasta que llegue el momento, conviven con la sociedad. Se adaptan a los códigos sociales, pero no dudan en mentir o manipular personas.

Ricardo dudaba entre si realmente se enfrentaba a un psicópata o no. Ya que muchos delincuentes utilizan ese término para rebajar su condena, puesto que a diferencia de un reo normal, no existe posibilidad de corregir la conducta del individuo, de eso se quieren aprovechar muchos, ya que la condena es una rehabilitación que evita penas y reconforta el bienestar del preso. Eso le sacaba de sus casillas al policía, para Ricardo, aunque estuviera enfermo debía de cumplir su castigo y ser consecuente de sus actos.

Psicópata o no, Ricardo tenía estaba obsesionado con sus interrogantes. ¿Quién eres? ¿Dónde estás? ¿Por qué?

Un policía se acercó a él sacándolo de sus pensamientos.

—Jefe, tenemos un pequeño problema —titubeó.

—Suéltalo —contestó Ricardo directo

—Casualmente hoy las cámaras de seguridad de la urbanización han dejado de funcionar. No están grabando desde hace dos horas.

—¡Maldita sea! —Guzmán dio un golpe al coche que tenía al lado—. Lo tiene todo controlado. ¡Será cabrón! Lo atraparé, te juro que lo atraparé —le dijo mientras lo señalaba con un dedo.

—¿Qué vamos a hacer ahora?

—No lo sé. Por ahora, sigamos con el registro de la casa. Y que alguien interrogue al guarda de seguridad. Tenemos que sacar hoy toda la información posible. Mañana a primera hora tendremos una reunión en comisaría. Tenemos que exponer todo lo que sabemos, seguir rellenando con información el panel de corcho, buscar enlaces, ver qué hacemos para adelantarnos a su siguiente paso.

El teléfono de Ricardo Guzmán comenzó a sonar en su bolsillo.

—Dime —contestó sin saber quién era.

—Hola, soy Montes. Te llamo de la cárcel de Albolote.

—Sé quién eres. ¿Qué pasa? —El carácter del policía se iba volviendo más rudo conforme pasaban las horas.

—Tenemos un problema grave. Los dos hombres que detuvisteis el otro día, los dos matones, creo que los llamabais, han aparecido muertos en su celda.

—¿Cómo? —chilló desesperado

—Sí, esta mañana, todo era normal cuando le hemos llevado el desayuno. Acabamos de llevarle el almuerzo y estaban los dos muertos en sus celdas. Están en una zona incomunicada y por separado. Solo se les lleva la comida.

—¿Y cómo han muerto?

—Se han tenido que suicidar, como te digo. Nadie ha ido a verlos. El último que estuvo allí le llevo el desayuno. Un cola-cao y magdalenas. Eso no mata a nadie. Pero no hay restos de sangre; no se han hecho cortes, ni se han ahorcado. Es muy raro. Una autopsia nos podrá decir más.

—¿Los habíais interrogado como os dije?

—Pensábamos hacerlo esta tarde —dijo en un tono muy bajo de voz, como si le diera vergüenza reconocer que no habían cumplido con su trabajo.

—Sois unos incompetentes. Lo sabéis ¿verdad? —comenzó a gritar Ricardo. Andaba de un lado para otro, desesperado, nervioso, preocupado—. Acabáis de dejar morir a los dos únicos testigos que teníamos de todos los asesinatos de Pedro Montijano. Me habéis cerrado una puerta. ¿Qué digo puerta? Habéis bloqueado el único camino que tenía hasta ahora para seguir.

—Lo siento —tartamudeó Montes a través del teléfono.

—Sí, Montes, sí, que todo tu equipo lo sienta. Porque esto no va a quedar así. Ninguno de vosotros va a quedar inmune —lo amenazó.

Sin dar pie a más conversación, le colgó el teléfono. Volvió a tocarse el bolsillo comprobando que tenía sus pastillas en su sitio. Definitivamente iba a necesitar algo más fuerte que un simple paracetamol.

Entró corriendo a la casa buscando a Pablo Rosales. La impotencia que sentía no le permitía parar en un mismo sitio.

—¡Ey! ¿Dónde está la prisa?

Ricardo fulminó con la mirada a Pablo, quien estaba sentado en una mesa delante de un ordenador portátil. El hombre había escogido el peor de los días para intentar animarlo con bromas. Así que, con enfado, empezó a relatar todo lo ocurrido. Conforme iba avanzando su historia, Rosales se iba volviendo pálido.

—El caso es que he escuchado lío abajo —se excusó Pablo—, pero no he ido porque he encontrado un archivo interesante en el ordenador. Estaban escaneadas las escrituras de la nave, donde aparecieron los cuerpos.

—Donde apareció Noelia —recalcó Guzmán. Todos los acontecimientos no lo dejaban llorar la muerte de su esposa como se merecía, eso lo estaba consumiendo, pero la sed de venganza lo animaba a seguir.

—Sí, ahí —continuó Rosales mirando al suelo—. Nos vuelve a decir algo que ya sabíamos, que esa nave está a nombre de Mateo López Tirado.

—Eso ya lo sabíamos —le cortó—. Tan solo hemos avanzado en averiguar su segundo apellido.

—Sí, pero lo que no sabíamos es que Mateo López es un componente de la tapadera de Pedro. Hay varios documentos de la asociación «NO TODO SE COMPRA, NO TODO SE VENDE», firmados por él. Tiene que ser la mano derecha de Pedro, según veo, los documentos que firma, son de dirección, recaudación, y organización general.

—Quiero más datos sobre él.

—Los buscaré —contestó Pablo sin dejar de mirar la pantalla del ordenador.

—Avísame si encuentras algo. Me voy a la cárcel de Albolote a ver las celdas de los dos matones. Después estaré en el depósito de cadáveres del clínico mientras le hacen la autopsia. Llámame cuando tengas un avance, por mínimo que sea; quiero estar al corriente de todo, hasta del más mínimo detalle.

—No te preocupes; lo haré.

Ricardo conocía muy bien a Pablo Rosales. Sabía que no le iba a fallar. Salió de la casa; se montó en su coche oficial y, cuando fue a arrancar, vio desde el exterior de la vivienda la preciosa vidriera con la mariposa.

«¿Una mariposa? Más bien debería de haber puesto un escorpión envenado.»

Arrancó el coche y salió de allí, con las pulsaciones a mil por hora.

CAPÍTULO 11

Ricardo iba por la autovía a ciento cincuenta kilómetros por hora, cuando el límite de velocidad era solo de cien. Tardó unos quince minutos en llegar. Aparcó en la misma puerta. Leyó sobre el muro de color albero las letras metálicas: «CENTRO PENITENCIARO DE ALBOLOTE».

Salió del coche, colgándose en su hombro izquierdo su mochila de color negro con el instrumental que siempre lo acompañaba En la puerta estaba Montes esperándolo.

—Me has dicho que venías, así que me estaba fumando un cigarro mientras llegabas. —Se notaba de lejos que Montes quería ser todo lo amable posible con Ricardo para subsanar el error de no haber interrogado a los dos presos a su debido tiempo.

—Vamos, no tenemos tiempo que perder. Como bien sabes, tiempo que pasa, verdad que huye —respondió, huraño.

—Cierto, cierto.

—Pues no sería tan cierto para ti cuando habéis permitido que mueran sin sacarle toda la información posible.

El enfado de Ricardo hacia que el ambiente estuviera tan denso que casi se podía cortar. Montes sabía que llevaba razón, que no había nada que los excusara. Aún así ya no tenía nada que hacer, solo obedecer órdenes, esperar a que pasara el tiempo y todo se suavizará.

Le abrió la puerta principal y pasaron al interior. Saludaron al funcionario de la entrada que se encontraba a través del cristal con un movimiento de cabeza. El edificio era relativamente nuevo, por lo que tenía buen aspecto. El suelo estaba forrado con un PVC en un tono verde homogéneo; las puertas eran todas del pino macizo pintadas en el mismo tono y las paredes bañadas con tonos vainilla.

Subieron la pequeña cuesta de la pasarela que les pasaba al largo pasillo. Al fondo había tres puertas de seguridad. No se habría la segunda sin que se hubiese cerrado la primera, y así sucesivamente. Las cruzaron en silencio, tan solo se escuchaba el crujido de la goma de sus zapatos. Llegaron a un patio techado con placas translucidas, que permitían que pasara luz pero no se veía nada hacia fuera. Desde ahí se podía ver a dos alturas las rejas de las distintas celdas. Se acercó el funcionario de la zona hasta ellos y le dio a Ricardo Guzmán el pase oficial que le autorizaba a estar en esa zona.

—No era necesario, y lo sabes —le dijo a Montes.

—Nos gusta ser legales. Hacer las cosas bien —dijo sonriendo

—Sí, ya lo he comprobado, sobre todo sois muy puntuales en la ejecución de vuestras tareas —dijo cortante quitándole cualquier rastro de sonrisa de la cara a Montes. Definitivamente no pensaba ponérselo fácil. Lo había puteado a base bien.

Montes se puso tenso. Cuadró sus hombros y, con gesto serio, le cedió el paso. Mientras pasaban por los pasillos escucharon como varios presos les pegaban gritos. Unos los saludaban sarcásticamente, otros los insultaban. A medida que avanzaban escuchaban cómo golpeaban las rejas de sus habitaciones con distintos objetos. Ricardo Guzmán se fijó en algunos de ellos: tenían la mirada perversa y pérdida.

Cruzaron una puerta giratoria que había justo al lado de la puerta de enfermería, la que los conducía al área de aislamiento. Llegaron a zona donde se encontraban los dos cuerpos, cada uno en su celda, aunque curiosamente parecía la misma imagen cuando se asomó Ricardo al quicio de las dos puertas.

La disposición del mobiliario era el mismo. Habitación minúscula con una pequeña ventana que no se puede abrir y enrejada enfrente de la puerta, cama de noventa centímetros a la derecha. A la izquierda unas pequeñas baldas de obra donde estaba colocada la ropa, justo al lado un escritorio con una silla no muy cómoda. Un poco más retirado un inodoro junto a un lavabo con un espejo de plástico.

En ambos casos el cuerpo de los matones estaba tumbado en la cama, mirando hacia el lado derecho. Así vestidos con el uniforme carcelario, al policía ya no le parecían tan grandes como cuando llevaban su traje de color oscuro.

Ricardo sacó de su mochila su cámara de fotos. Era una *Canon Eos 5D Mark III*, lo último en tecnología fotográfica, con su objetivo compañero. Fue un capricho de casi cuatro mil euros que se dio el verano anterior cuando se fue de viaje con su mujer.

—¿Para qué quieres esa cámara? Si cuando me echas una foto se me ve hasta el poro de la piel. Ricardo, una foto es una foto. Menos mal que siempre voy bien depilada o me sacarías hasta un pelo del bigote que comienza a asomar —se burlaba ella.

Ricardo sonrió amargamente; le encantaban esas bromas tan naturales de Noelia. La iba a echar mucho de menos. Aún no se había hecho a la idea que ella no iba a volver. Prefería no pensarlo, no por ahora. Antes había que resolver el caso, vengar su muerte, después ya vería lo que haría o pasaría. No era el momento de tomar esa decisión, tenía que atrapar al culpable.

Con cuidado comenzó a colocar el objetivo sobre su cámara.

—¡Fiiiuuu! —silbó Montes—. ¿Y esa máquina? Es mejor que la del fotógrafo forense que ha venido hace diez minutos. ¿Qué piensas hacer con ella? Ya he pedido que te manden todas las pruebas y fotos a tu despacho, como responsable del caso que eres.

—A diferencia de otros, a mí me gusta ser profesional —contestó tajante Ricardo—. Las cámaras de la policía científica son una porquería; no tienen buenos objetivos. Por norma general quien las hecha no tiene el mismo criterio que yo. Así que prefiero tomar mis propias fotos y después contrastar pruebas —dijo mientras le daba la espalda y comenzaba a enfocar al primer cuerpo.

—Ok. —La respuesta de Montes fue indiferente. Ya se estaba mosqueando por la antipatía constante que le demostraba Guzmán.

Pasaron cinco minutos, que a Montes se les hicieron eternos, en completo silencio. Ricardo andaba de una celda a otra fotografiando y anotando sin parar.

Misma imagen, misma postura, dos celdas diferentes: planificado, sin duda. Apuntó por último en su libreta.

—¿Cuándo se traslada el cuerpo para la autopsia?

—Están esperando fuera a que termines para llevárselo.

—Está bien. En ese caso ya pueden pasar: he terminado. Supongo que lo llevaran al hospital clínico, ¿verdad?

Montes asintió. Ya no iba a pronunciar palabra. Así evitaría cualquier otra mala contestación.

Mientras Ricardo metía su cámara en su funda, y a su vez, en su mochila, comenzó a sonarle el móvil.

—Dime. —Siempre contestaba así.

—Hola, Ricardo, soy Jaime —le aclaró a sabiendas de que nunca miraba la pantalla para ver quien le llamaba.

—Hola, ¿qué has averiguado? —dijo mientras comenzaba su camino de retorno hacia la salida del centro penitenciario, cruzándose con los hombres que se iban a llevar los cuerpos al depósito.

—¿Impaciente?

—No sabes cuánto. A cada paso que doy, me adelanta dos. Me trae loco. Ilumíname.

—No te puedo decir nada que no sepamos. He analizado la lengua que me has traído como tenía el ADN de Pedro a mano de las otras pruebas, y sí, está confirmado: pertenece a Pedro. He de añadir que sigo estando en lo cierto, la persona que está detrás de todo esto, tiene conocimientos de medicina o de carnicería.

—Con los ojos ya vimos que sabía hidratarlos, así que si insistes es por qué has visto algo que lo demuestra ¿no?

—Cierto, esta vez la lengua la han congelado e hidratado, correctamente por lo que no ha perdido ninguna de sus características. Así que sea quien sea el que esté detrás de todo esto quería hacernos saber a quién pertenecían los órganos y que no tuviéramos ninguna duda. Así que yo ya empiezo a pensar que quizás todo esto no es para vengarse de Vera, si no para vengar la muerte de Pedro, o ambas cosas. El mutilador se esconde…

—… Pero a la misma vez nos habla —terminó Ricardo la frase.

—Exacto —dijeron los dos hombres a la vez.

—¿Y ahora qué? —preguntó Jaime—. ¿Qué piensas hacer?

—Acaban de aparecer muertos los dos únicos testigos que tenía. Los dos matones de Pedro. Así que voy de camino a su autopsia, quiero estar presente. Y después no sé. Reuniré a todo el equipo en la oficina y juntaremos pruebas. Habrá algún hilo por el que tirar.

—Ok. Pues mantenme informado.

—¿Te emociona este caso? En todos los años que te conozco es la primera vez que estás tan encima del avance —bromeó Ricardo

—Hay un hombre suelto por Granada, capaz de dejar regalos que incluyen partes del cuerpo de un hombre a la mujer que lo dejó plantado en el altar. Si eso no te provoca curiosidad es que realmente no eres humano, y mucho menos policía.

—Está bien, estaremos en contacto. Realmente no sé con qué me puedo encontrar en la autopsia.

—Ahora tengo unas horas libres, ¿quieres que te acompañe? Quizás otra opinión os pueda servir.

—Como quieras, pero definitivamente estás loco. Yo quiero que todo termine para salir corriendo, y tú quieres meterte en la cabeza del lobo para obtener información. Así que, tú mismo, yo voy para allí. Tardaré unos quince minutos en llegar. Si quieres, allí nos vemos.

—Salgo ahora mismo.

Colgaron sin despedirse. Ricardo se quedó mirando la pantalla de su teléfono. Jaime López lo había sorprendido. Lo conocía bien, llevaban años trabajando juntos, pero nunca se hubiera imaginado que se involucraría tanto en este caso. Pensándolo fríamente, la opinión de un profesional con sus conocimientos podría ser de ayuda.

Por segunda vez en el día, se montó en su coche, encendió las luces y las sirenas, y partió hasta su siguiente objetivo.

CAPÍTULO 12

«Segundo día consecutivo que vuelvo al depósito; espero que no se vuelva costumbre en mí día a día», pensó.

Eran casi las siete de la tarde cuando Ricardo entraba de nuevo por las puertas del Hospital Clínico. Había parado un rato en comisaría. Los minutos justos que le permitían copiar todas las fotos de su cámara a su ordenador. Le había pedido a la secretaría que se las imprimiera, ya que al día siguiente todos tendrían una reunión y las iban a necesitar.

Aún era de día cuando llegó. Las altas temperaturas propias de un seis de agosto hacía que el policía se sintiera aún más agotado de lo que ya estaba por la falta de horas de sueño y la presión a la que se estaba viendo sometido.

Estaba subiendo por la rampa de urgencias cuando se vio obligado a apartarse para dejar pasar a un coche que venía demasiado rápido y tocando el claxon. Vio cómo un hombre compungido acompañaba a un joven que se había golpeado en la cabeza. El muchacho entraba sin conocimiento y sangrando demasiado.

El hombre comenzó a gritar:

—¡¿Dónde está el médico?!

Debido al revuelo que había ocasionado con sus voces, un montón de curiosos comenzaron a asomarse para ver qué ocurría. Por el pasillo salieron corriendo varias personas con uniforme. Médicos, enfermeros, auxiliares, corrían en su ayuda. El hombre al ver que todos llegaron a su lugar comenzó a llorar.

—¡Sálvenlo, por favor! —suplicaba—. ¡Es mi hijo! Estaba arreglándome la antena y se ha caído desde el tejado. Hagan lo que necesiten, pero sálvenlo. No puedo vivir sin él. La ambulancia tardaba demasiado, lo he traído en mi coche. Pero no le he movido la cabeza como me han dicho

Al herido lo tumbaron en una camilla y lo trasladaron al interior. Una enfermera pidió al padre que lo acompañara ya que debía tranquilizarse.

«¿Que no haría un padre por su hijo?», pensó Ricardo Guzmán mientras dejaba la escena a sus espaldas, comenzando a cruzar el pasillo de urgencias para ir directo al ascensor que le permitía llegar al depósito de cadáveres.

Llegó al ascensor, marcó la clave que le habían facilitado y bajó.

«A las mazmorras», pensó para sí mismo recordando la broma de Víctor, el responsable del depósito un día antes. Ricardo odiaba andar por aquellos pasillos subterráneos solo. En un acto de valentía se decía a sí mismo, eres policía, no te dejes llevar por tonterías. Pero en su interior reconocía que aquellos pasillos daban terror. A Ricardo le erizaba la piel. El olor a muerte era constante.

Cuando llegó a la puerta metálica observó que estaba entreabierta. Tocó con los nudillos, sin esperar respuesta pasó. Entre las dos camillas que había en la habitación, ataviados con bata blanca y guantes, estaban Jaime López y Víctor. Se saludaron con un gesto de cabeza.

Ya estaban situados los dos cuerpos de los dos matones sobre las camillas metálicas. Sus cuerpos estaban tumbados, aún vestidos con su uniforme carcelario. Del dedo gordo de su pie derecho colgaba una etiqueta. Ricardo Guzmán se acercó a la primera camilla, la leyó sin tocarla:

«Ernesto Tirado Pérez, alias "el desalmado". 36 años de edad.»

Pasó a la siguiente camilla e hizo lo mismo. Leyó:

«Ramiro Tirado Pérez, alias "la bala". 36 años de edad.»

—¿Hermanos? —preguntó Ricardo

—Gemelos —contestó Víctor—. Según hemos podido comprobar

por su informe policial eran gemelos. Los dos tienen una larga lista de antecedentes penales. ¿Estamos listos para comenzar?

Tanto Ricardo como Jaime asintieron. Víctor cogió una carpeta con unos folios sujetos, su bolígrafo y puso en marcha su grabadora. Comenzó a hablar.

—Lunes seis de Agosto a las siete y media de la tarde. A diferencia de otras veces, hoy estoy acompañado de Ricardo Guzmán, jefe de policía, y Jaime López, profesor de Medicina Legal y Forense de la Universidad de Granada y colaborador del FBI. —Mientras hablaba se puso un poco de *vivaporú* en la entrada de los orificios de su nariz, dejándole un resto brillante y pegajoso en la parte superior de la zona de su bigote bien afeitado. A continuación se los pasó a los demás para que hicieran lo mismo—. Hoy vamos a hacer dos autopsias para intentar detectar el motivo de la muerte de los dos únicos testigos del caso de Pedro Montijano. Son dos hermanos. Para ser exactos, son gemelos. Su parecido físico es impresionante. Casi son como dos gotas de agua, tan solo se diferencia, aparentemente, en que uno tiene un lunar en la mejilla y el otro no. O por lo menos es lo único que veo a simple vista. Vamos a comenzar con… —titubeó, desde su distancia no podía ver bien la etiqueta con el nombre

—«Ernesto Tirado Pérez, alias "el desalmado", 36 años de edad» —leyó Ricardo.

—¿Y el otro? —preguntó Víctor.

—«Ramiro Tirado Pérez, alias "la bala", 36 años de edad».

—Gracias. Ricardo. Debidas a la similitud en la muerte de los dos hermanos, vamos a ir intentando hacer las dos autopsias a la misma vez.

Anotaron la altura, el peso, la edad y el género del cuerpo en sus folios. Les quitaron sus ropas dejándolos desnudos no sin antes revisar con ahínco las prendas. Especificaron donde estaban los lunares y tatuajes del cuerpo. Jaime López se encargó de tomarle las huellas digitales a los dos cuerpos.

Examinaron el cuerpo de cerca y meticulosamente, bajo un cristal de aumento. Comprobaron si había marcas en la piel; buscaron restos de sangre. Revisaron sus uñas. Pero en ninguno de los dos cuerpos había nada que no fuese normal.

Acercaron la máquina de rayos X para comprobar si tenía alguna fractura. Nada. Tampoco esta vez había nada extraño.

—Procedemos a hacer un registro dental —indicó Víctor, para que quedara todo el procedimiento registrado en la grabadora. Cogió una linterna y con un palo plano de madera, le abrió la boca al primer cuerpo—. Nada de caries. —Registró con sus dedos la parte trasera de los dientes delanteros. Notó un resalte en una de las paletas. Iluminó la zona; con unas pinzas planas tiró de la lengua hacia fuera. Vio una hilera de yagas en los laterales. Tocó con los dedos la parte trasera de los dientes—. Aquí está: cianuro encapsulado.

—¿Eso qué es? —preguntó Ricardo asomándose al interior de la boca.

—Eso significa *suicidio*. Espera comprobemos que está también en la boca de su hermano.

—Sí, aquí lo tienes —dijo con rapidez Jaime.

—Pues a falta de un análisis de sangre que confirme el envenenamiento, apostaría mi cabeza (y no la perdería), a que es una capsula de cianuro —sentenció Víctor—. Por desgracia, cada vez es una práctica más frecuente. Su jefe se la habrá puesto, como advertencia. La orden es sencilla, coincide en todos los casos que he conocido hasta ahora. Si te atrapan, actívala y mátate antes de hablar. Si no lo haces, te torturaré hasta la muerte y tu familia sufrirá represalias. Por eso creo que lo habéis encontrado a los dos en la misma postura. Tumbados sobre el lado derecho. Puede ser un mensaje. Dejar a mi familia tranquila que nos matamos antes de hablar.

—Matones acojonados. ¿Cómo se activa la capsula? —preguntó Ricardo.

—Normalmente masticamos en vertical, así que no se ve afectada. Hay que pincharla o presionarla en sentido lateral.

—Pero las uñas estaban limpias, no había restos de nada —aclaró Jaime.

—Se puede pinchar con cualquier objeto. Incluso haciendo una fuerza extreme con la lengua sobre ella se revienta.

—Así que, casi confirmado el hecho de que es un suicidio, puedo decir que me han jodido pero bien. —Ricardo se frotó las sienes. El dolor de cabeza no se iba. Estaba verdaderamente agotado.

—¿Te encuentras bien? —le preguntó Jaime a Guzmán.

—Solo estoy un poco cansado.

—Más bien deberías de decir excesivamente cansado. ¿Por qué no te vas a casa y descansas un poco? Nosotros seguimos. Aún queda mucho trabajo y mañana por la mañana te llevo los resultados a tu despacho —se ofreció Jaime

—¿Por qué tienes tanto interés en este caso, Jaime? —Víctor se quedó mirando a los dos hombres sin saber que decir, el tono de Ricardo se estaba volviendo un poco acusador—. En todos los años que nos conocemos, nunca, y repito, *nunca*, te has tomado tanto interés. ¿Qué pasa en este caso para que cada vez quieras estar más involucrado?

—Creo que el cansancio no te deja pensar, ya te lo he dicho. Quiero saber quién es el hombre que está dejando regalitos con trozos de cuerpo humano a una pobre muchacha.

—¿Y quién ha dicho que sea un hombre? —chilló Ricardo mientras golpeaba con su mano derecha la mesa de trabajo de Víctor—. Jaime, quiero que me cuentes ahora mismo toda la información sobre mi caso que yo no sé y tú sí.

—Tranquilo, Ricardo. No sé nada que tú no sepas. He dicho que es hombre por decir algo. Se perfectamente que hasta que no tengamos más pistas no podemos definirnos entre si lo que buscamos es un hombre o una mujer. —El policía comenzó a andar de un lado para otro sin descanso. Se tocaba de nuevo las sienes; su cabeza iba a estallar. Le costaba trabajo respirar—. Párate un momento. Mírame, amigo. –Guzmán le hizo frente—. ¿Cuándo te he fallado yo?

—Nunca, lo sé —contestó, abatido—, pero no puedo fiarme de nadie. Quien sea la persona que está detrás de todo esto, está demasiado cerca de mí. Conoce mis pasos. En ti veo movimientos y preocupaciones muy extrañas. ¿Qué quieres que piense?

—Debes de pensar en que soy un amigo que te está ayudando a vengar a tu mujer. Recuerda que Noelia era muy amiga de mi esposa; iban juntas de compras, a tomar café, a la biblioteca, se contaban tus secretos. Desde que ella no está, mi mujer no para de llorarla. Ella ha sido la que me ha pedido que te ayude a buscar al culpable. Noelia era muy querida por nosotros, por lo que su muerte no debe de quedar impune. Y si a eso le añades que está la muchacha que me has contado atormentada por todo lo que le está ocurriendo… —Jaime le puso una mano en el hombro. Lo miró a los ojos —. ¿Cómo no puedo verme involucrado? Hay un desalmado suelto por Granada, hay que atraparlo cuanto antes.

—No te creo. Bueno… Sí —titubeó—. ¿La verdad? No sé qué pensar —dijo Ricardo apartándose, negando con la cabeza—. Puede que tengas razón, que el cansancio me esté nublando las ideas, pero me da que no estás siendo completamente transparente conmigo.

—Señores, les pediría por favor que salieran de aquí. —Víctor, que había contemplado toda la escena tranquilamente, los estaba echando del depósito de cadáveres. Los dos hombres lo miraron desconcertados—. Lo lamento, pero yo aquí estoy para trabajar, y vosotros me estáis haciendo perder el tiempo. Sois policías, así que comportaos como tal. Nada de palpitaciones, imaginaciones o estupideces. Basémonos en lo que nos dicen las pruebas, es la única verdad que tenemos para comprobar por ahora. Así que por favor márchense. Déjenme seguir trabajando. —Miró a Ricardo que aún estaba boqui abierto—. En unas horas tendrás todos los resultados en tu mesa.

Sin más palabras abrió la puerta metálica invitándole a los dos a salir. Jaime y Ricardo se miraron fijamente, esperando a ver quien daba el primer paso, desafiándose mutuamente. Al final fue Jaime el primero en salir.

—Ya hablaremos tú y yo.

Fue lo último que dijo antes de perderse en el pasillo. Ricardo se giró hacia Víctor, este a su vez le dio la espalda. La conversación se había acabado, así que el policía salió cerrando la puerta detrás de sí. Apoyó la frente contra el metal, escuchó de lejos como Víctor seguía grabando los siguientes pasos de las dos autopsias. Miró el reloj, eran casi las doce de la noche, el día había pasado demasiado rápido. Definitivamente necesitaba dormir. Pero aún era incapaz de ir a su casa. El vacío de Noelia lo superaba. Se marchó con los hombros caídos y la mente en ebullición hacia la comisaría. El único lugar donde, por ahora, no le importaba sentirse solo.

CAPÍTULO 13

Desesperación. Marcos me llevaba dentro de su coche. Dos policías uniformados estaban sentados en la parte trasera de nuestro coche. Por el espejo retrovisor vi como nos seguía otro coche oficial.

¿Hacia dónde nos dirigíamos? No lo sabía, pero ¿importaba? ¿Realmente iba a estar segura en algún sitio? Mi corazón palpitaba con rapidez, tenía la respiración entrecortada, y un temblor en las piernas amenazaba con ser persistente. Aún así no podía parar de mirar de mirar por la ventana, fijándome en todos los conductores de los coches que nos rodeaban.

«¿Quién eres?», preguntaba en silencio. Pero no obtenía respuesta, nada de lo que me rodeaba era aparentemente diferente a lo que podía haber cualquier día normal y corriente. Porque eso era para mucha gente, un día normal y corriente, pero no para mí. Al parecer el reloj empezaba a correr en mi contra.

«MUERTE AL CHIVATO». ¿Chivata yo? No, no podía ser. Tendría que haber una confusión. Yo no había de nada con nadie. A la policía me la había encontrado por el camino y por qué Pedro intentó matarme si no me hubiera apartado de su camino. Él su vida, y yo la mía. Y se acabó.

¿Seguro, Vera? Mi subconsciente me preguntó. ¿Estás segura de que te hubieras apartado y no hubieses intentado averiguar nada? ¿Tantas preguntar sin resolver en tu cabeza? Imposible. Definitivamente imposible. Mi carácter me impedía tener una duda y no resolverla. Quizás era mejor que Pedro estuviera muerto. Un escalofrío me recorrió la espalda y me hizo castañear los dientes a pesar del calor que hacía. Era la primera vez que me alegraba que alguien estuviera muerto. Claro está, que por otro lado era mucho peor. Ya que en el caso de que él estuviera vivo, con que la policía lo atrapara, sería suficiente. Ahora estábamos buscando una sombra.

¿Y si la clave estuviera ahí? ¿En buscar una sombra de Pedro? A los dos matones ya los tenía la policía así que ellos no podían ser. ¿Pero quién entonces? No conocía nada del mundo de Pedro. Siempre que habíamos estado juntos, habíamos estado solos. Sin amigos. Amor y necesidad de no perdernos nada el uno del otro, me había dicho Pedro. Estupidez, la vida no solo somos tú y yo, hay gente que me rodea y que no quiero perder, le contestaba yo. Pero se salió con la suya; siempre íbamos solos a todos lados. Y por separado. Solo lo había visto acompañado de sus dos matones.

«¡MENTIRA!», me chilló mi subconsciente. ¿Cómo que mentira? Me respondí a mí misma. Empecé a darle vueltas intentando recordar todas mis citas con Pedro, a dónde habíamos ido. Recordé cuándo nos conocimos. La primera vez que lo vi fue una manifestación. No podía recordar a todos los que allí había, aparte de que no me fijé en nadie. Quería salir corriendo. Llegaba tarde a trabajar y fue cuando me invitó a la reunión en el Hotel Nazaríes. Allí fue la primera vez que me quedé maravillada de él, así que tampoco es que me fijara mucho en la gente que había a mi alrededor.

Lo que había quedado claro es que fuese quién fuese sí que se había fijado en mí: él sabía mis movimientos. Solo había estado veinte minutos en casa de Pedro y allí me había dejado un nuevo aviso. Tenía que ser alguien muy cercano, pero ¿cercano a quién? ¿A la policía? ¿A Pedro? ¿A mí? Él o ella sabían que yo estaba dentro de esa casa. No había otra explicación.

«Es destructivo, que no te hace bien Ansiedad por resolver algo. Desequilibrio mental. Aléjate de los desconocidos».

Las palabras de Soledad no me abandonaban. Volvían una y otra vez a mi cabeza

«¡MENTIRA!» Me volvió a chillar mi subconsciente.

De repente noté cómo Marcos me apretaba una de mis rodillas mientras escuché como se abrían las puertas traseras. Me sobresalté.

—Vera, no quería asustarte. Ya hemos llegado —me dijo con dulzura—. ¿Estás bien? Parecías muy distraída todo el camino

—Sólo me estaba peleando conmigo misma —le sonreí.

—Vamos subamos a casa.

Salimos del coche seguidos por los dos policías. Comprobaron que el piso de Marcos estaba en orden antes de dejarnos entrar.

—Chicos, tenemos que hablar con vosotros —nos dijo uno de ellos. Asentimos y nos sentamos en el salón—. Como habéis podido comprobar, vuestra seguridad, sobre todo la de Vera, se está convirtiendo en algo primordial. Por esto vamos a implantar un programa de protección especial sobre el testigo, es decir, sobre vosotros. Tenéis que saber que ese programa no es como el americano y ni mucho menos como el de las películas. En España no se garantiza el anonimato del testigo, sino que, únicamente, su identidad no conste en los documentos públicos de la investigación. Pero ¿dónde está el problema en nuestro caso? Que el testigo no puede aspirar a que no le conozcan si es conocido por el imputado, y creemos que quien esté detrás de todo esto conoce a Vera. —Los dos asentimos. Todos pensábamos lo mismo—. A veces es mayor la sensación de peligro que sufre el testigo que la objetividad real de la amenaza. Quizás estemos ante un simple loco que no pretende nada más que dar miedo, pero en este caso Ricardo no se quiere arriesgar. Y va a dar un paso más allá de lo que estamos obligados por ley. Por eso os vamos a dejar esta tarde y esta noche aquí, para que recojáis todo. Mañana a primera hora os vamos a trasladar a otro piso, y allí continuareis bajo vigilancia. —Los dos policías y Marcos se levantaron de sus sillas, yo me quedé mirándolos—. Por ahora coged lo imprescindible, ropa, cosas de aseo, y si queréis algún libro o películas para pasar algunas horas entretenidos. Ricardo se niega en rotundo a que sigáis aquí. Su objetivo principal es manteneros con vida. Nosotros vigilaremos desde fuera, en ese aspecto quedaros tranquilos, no os vamos a dejar solos. Pero tampoco vamos a quitaros vuestra intimidad

Marcos los acompañó hasta la puerta. Lo último que Vera escuchó fue como el policía le pedía a su amigo que no la dejara caer en el miedo, que dentro de lo posible intentara distraerme. En resumen, que no me dejara pensar en lo que realmente estaba ocurriendo.

Marcos volvió al salón.

—¿Solo un loco bromista que pretende dar miedo? —Marcos dudó.

—Sí, por eso nos quieren esconder. Porque sospechan que se encuentran solo ante un loco bromista. ¿Por eso llevan estos días sin dejarnos solos ni a sol ni a sombra? —dije irónicamente gesticulando en exceso con las manos—. ¿No te has dado cuenta? El mismo policía se ha contradicho. —Marcos intentó darme un abrazo, pero me deshice de él. No quería ser cortante y a la misma vez no necesitaba contacto humano—. Pedro no era buena gente. Quería matarnos. Me engañó, caí en sus redes y ahora voy a pagar las consecuencias.

—Vera, para, no te martirices. —Marcos intentaba mostrarse tranquilo, pero el leve temblor de su voz que intentaba disimular lo delataba—. Quizás solo no sepan que hacer. Quizás solo quieran curarse las espaldas.

—Quizás sea yo la que acabe con un tiro en la cabeza —le corté de forma brusca.

—¡Vera! —Levantó un poco la voz—. ¡Eso no va a ocurrir! Nunca lo permitir.

—¿Y qué, Marcos? ¿Cómo lo vamos a evitar? No sabemos nada. No sabemos quién es, dónde está o qué pretende —exploté. Alcé la voz, comencé a andar de un lado para otro—. Lucharé.

—Lucharemos —me cortó.

—Pues eso, lucharemos. Pienso vivir, me cueste lo que me cueste, y pienso averiguar quién es. Haré lo que sea para localizarlo. No le tengo tanto miedo como para dejarme morir. Está decidido.

—¡No digas tonterías! Vamos a hacer lo que nos diga la policía. Piensa en frío, Vera. Yo también quiero atraparlo, pero ese no es nuestro trabajo, nosotros no somos los profesionales.

—¿No somos profesionales? —le repetí—. Tan solo dime una cosa, ¿en quién quieres que confíe? No conozco a nadie. No me fío de nadie. ¿Quién no me dice a mí que la misma persona que está planificando todo es la misma que está vigilando la puerta de tu casa? —Negué con la cabeza—. No lo sabemos, así que no pienso estar de brazos cruzados esperando.

—Entra en razón, por favor —suspiró—. Conozco a Ricardo desde que era un niño, él siempre me ha protegido. Esta vez, no va a ser diferente. Lo atrapará, estoy seguro. Confía en mí. Ya te he demostrado que te protejo hasta con mi propia vida.

—Lo sé y no sabes lo que me duele que te veas envuelto en todo esto. No quiero que te pase nada.

—Vera, no te culpabilices. No has hecho nada malo.

—Me apetece darme una ducha —dije con rapidez, no quería hablar más del tema. Para eso ya estaba mi cabeza que no para de dar vueltas.

—Está bien. Mientras voy a ir preparando la maleta. Bueno, mi maleta, porque tú no la has desecho —intentó bromear. Me dio un abrazo y se marchó hacia la habitación. Quizás Marcos me conocía más de lo que yo misma pensaba, en ese momento necesitaba mi propio espacio y me lo estaba dando sin rechistar y sin malos modos.

Sin pensarlo me fui al baño, abrí el grifo y me metí dentro. Tan solo habían pasado unas horas desde que me había bañado. Esa misma mañana ya había estado dentro de la ducha. Aún así, agua templada y silencio, justo lo que necesitaba para aclarar mis ideas. Marcos y yo pensábamos de formas distintas.

No usé jabón, solo dejé que el agua cayera por mi cabeza, taponándome los oídos y resbalándose por el resto del cuerpo. Mi subconsciente seguía martirizándome.

«Es destructivo, que no te hace bien. Ansiedad por resolver algo. Desequilibrio mental. Aléjate de los desconocidos».

«¿Quién eres?»

«Es destructivo, que no te hace bien. Ansiedad por resolver algo. Desequilibrio mental. Aléjate de los desconocidos».

«¿Quién eres?»

«Es destructivo, que no te hace bien. Ansiedad por resolver algo. Desequilibrio mental. Aléjate de los desconocidos».

«¿Quién eres?»

—¿No sé quién eres? —susurré interrogándome a mí misma.

«¡MENTIRA!»

Mi subconsciente me hablaba, insistía en el mismo tema, pero no lo entendía. Me acordé de Soledad, ella siempre me decía, escucha tu vocecilla interior, sigue tus instintos. Y por supuesto que lo haría, pero antes tenía que averiguar hacia donde me querían llevar.

No podía seguir así. La decisión estaba tomaba. Iba a averiguar quién era y, lo más importante de todo, iba a vivir. Salí de la ducha con decisión. Cogí la ropa que había dejado allí la noche anterior y comencé a vestirme. Me había convertido en una nueva persona, con la misma esencia pero dispuesta a luchar con el miedo metido en el bolsillo en vez de en la cabeza. Tenía que improvisar algún plan.

CAPÍTULO 14

Salí del baño con el pelo aún mojado; solo me había molestado en desenredarlo. Con una camiseta de tirantes y un pantalón corto, me encontraba un poco más cómoda. Hacía mucho calor. Cuando llegué al salón vi la maleta de Marcos ya preparada junto a la mía en la entrada del piso. Lo había organizado todo. Él había encendido el aire acondicionado, y el cambio de temperatura con el resto de las habitaciones era considerable. Me esperaba en el sofá.

Marcos le dio unas palmadas para que se sentara a su lado y con la otra mano le ofreció un plato.

—He debido de tardar bastante para que te haya dado tiempo a preparar tanto —bromeé.

—Cuando me lo propongo soy rápido —me sonrió—, aunque te lo reconozco, has tardado. No te preocupes, sé que querías hablar contigo misma. —Levantó de nuevo la comisura de sus labios a la misma vez que sus hombros—. Deberías de comer algo, ya estamos a medio día y no has probado bocado.

—No tengo mucho apetito, pero huele bien.

Me senté con las piernas cruzadas a comerme el bocadillo. Mis dientes se hundieron en la gruesa corteza del pan haciéndolo crujir. Debajo había unos filetes de pollo finos hechos a la plancha, una loncha de queso derretido, unas hojas de lechuga y unas rodajas de tomate. Los sabores se confundieron en mi lengua.

Él comenzó a comer a mi lado. Terminamos de comernos nuestros bocadillos en silencio. Di un sorbo a mi vaso fresco de coca cola, haciendo que lo cubitos rozaran mi labio superior.

—Una buena *Coca-Cola* fresquita sienta de lujo, pero, ¿No tendrías algo más fuerte?

—¿Más fuerte? —se sorprendió Marcos

—A ver, no podemos salir hasta mañana, no quiero pensar, así que he pensado que podríamos pasar una buena tarde tratando de olvidar. —Puse cara de inocente. Después le di otro bocado grande a mi comida.

Marcos saltó del sofá, abrió el mueble bar que había en el salón y sacó varias botellas.

—No estoy muy convencido con esta idea, casi que dada la situación prefiero que estemos frescos. Pero tus deseos son órdenes. —Ondeó su mano al viento a la misma vez que hacia una reverencia delante de todas las botellas, yo solté una carcajada—. Vera, esa risa ya me demuestra que lo que debemos hacer es emborracharnos.

—¡Yujú! —grité dando palmas.

«A olvidar un poco y *resetear* la mente», pensé.

—Voy a por hielo y unas copas.

Encima de la mesa teníamos *VODKA*, *Ron*, una botella de *Chivas* casi terminada y un licor que no conocía de un color cereza muy llamativo. Leí la etiqueta de la última botella, no entendía nada, parecía estar escrito en ruso. Desenrosqué su tapón y lo olí. Era alcohol puro.

—¿No te parece que vas a empezar demasiado fuerte? —me preguntó Marcos cuando salía de la cocina cargado con su cubitera.

—¿No crees que es lo que necesitamos para comenzar a reír?

—Vera, son ochenta grados. Solamente con el olor ya me entra la risa.

—No conocía esa faceta tuya. ¿Te emborrachas con facilidad? —pregunté curiosa.

—Nunca bebo alcohol, así que digamos que se me sube muy pronto a la cabeza. Pero, vamos, que estamos en una casa, no podemos salir de aquí hasta mañana, así que podré dormir la mona, ¿no? A no ser que tengas otro plan para mi ¿Qué otra cosa podríamos hacer? No podemos ir a ninguna parte —empezó a bromear haciendo pucheros.

Él siempre tan insinuante, pero sin dar el primer paso. Constantemente me seducía, me lanzaba la piedra para después esconder la mano. Marcos sirvió con habilidad dos copas de aquel líquido rojizo. Las movió haciendo chocar los cubitos contra el cristal. Me dio una. Nos quedamos mirando fijamente el uno al otro.

—Brindemos —dije levantando mi copa—. ¡Por seguir con vida!

—¡Por seguir con vida! —repitió él.

Nos bebimos el chupito de un solo trago. El líquido ardía en nuestras bocas y en nuestra garganta hasta que llegó el estómago. Era fuego, sentía que me quemaba por dentro.

—¡Dios! Que malo está —dijo Marcos.

Afirmé con la cabeza. Cogí otra botella. En la etiqueta ponía *Chivas Regal 12 Year Old* y volví a llenar nuestros vasos.

—Corre, bebe, quítate el sabor tan amargo que te deja eso.

Los dos volvimos a llenar nuestras bocas, una bebida suave con gusto añejo y dulzón nos envolvió el paladar.

—Creo que esto tampoco me ha quitado el sabor —me reí.

Marcos salió corriendo a la cocina, volvió con una botella de *Coca-Cola* de la que iba bebiendo directamente.

—¡No seas guarro! Coge un vaso —bromeé. A lo que me respondió poniéndome la misma botella en mis labios y obligándome a beber—. ¡Para! ¡Que me vas a ahogar!

Parecíamos dos adolescentes, no parábamos de reír sin motivo. Una copa llevaba a la otra. Hablamos de temas sin fundamento, intentando olvidar lo que realmente nos preocupaba, empujando la sensación de estar observados a las profundidades. Había momentos en los que nos quedábamos en silencio mirando al infinito. Pero pronto intentábamos cambiar el tercio, alguno de los dos decía alguna tontería que nos hacía estallar en carcajadas. Los nervios y el alcohol hacían mella, sobre todo en Marcos. Viendo como le afectaban con rapidez las copas comenzaba a creerme que era cierto eso que decía de que él no solía beber nunca.

En su estado conseguí volver a ver al Marcos que yo conocía. Tranquilo, risueño, hablador. Me reencontré con el amigo con el que tomaba café casi todas las mañanas mientras debatíamos como podíamos arreglar el mundo, a ese hombre que me atraía solo con su sonrisa. Cerré los ojos, recordé su cara de asombro y a la misma vez de placer, cuando comencé a besarlo en mi casa la noche antes de mi boda, hacía tan sólo tres días. Aún podía notar su sabor, estaba muy reciente en mi cuerpo.

Me asomé a la ventana, para comprobar que la policía seguía allí y, de camino, para poner un poco de distancia entre nosotros. Quizás no era el momento, no quería hacerle daño a Marcos. Era mi amigo, en estos días ya me lo había más que demostrado. Lo había metido en un problema grandioso, aún así allí estaba. Cualquier persona habría salido corriendo, se habría puesto a salvo, me habría dado de lado. Pero él no. Así que no podía dar otro paso. Pero el recuerdo de nuestro encuentro estaba haciendo mella en mi cuerpo.

A pesar del aire acondicionado comencé a tener calor, mucho calor. Escuché como Marcos ponía algo de música. Se acercó a mí por detrás, me abrazó y miró por encima de hombro.

—La policía no se va a mover de ahí —me susurró al oído—. Quédate tranquila.

—Eso espero. Son casi las siete de la tarde, hace un día genial y no podemos ir a ningún sitio. Estoy un poco agobiada —suspiré—. Siento haberte metido en todo este lío —dije sin dejar de mirar a través del cristal—. Si pudiera volver atrás…

—Me habrías escogido a mí.

No sabía si Marcos lo decía en broma o realmente lo decía en serio. Comenzó a sonar una canción de Pablo Alborán.

> *«Entre tu boca y la mía hay un cuento de hadas que siempre acaba bien.*
>
> *Entre las sábanas frías me pierdo a solas pensando en tu piel.*
>
> *¡Qué curiosa la vida que de pronto sorprende con este loco Amor!*
>
> *Y es que todo se acaba y termina si dejo de ser lo que soy […]»*

Me giré y miré a Marcos. ¿Había puesto él la canción o era una pura coincidencia? La letra lo decía. Bésame. Su mirada me lo decía. *Bésame.*

—Vera, yo… —comenzó a decirme, titubeando—. Sé que lo estás pasando mal, sé que estas agobiada, nerviosa. Últimamente andas metida en tu mundo, sospecho que tramas algo, pero no acierto con lo que es. No hagas locuras, por favor. Sabes que estoy aquí para ayudarte. Cuenta conmigo. Vera… —Miró al suelo dudando y volvió a fijar sus ojos, un poco enrojecidos, en los míos—, ya sabes lo que siento por ti. También sé que, aunque, ahora mismo no quieras reconocerlo, me correspondes. Solo tienes que abrir un poco los ojos, despejar tu mente y dejar que tu corazón te hable. —Me colocó un mechón de mi pelo detrás de mi oreja izquierda sin parar de mirarme

—Marcos, yo….

No me dejó hablar. Sus labios rozaron suavemente los míos haciéndome callar. Noté como mi cuerpo empezaba a responder. Mi boca presionó con más intensidad a la suya, y el baile de nuestras lenguas comenzó un juego difícil de parar. Noté su respiración cada vez más acelerada.

Con seguridad me quitó la camiseta y la dejó caer en algún lado del salón. En un instante mi sujetador cayó a mis pies. En mi muslo notaba como su erección presionaba su pantalón. Estaba preparado y quería más. Yo quería más.

Le arranqué su camiseta y desabroché su pantalón con urgencia. Sin parar la danza de nuestras lenguas y nuestras caricias, fuimos al dormitorio, terminando de desnudarnos por el camino.

Nuestros cuerpos se fundieron en uno solo hasta llegar al placentero orgasmo.

CAPÍTULO 15

El sol brillaba dando color a un campo de amapolas. El verde de sus hojas y el rojo de sus flores me invitaban a pasear. De lejos se escuchaba el cantar de unos pájaros. Noté cómo un aroma dulzón llegaba a mis sentidos. Comencé a caminar descalza por un suave y verde césped, procurando no pisar ninguna de aquellas preciosas flores silvestres. Miré hacia arriba, adoraba ese infinito cielo azul. A mi derecha había un río de aguas mansas, tan limpias y transparentes que se podían ver peces nadando en el fondo junto con las rocas. Respiré hondo y sonreí. Me agache y acerqué mi nariz a una de ellas. Noté como soplaba el viento, posando las flores sobre mi rostro.

Con dulzura acaricié uno de sus pétalos, provocando que se soltara del tallo verde claro y cayera al suelo. Cuando la flor se posó sobre el césped, como en un acto reflejo, comenzaron a caer todos los pétalos de todas las flores al suelo. Nubes oscuras comenzaron a llenar la limpieza que había hasta ahora en el cielo, haciendo que grandes gotas de lluvia empezaran a caer mojándome. El suelo comenzó a temblar, parecía que se movía. Me levanté asustada.

Observé cómo las aguas mansas empezaban a crujir, volviéndose bravas, creando espuma en su choque contra la orilla. Miles de gusanos de color blanco, pequeños, blandos y alargados comenzaron a desplazarse gracias a los movimientos peristálticos de su cuerpo. Todos venían en mí dirección, comenzaban a encerrarme, dejándome un único camino libre hacia el río, al que comencé a dirigirme con nerviosismo y sin dejar de mirar a mí alrededor buscando otra salida. Mis pies se humedecieron con la cercanía de la orilla. Miré hacia el fondo del agua, ya no se veía nada, solo espuma.

Mi corazón casi estalla cuando cuatro cañones de agua salieron disparados hacia el cielo, salpicando agua en todas direcciones. Un grito ensordecedor salió de mi boca mientras me tapa la cara para que no me cegara el agua al caerme. Me giré. Detrás de mí comenzaron a convertirse los gusanos en mariposas en colores malvas, verdes, azul y blanco. Volví a chillar. Aquello no debía ser real. Mi cara perdió todo su color cuando escuché como me llamaban. Tres voces de ultratumba me llamaban repetitivamente.

—*Vera… Vera…*

—*Vera… Vera…*

—*Vera… Vera…*

Mi corazón latía tan fuerte que parecía que se iba a salir de mi cuerpo. Di un paso atrás en un acto reflejo de querer salir corriendo. Me sobresalté, las mariposas se pusieron a mi espalda impidiéndome el paso. Uno de los cañones de agua dejó de salir hacia el cielo convirtiéndose en la silueta de una persona, parecía un hombre mayor, que con paso lento se acercaba situándose en el centro de los otros tres cañones, me resultaba familiar pero no podía distinguir su rostro. Estaba borroso. Cuando la silueta se paró, automáticamente desaparecieron todas las fuentes de agua, dejándome ver a Pedro y a sus dos matones tras él. La figura del agua los señaló uno a uno. A cada gesto, tanto Pedro como sus sombras se disolvieron sin dejar rastro.

En un ataque de valentía tartamudeé.

—¿Quién eres?

Y con paso decidido comenzó a acercarse a mí. Las mariposas de mi espalda empezaron a volar, empujándome hacia delante, metiéndome en el agua.

Me resistí. Sentía que me ahogaba cuanto más me acercaba a él. Me costaba respirar, me ahogaba. Cada vez estaba más hundida en el agua. La silueta parecía que se reía, que disfrutaba con mi dolor.

Intenté gritar, pero cada vez que abría la boca me entraba más y más agua. Me estaba matando, iba a morir.

Abrí los ojos sobresaltada. Miré en todas direcciones. Solo había sido una pesadilla. Intenté controlar mi respiración agitada. Estaba tumbada en la cama, junto a Marcos, quien me abrazaba como si no quisiera dejarme escapar. Hacía mucho calor. Me deshice de él con cuidado de no despertarlo y fui al baño. En el lavabo me refresqué mojándome las muñecas y el cuello. Nos habíamos quedado dormidos sin darnos cuenta. No sabía cuánto tiempo había pasado, ya no había luz en la calle. Abrí el mueble que había junto al espejo buscando algo que me hiciera desaparecer ese horrible dolor de cabeza. Encontré muchos productos para el afeitado, rollos de papel higiénico, demasiados botes de colonia masculina y algún que otro medicamento. Busqué un paracetamol, me lo metí en la boca y bebí agua directamente del lavabo.

Miré mi rostro reflejado en el espejo: tenía la cara muy pálida y sudorosa. Aún me temblaba el cuerpo al recordar la pesadilla. Una vez más la misma pregunta. ¿Quién eres? Era un hombre mayor, hasta ahí bien, pero ¿quién?

—Solo ha sido un sueño —susurré—. No ha pasado en realidad. Solo un sueño muy feo.

Respiré hondo. Me iba tranquilizando poco a poco. En un acto inconsciente, rocé mis labios con los dedos, cerré los ojos y recordé lo que había pasado ese día, mi encuentro con Marcos. ¿Había sido un error? No quería hacerle daño a Marcos, pero cada vez me sentía más cómoda a su lado. Pero, ¿esa sensación era debido a que encontraba su apoyo en el momento más difícil de mi vida, o de verdad estaba tomando por fin el camino correcto? No, ahora no era el momento de calentarme la cabeza dándole vueltas a ese tema. Era el momento de pensar en cómo seguir con vida, y por supuesto, no morir en el intento. Ya no había vuelta atrás. Lo hecho, hecho estaba. Y como dicen, para atrás ni para coger impulso. Estiré un poco los brazos; necesitaba desentumecerme. Me sentía fuerte, decidida. El miedo seguía en mi bolsillo, pero no lo iba a dejar salir.

Al volver a la habitación observé a Marcos dormir. Me alegré al ver que, por fin, la hinchazón de su labio había desaparecido casi totalmente y sus morados eran cada vez más amarillos.

Volví a ponerme la ropa de nuevo. Recogí mi pelo en una coleta a caballo y salí de la habitación sin hacer ruido. El reloj marcaba casi las once de la noche. En la mesa del salón estaba la botella de *Coca-Cola*. Le di un trago, pero estaba caliente, así que fui a la cocina a por hielo.

Mi sorpresa fue que no quedaba, con nuestras copas lo habíamos agotado. Me asomé por la ventana, la policía seguía allí custodiándonos. En el silencio de la noche escuché unos perros ladrar en la calle. Segundos después comenzaron a sonar de lejos los motores de unos helicópteros arrancando.

Observando la inmensa profundidad de la base área de Armilla, con todas las pistas iluminadas debido a estar haciendo prácticas nocturnas de vuelo, intenté trazar un plan ¿Qué podría hacer para averiguar quién era la persona que estaba detrás de todo esto? Sigue tus instintos, me dijo Soledad. Pero, ¿qué instintos? No tenía pálpitos, no encontraba nada que me hiciese pensar que tenía una pista que seguir. Solo tenía pesadillas. ¿O es que quizás esos sueños querían decir algo? ¿Mi subconsciente me volvía a dar señal de alarma de que no veía algo que tenía que ver? Todo era tan irreal.

Desplacé uno de los sillones hasta situarlo delante de la ventana. La abrí, permitiendo que entrara la leve brisa. Quizás un poco de aire fresco me liberara un poco la mente. Me senté, y escuché como Marcos se levantaba buscándome.

—¿Qué haces ahí, Vera? Es tarde, deberías de estar descansando.

—No puedo dormir.

—Así no vamos a solucionar nada. Debes de tranquilizarte un poco —me dijo empujándome con cariño hasta sentarse debajo de mí, abrazándome como si fuera una niña pequeña—. Ricardo lo cogerá, ya te lo he dicho.

—Si nos cogen, es imposible que nos maten ¿verdad?

—Nos salvaremos —dijo con seguridad mientras me acariciaba mi pelo.

—Tú ya me has salvado la vida protegiéndome de Pedro con tu propio cuerpo. No quiero que vuelva a ocurrir. No quiero ponerte en peligro.

—Te prometo que no te defenderé más de Pedro —dijo, risueño—. Además, si tú no me hubieras conocido, quizás Pedro no hubiese intentado matarte. Así que estoy en deuda contigo

—¡No digas tonterías! —levanté un poco la voz

—Shhh, es tarde. —Apretó mi cuerpo contra el suyo

—Es la mayor estupidez que has dicho. De Pedro no me vas a defender, por supuesto: ¡está muerto! Marcos. No bromees con eso. No sabes con qué nos podemos encontrar.

—¿Has visto que bonita está la base cuando encienden las pistas? —Abrí mis ojos de par en par—. Es cuando te das cuenta realmente de lo grande que es. Me encanta ver volar a los helicópteros, sobre todo de noche, con todas sus luces rojas y azules parpadeando.

—No me cambies de tema —respondí bruscamente.

—Vera, no podemos hacer nada. Ahora mismo nos toca esperar. Mañana vamos a mudarnos y tenemos que ir a declarar a comisaría. Aún no me han confirmado en qué orden lo haremos.

—Tengo ganas de que todo acabe.

—Y yo. Por fin estamos de acuerdo en algo. —Una leve sonrisa apareció en la comisura de sus labios—. ¿Has visto que vistas más románticas tenemos mientras estamos abrazados en el sofá? Ojalá se parara ahora mismo el tiempo.

—No sé cómo puedes estar pensando en eso ahora, en serio. Pareces de otro planeta —le regañé con dulzura. Aunque en el fondo, yo también lo pensaba, no era esa mi prioridad ahora mismo.

—Por eso me gustas, porque eres muy dura de pelar. —Comenzó a reír y me dio un beso en la frente, suspiró y se volvió pensativo—. Tengo tanto miedo como tú. La diferencia está en que para mí todo esto tiene un lado bueno. —Le interrogué con la mirada. Marcos dudaba entre contestar o no, al final se decidió—. Si nada de esto hubiese ocurrido, nunca hubiera podido tenerte como te tengo ahora: te habría perdido.

—Marcos, yo… —intenté decir.

—Shhh… Como tú bien dices, ahora no es el momento. —Miró al frente, mientras me volvía a abrazar apretándome contra su cuerpo—. Mantengo lo dicho: me encantan estas vistas. Las voy a echar de menos el tiempo que esté fuera de casa.

En silencio, sumidos cada uno en sus propios pensamientos, debatiéndonos con nuestros demonios, observamos la preciosidad de la base área iluminada. Poco a poco, escuché a Marcos ir relajando su respiración, hasta que se volvió a quedar dormido.

Fue otra noche larga en la que no conseguí dormir. Me relajaba ver como Marcos descansaba. Mi respiración se acompasó a la suya. Puse mi mano sobre su corazón, latía con fuerza, tenía mucho que agradecerle y algún día, si conseguía terminar todo viva, lo haría

Me sentía muy cansada, pero mis ojos se negaban a cerrarse. No quería volver a tener pesadillas.

MARTES, 7 DE AGOSTO

CAPÍTULO 16

Ricardo se despertó desorientado al escuchar unos golpecitos en el cristal de su coche.

—¿Qué haces ahí?

Pablo Rosales estaba de pie junto a su coche con cara de preocupación. Llegaba a entender el comportamiento de Guzmán, pero no lo compartía. Lo veía apagarse poco a poco. Rosales tenía miedo de qué cuando terminara todo este caso, y su amigo ya no tuviera un objetivo tan definido, decidiera dejarse morir.

Lo último que recordaba Ricardo era el enfado con el que llegó a comisaría, aunque no sabía cuál era el motivo por el que no había llegado a entrar y se había quedado dormido en el coche. Quizás se quedó analizando en los acontecimientos ocurridos aquella tarde. Se le fue el santo al cielo. Sin darse cuenta se quedó en el coche, o por lo menos, eso prefería pensar el policía.

Ricardo no estaba convencido de que Jaime estuviese jugando limpio. Lo conocía desde hacía muchos años, habían estudiado juntos, llevaba muchos años siendo colaborador del FBI, incluso el policía había asistido como oyente externo a muchas de sus clases como profesor de Medicina Legal y Forense de la Universidad de Granada. Por eso mismo, por conocerlo también, sabía que algo le escondía. Estaba convencido que detrás de todo el interés que mostraba, había algo más que el simple deseo de ayudarlo.

Salió del coche y miró a Pablo Rosales; no le apetecía dar explicaciones. Ya era mayor para que lo estuviera controlando de aquella manera.

—¿Cuándo piensas ir a dormir a tu casa?

—Cuando lo decida, lo haré. Ya soy grande, Pablo.

—Pues mientras lo decides, toma. —Le entregó un juego de llaves—. Son de mi casa. Como ya sabes, vivo solo, por lo que puedes entrar y salir como quieras. Tienes la habitación de invitados preparada, la que está junto a la subida de las escaleras. Puedes utilizar todo lo que hay allí como si fuera tuyo, menos mi cepillo de dientes, llévate el tuyo —bromeó.

—No sé si debería aceptar. Algún día tengo que ir a mi casa; la ropa que tengo aquí en la taquilla está empezando a agotarse.

—Ya eres grande, ¿no? —dijo, imitando sus palabras—. Haz lo que quieras, solo te doy la opción.

Ricardo le apretó el hombro a Pablo en señal de agradecimiento y comenzaron a andar. Cuando entraron a comisaria, comprobaron que seguía habiendo el mismo revuelo que estos meses atrás. El teléfono no paraba de sonar, los policías que estaban en aquél turno tenían cara de cansados.

—El crimen no descansa —dijo Pablo.

—¿Siempre tienes ganas de broma? —le regañó con cariño Ricardo, a lo que Rosales le contestó elevando los hombros y sonriéndole—. Anda, reúne a la gente y hablamos del caso de Vera y Marcos en una hora. Mientras tanto, estaré en mi despacho.

Ricardo comenzó a andar con los hombros caídos. Paró delante de la máquina de café y se compró un *cappuccino*. Llegó a su mesa y se sentó con un único pensamiento. ¿Por dónde debería empezar? No tenía ningún hilo por el que tirar. Pedro estaba muerto y sus dos matones, que era hasta ahora su única baza, se habían suicidado. Al parecer, su muerte protegía a sus familiares, o por lo menos esa era lo que intuían por la postura en la que se lo encontraron, como si estuviesen dejando una nota a quien estuviese por encima de ellos, pero, al fin y al cabo, era un suicidio. En caso de ser cierta su sospecha, ¿quién daba esa orden? No tenían grabaciones de cámaras de seguridad de la urbanización de Pedro. Había encargado que averiguasen porqué habían dejado de funcionar justo en el momento en que el habían dejado la caja roja con la lengua de Pedro sobre el coche de Marcos. Todo apuntaba que había sido un fallo eléctrico puntual.

«Excesivamente puntual diría yo», se dijo Ricardo a sí mismo. Sabiendo que aunque no hubiese pruebas, el hecho de que no hubiese grabación, no era una mera coincidencia. Tampoco encontraron huellas dactilares en ninguna de las cajas rojas, ni en su contenido.

«MUERTE AL CHIVATO». Recordó las palabras que había en la nota. Pobre Vera, debería estar sufriendo mucho. Hoy tendrían que hablar con ella y Marcos, escuchar toda su versión de la historia, ver si había algo que a la policía se le escapaba o algún hecho o dato que aún no tuviesen en su conocimiento.

Por ahora solo tenían la declaración de María, la chica de prácticas del hospital; la misma que había visto salir a un sospechoso del depósito de cadáveres el domingo. Tenían un retrato robot que Ricardo tenía pensado enseñárselo a Vera esa misma mañana para ver si lo conocía. Un hombre de unos sesenta años, no fichado por la policía. Si ella no lo conocía poco iba a poder hacer.

También tenía el nombre del propietario de la nave del horror, Mateo López Tirado. Les faltaba averiguar más datos, con esa información no podían saber quién era. Hasta ahora lo único que habían podido averiguar atando cabos era que se encargaba de la dirección, recaudación, y organización general de la asociación contra el tráfico ilegal de órganos «NO TODO SE COMPRA, NO TODO SE VENDE». Había encargado a uno de sus hombres que averiguase más y esperaba que en la reunión de hoy le diera esa información. Tenían que localizar a este hombre e interrogarlo. Quizás ese era el único camino a seguir que veía Ricardo en ese momento, aunque también esperaba que al exponer el caso y recordar todas las pruebas con todo su equipo, pudiese ver luz verde y aclarar algunas dudas.

Unos golpecitos en la puerta lo hicieron salir de sus pensamientos.

—Adelante —dijo y dio otro sorbo a su café, dándose cuenta de que ya estaba frío, lo que significaba que había estado bastante tiempo intentando poner su cabeza en orden.

—Buenos días, Ricardo —le saludó con su habitual educación su secretaria, la mujer de casi cincuenta años de edad llegó a la comisaria casi a la misma vez que Guzmán—. Te traigo las fotos impresas que me pediste ayer para le reunión. Échales un vistazo. —Dejó un sobre de papel sobre la mesa—. Con todo el jaleo que tenemos no he podido revisarlas. Si ves que alguna no ha salido bien, dímelo y la vuelvo a imprimir. Aunque en teoría no debería de haber problema.

—No te preocupes, como siempre estarán correctas. Muchas gracias por la rapidez.

—Sé que los muchachos van de camino a la sala de reuniones, todo está previsto para que podáis empezar en diez minutos. —Trataba a todos los policías de aquella comisaria como si fuera su madre. Siempre intentado evitar disputas y potenciando la buena armonía entre todos, sobre todo en situaciones difíciles.

—Está bien. Ahora voy.

Guzmán abrió con decisión el sobre; no le apetecía en realidad volver a ver las imágenes que había en su interior, pero era imprescindible que su equipo las viera. Cuando las sacó comprobó que eran demasiadas. No recordaba haber echado tantas. Las miró por encima. Al ver las últimas imágenes su corazón paró de latir. Se bloqueó contemplando unos ojos. No esperaba verlos, pero allí estaban, junto con las fotografías del caso que la habían llevado a la tumba: su mujer lo miraba. El estómago le dio un vuelco. Ricardo comenzó a llorar en silencio, mientras iba pasando de unas a otras. No recordaba que esas fotos estuviesen almacenadas en la cámara, las hizo él mismo la noche que la invitó a cenar, uso minutos antes de salir del restaurante y la secuestraran. Allí estaba ella, oliendo el ramo de flores que él le había regalado en una, enseñando su postre en otra, levantando su copa a modo de brindis, la que le hizo el camarero a ellos dos juntos.

Acarició la foto. Hubiese dado cualquier cosa por poder volver a oler aquella suave piel rosada, tocar su liso cabello de color negro o mirar aquellos ojos profundos. Ahora que habían conseguido la felicidad, cuando por fin Ricardo vio que no iba a perderla, que había recuperado su matrimonio, el destino le hizo una mala jugada. Recordó como él mismo había matado a Pedro, para salvar a Marcos y a Vera. En ese momento no tenía la certeza de que él fuera el responsable del asesinato de su mujer, tan solo era una sospecha. Pero, aún así, aunque lo hubiese hecho de forma, por decirlo de algún modo, casual, no era suficiente para el policía. Su sed de venganza se había saciado un poco, pero el dolor y el vacío iban en aumento a medida que pasaban las horas.

Metió las fotos de Noelia en el primer cajón de su mesa cerrándolo con llave. Se secó con decisión con el reverso de su mano las lágrimas que aún quedaba en sus mejillas y se habían negado a caer sobre su camisa. Dio un largo suspiro intentando recuperar la compostura. Se levantó con decisión superando el temblor nervioso que tenía hasta el momento. Aflojó su corbata y la sacó por encima de su cabeza. Sin mirar la dejó caer en su silla. Sentía que le faltaba el aire, un nudo en el pecho no le dejaba respirar. Unas gotas de sudor se deslizaron por su frente. Comenzó a andar de un lado para otro de su despacho, inspirando y expirando profundamente, quería tranquilizarse, debía de hacerlo. Otra cosa era que lo consiguiera.

Se asomó a la ventana. Se fijó en el ir y venir de la gente, en el atasco que había formado al final de la calle. Observó cómo una madre le hacía carantoñas al niño pequeño que llevaba en sus brazos. Sin desviar su mirada recordó sus planes con Noelia. Habían planeado que a principios de año comenzarían a buscar descendencia.

—¿Por qué en esa fecha? —le había preguntado él con cariño—. ¡Qué más da! Si tiene que venir, vendrá cuando quiera no cuando nosotros digamos.

—No digo que será en esa fecha, digo que será a partir de principios de año. Así yo tendré un año más de antigüedad en el trabajo y completaré otro cuatrienio a jornada completa, lo que supone una subida más de suelo. Y mejores condiciones para cuando nazca el bebé y yo pida la media jornada.

—¿Lo tienes todo calculado? Realmente no es necesario que trabajes. Lo sabes —le contestó—. Con mi sueldo como policía tenemos suficiente para vivir los dos y darnos algún que otro capricho, podrías estar en casa con el bebé.

—Ni pensarlo —lo habían discutido miles de veces y ella no cambia de opinión—. Sabes que me gusta mi trabajo, sabes que quiero ser autosuficiente, sentirme útil.

—Aquí todo es de los dos, no necesitas trabajar. Pero haz lo que quieras; con lo cabezona que eres no pienso llevarte la contraria. No voy a comenzar una guerra contigo que sé que ya tengo perdida.

El recuerdo terminó de tranquilizar a Ricardo a la misma vez que lo hundía un poco más en su tristeza. Todo lo recordaba a ella, hasta el más mínimo detalle. Negó con la cabeza. No podía seguir así. Volvió a respirar hondo, cogió las fotos que le había traído su secretaria y salió del despacho intentando no pensar. Tenía mucho trabajo pendiente: la sala de reuniones y su equipo lo esperaban.

CAPÍTULO 17

Casi era media mañana cuando Ricardo entró a la sala. El sol entraba por las ventanas iluminando toda la estancia. Guzmán se alegró de que por fin hubiesen arreglado las maquinas de aire acondicionado y hubiesen desaparecido los ruidosos ventiladores que habían puesto provisionalmente para intentar sobrellevar el calor.

Al verlo todo el mundo se calló y se sentó en sus sillas. El policía pensó que los comentarios a sus espaldas de la muerte de su esposa, así como del estado en la que se encontró en la nave, tardarían unos días hasta desaparecer. Comenzó a caminar despacio para ponerse al frente de todos como hacía habitualmente. Veinticuatro ojos están fijos en sus movimientos, como si estuvieran esperando una reacción. Ricardo entendió rápidamente esta actitud. En los tablones de corcho móviles donde hacían sus esquemas, esta vez, entre muchas otras fotos, había algunas de Noelia.

Guzmán se puso de frente a ellas, viendo una por una, comprobando que no había ninguna nueva. Eran las fotos que habían encontrado en el sótano de Pedro. Prácticamente cerró los ojos cuando llegó a las de su mujer. Se las saltó; no quiso mirar. Ya las había visto, las recordaba al detalle. El nudo de su pecho se apretó un poco más. Sin mediar palabra, intentando aparentar una tranquilidad que no habitaba en él, colgó con chinchetas las fotos que él mismo llevaba.

Se giró poniéndose de frente a su equipo, sintiéndose observado, Pablo Rosales se situó a su lado. Nadie se atrevía a hablar. Durante unos segundos incómodos algunos miraron al suelo, otros garabatearon en un papel. Solamente Torres, el policía que acompañó a Soledad cuando estaban buscando a Vera tras huir de su boda, tuvo el valor de decir en voz alta lo que todo el mundo pensaba.

—Jefe —titubeó Torres, estaba intentando buscar las palabras adecuadas—, creo que hablo en nombre de todos. —Miró de reojo a sus compañeros—: Lamentamos mucho lo sucedido. Queremos que sepa que vamos averiguar quién ha sido y se lo vamos a hacer pagar.

—Gracias, Torres —asintió Guzmán—. Gracias, chicos. Y sí, vamos a atraparlo, aunque uno de ellos ya está en el depósito de cadáveres, tenemos que ponernos al día para destruir un engranaje muy bien montado. Así que no perdamos más tiempo.

Pablo Rosales le acercó una botella de agua de la marca *Lanjarón* fresquita a Ricardo. Él desenrosco el tapón rojo, y dio un largo sorbo y comenzó.

—Tengo que reconocer que ando un poco perdido, así que voy a comentar toda la información que tengo. Como todos sabéis ya, la brigada TEDAX, por fin ha conseguido entrar en la nave que llevábamos meses siguiendo y observando. Allí nos hemos encontrado con un montón de cadáveres.

—Algunos ya los tenemos identificados —le interrumpió Pablo Rosales—. Corresponde con personas que sus familias habían denunciado su desaparición. Nos queda mucho trabajo por delante.

—Martos —dijo, señalando a un hombre de última fila—, tú seguirás como hasta ahora encargándote de ir hablando con las familias de todas las víctimas y de estar presente en las identificaciones. Que no falte la ayuda psicológica para nadie son fuertes las imágenes que esas pobres criaturas tienen que ver.

El muchacho del fondo asintió. A Ricardo le recorrió un escalofrío por toda la espalda recordando con exactitud cómo él mismo había visto a su mujer. Un duro golpe en la vida de unos inocentes. De nuevo, un silencio un poco incomodo, se hizo en la sala. Todo el mundo sospechaba lo que pasaba en ese momento por la cabeza de su jefe. Por ese mismo motivo Pablo Rosales decidió seguir:

—A la misma vez nos llega el caso de Vera, la chica que está siendo acosada. Ella conoció a Pedro Montijano hace cuestión de meses. Han tenido un noviazgo fugaz que iba a terminar en boda. Digo «iba a terminar» porque ella se marchó vestida de novia dándole plantón. Mientras tanto nosotros estábamos intentando averiguar dónde se encontraba Marcos, ya que él mismo le mando un mensaje indicando su ubicación a Soledad. Mensaje que nos resultó bastante sospechoso, que decidimos averiguar, ¿cuál fue el resultado? —Levantó su manos hacia el techo, mientras andaba de un lado para otro—: que no estábamos tan mal desencaminados.

—Nuestra sorpresa fue que —siguió Ricardo—, cuando llegamos, nos encontramos con Vera y Marcos que habían intentado escapar en la puerta de la casita de madera, mientras Pedro, acompañado de sus dos matones, los apuntaba con la pistola. Su intención era matarlos, por eso empezó a hablar, confesando todos los movimientos que tenía hasta ahora. Yo mismo pensé que ahí se había acabado el problema.

—Yo también lo pensé —dijo Pablo, asintiendo con la cabeza.

—Pero seguimos de sorpresa en sorpresa. Vera, cuando volvió a su casa se encontró con su ramo de novia en la puerta- ¿Cómo ha llegado ahí? No lo sabemos, lo mismo que, tampoco sabemos, cómo han sido entregados cada uno de los regalitos que le han ido dejando junto con las notas de amenaza. —Iba señalando las fotos en el panel—. Casualmente nunca funcionan las cámaras de seguridad. No hay ningún testigo. Nadie ha visto nada en todos los interrogatorios que hemos hecho hasta ahora, ni tenemos ningún hilo por el que tirar. Se han suicidado los dos matones de Pedro, al parecer siguiendo órdenes, estamos esperando el resultado de la autopsia. —Ricardo les señaló las fotos que él mismo había hecho.

—Hemos revisado el móvil de Pedro —dijo Torres—. Solo llamaba a cuatro números de teléfonos. Uno corresponde con el de Vera; dos con sus dos matones. El cuarto no sabemos a quién corresponde. La línea no está dada de alta a nombre de nadie. Es una tarjeta del mercado negro. No podemos localizar donde se encuentra, ya que el mismo día que murió Pedro ese móvil fue desconectado, no se ha vuelto a utilizar y será imposible de rastrear si no lo conectan de nuevo. Los teléfonos de los dos ayudantes los localizamos sin dificultad porque ya los teníamos en nuestra propiedad y aún no estaban apagados.

—Estad atentos, por si, por algún motivo, lo volviera a conectar. Si la persona que tiene ha usado ese teléfono es la misma que está detrás de todo esto, dudo que lo vuelva a usar. Está demostrando ser bastante listo

—sentenció Pablo Rosales—. Por cierto, tras la ronda de preguntas a las que he sometido al guarda de seguridad de la urbanización El Carmelo donde está la casa de Pedro, tengo que decir que no sabemos nada. Al parecer sabían muy bien a qué hora tenían que apagar las cámaras. El corte de la grabación se ha hecho justo a la hora de desayunar de este hombre. Después él hace ronda por toda la urbanización, aún no había llegado a su garita de vigilancia cuando nosotros fuimos en su busca. Varios vecinos me han dicho que no han visto nada extraño y que el vigilante es muy meticuloso con sus horarios, para que todos los vecinos sepan en cada momento donde lo pueden encontrar en caso de que suceda algo. Solo me faltó hablar con los propietarios de la primera casa a la derecha que no se encontraban. El vecino de enfrente nos comentó que es un matrimonio recién mudado con su hija, que aún no tienen mucha relación con nadie.

—Está bien. Seguid intentado localizar a ese vecino. Se ha mudado a la urbanización en el peor momento. Siguiente punto, sabemos que la nave encontrada estaba a nombre de Mateo López Tirado. ¿Habéis podido averiguar quién es? —preguntó Ricardo.

—Ese es otro tema que nos trae de cabeza —contestó Rosales—. Según hemos podido averiguar, Mateo López Tirado es «propietario» de esa nave, de la casita de madera y de cinco locales más —gesticuló con sus dedos unas comillas—. Cada una de las propiedades fueron cedidas por Antonio Martín Calancha para que fuesen utilizados para fines sociales.

—¿Cedidas? —interrumpió Ricardo.

—Sí, es como si legalmente ahora mismo estuvieran prestadas para hacer obras de buena fe. En el momento en que no se utilicen las instalaciones con ese fin, la propiedad, uso y disfrute de los edificios, todo volverá a pertenecer a la familia. Porque Antonio Martín Calancha así lo dispuso en su testamento.

—¿Testamento? Así que otro a quien no podemos preguntar —negó con la cabeza Ricardo.

—No te apresures, que no todo está perdido. —Le puso una mano en el hombro Pablo—. He localizado a dos de sus seis hijos. Ellas cuidan de su madre, por lo que hasta mañana no nos pueden atender, hoy tenían el día muy liado. Hemos quedado mañana a las diez.

Una pequeña luz de esperanza se iluminó en los ojos tristes del policía. Quizás tenían un pequeño hilo, quizás podía encontrar el camino a seguir, quizás estuviesen más cerca de lo que pensaba. Quizás… o tal vez no.

Alguien tocó con sus nudillos a la puerta haciendo que todos los presentes se giraran. Con una sonrisa forzada, la secretaria asomó su cabeza.

—Perdona, jefe, ¿te queda mucho para terminar?

A Ricardo le extrañó la pregunta. Miró a Pablo Rosales quien estaba interrogándole a su vez con la mirada. Normalmente Rosana no solía interrumpir en aquellas reuniones, a no ser que fuese algo realmente urgente. Además la expresión de la cara de la mujer le decía que debía de salir a la mayor brevedad posible.

—Dame un minuto. —Ella cerró de nuevo la puerta, aunque el policía observó que estaba esperándolo en el mismo sitio, ya que la silueta de la mujer estaba reflejada en el cristal—. Esto es todo por hoy. —Se volvió hacia los muchachos—. Tenemos que seguir trabajando. Cualquier cambio, pista o rayo partido sobre este caso quiero que se me comunique. Hay que localizar al culpable antes de que haya algún herido o salga en las noticias. No puede ser tan minucioso como para no poder atraparlo. En algún momento debe de cometer un error, tener un despiste, hacer algo que nos haga saber quién es. —El móvil de Pablo Rosales comenzó a sonar, este lo silenció con urgencia sin mirar quien lo llamaba—. Volveremos a reunirnos cuando avancemos un poco más.

Sin mediar más palabra, Guzmán salió. Se fijó en cómo la mujer apretaba sus manos la una sobre la otra; parecía nerviosa.

—¿Podemos hablar en tu despacho?

Él asintió, encaminándose hacia el mismo. Rosana lo seguía muy de cerca. Ella hizo una parada en su mesa, abrió el primer cajón y cogió un sobre Entraron y cerraron la puerta. La mujer cerró la cortina veneciana de color marrón que había en la puerta de la entrada a juego con los muebles. Era el único cristal que permitía ver la comisaria.

—Cuéntame —dijo Ricardo ansioso al ver tanta precaución por parte de ella.

—Jefe, ha estado aquí Jaime López. Durante unos minutos lo he visto rondar la puerta de la entrada, mirando para dentro. Lo he observado, pero en realidad no sé qué o a quien buscaba. El caso está en que al entrar me ha preguntado por ti. Le he dicho que estabas reunido. Al escucharme una sonrisa disimulada ha aparecido en su cara. Jefe usted sabe que yo me fijo muy bien en las personas, que con solo mirarlas me da a mi algo que me dicen que son buena gente o no. Yo no quiero ser entrometida, pero esa risa, me ha dicho a mi algo. No sé. Algo que no es limpio. Había detrás una mujer esperando a ser atendida, él se ha apartado de ella, incluso ha bajado el tono de voz para que ella no lo escuchara. Por cierto, esa mujer se ha marchado; no la he atendido. Su móvil ha empezado a sonar y se ha marchado. ¡Qué raro, ¿verdad?! Solo espero que no se haya arrepentido a última hora de denunciar a nadie. Mira que si es una mujer maltratada y quien la estaba llamando era su acosador. Nunca deberían de arrepentirse a la hora de denunciar.

—No te andes por las ramas, Rosana; esa mujer volverá si lo necesita, ahora al grano —le interrumpió Ricardo.

—Pues eso, que cuando le he dicho que no estaba, me ha dado este sobre para usted. Pero me ha pedido que no le diga que él lo ha traído. Textualmente me ha dicho que le diga que lo ha dado Víctor, el responsable del Depósito de cadáveres. Sabe que a mí no me gusta decir las cosas que no son. Que la mentira tiene las patillas muy cortas.

—Has hecho bien en decirme la verdad, por eso siempre he confiado en ti.

—Sí, pero ahí no queda la cosa. Para ser sincera, te tengo que decir que se me ha quedado cara de tonta cuando ha pretendido que fuese su cómplice. Pero lo que me ha extrañada ya en exceso ha sido que me ha dado este sobre, que estaba sellado en el cierre con el sello del depósito de cadáveres, pero venía abierto.

—Déjamelo.

Ricardo extendió la mano para que se lo diera, revisó las dos caras del sobre tamaño folio de color blanco pensativo. Miró en su interior, y comprobó que los documentos que había dentro: correspondía con los resultados de la autopsia de los dos matones de Pedro.

«Muerte por envenenamiento por capsulas de cianuro situadas en la parte trasera de un diente».

—Gracias, Rosana. No te preocupes —dijo leyendo los documentos—; solo te pido total y absoluta discreción sobre este tema. No le cuentes nada a nadie. Antes tengo que averiguar por qué motivo ha actuado así.

La secretaría asintió con la cabeza mientras salía dejando a Ricardo solo. Ahora sí que el policía estaba empachado de dudas. Parecía que cada día se complicaban más las cosas. Ya tenía él sus sospechas de que en estos momentos Jaime López, quien hasta ahora había sido una persona merecedora de su confianza, no estaba siendo totalmente claro. ¿Por qué Jaime había llevado él mismo ese sobre? ¿Por qué no quería que supiera que era él quien había estado allí? Y lo más preocupante, ¿por qué estaba el sobre abierto? A lo mejor Jaime solo necesitaba saber lo que allí había escrito. O a lo mejor, había modificado el resultado de la autopsia. Lo único que tenía claro Ricardo Guzmán en ese momento era que no le podía quitar el ojo de encima. Estaría atento a todos sus movimientos.

CAPÍTULO 18

Una noche más sin dormir. Los días se me estaban haciendo eternos. Terminé de tomarme mi humeante café, observando las maletas preparadas en la puerta. Iba a tener un nuevo hogar, en un lugar desconocido, durante un indeterminado tiempo. Escuché a Marcos salir de la ducha mientras tatareaba. Aún tenía la puerta cerrada pero por los ruidos que hacía podía escuchar todos sus movimientos. Con un chillido urgente me llamó:

—¡Vera! ¡Vera, corre, ven! ¡Tienes que ver esto!

Salí corriendo hacia el baño. Me temía lo peor. ¿Qué tenía que ver? ¿Qué había encontrado? ¿Me habían dejado otro «regalito»? No podía ser, estábamos encerrados. Nadie había entrado. Ninguno de nosotros habíamos salido. La incertidumbre que sentía mientras recorría los dos metros y medio que había desde el sofá hasta el pasillo me hicieron sudar, que me temblara todo el cuerpo. Casi hecho la puerta abajo del baño, ya que con los nervios no atinaba a bajar el pomo.

Cuando abrí la puerta me encontré a Marcos envuelto en una toalla blanca de cintura para abajo, pero que me dejaba ver sus rodillas, sonriente frente al espejo. Con un ataque de histeria empecé a preguntarle.

—¿Qué? ¿Qué tengo que mirar? ¿Qué nos han dejado esta vez?

No paraba de mirar en todas las direcciones. Buscando, deseando que no apareciera, la habitual caja roja acompañada de la rosa negra.

—¡Mira!

Me dijo Marcos señalándose su cara, trazando un círculo en el aire, enseñándome sus alineados dientes blancos detrás de su gran sonrisa.

—¿Pero qué es? —le chillé.

—¡Mira, Vera! Hoy voy a poder afeitarme. Se me ha caído la costra de la herida y los moratones cada vez tienen un color más disimulado.

—¿En serio? —le pregunté al borde un ataque de nervios, mientras me secaba el sudor de mi frente sin parar de andar de un lado para otro. Me miró fijamente sin entender mi pregunta, sin perder su expresión de felicidad de la cara—. ¿En serio? —volví a repetir en un tono más alto.

—¿Qué pasa? Me encanta poder afeitarme, ya me picaba la cara.

—¡Tú eres tonto perdido! Te quitaba yo a ti los pelos ahora mismo pero con cera hirviendo. Te ibas a enterar. Te daba unos tirones que te iba a apetecer dejarte la barba —le dije con toda la *malafollá* granadina que tenía dentro del cuerpo.

Me giré y salí del baño. No me lo podía creer, que susto me había dado, y encima por una tontería. Era increíble. Parecía irreal. Marcos me seguía, iba muerto de risa a la misma vez que desconcertado. No entendía mi reacción, a pesar de que le hacía mucha gracia.

Fui directa a la cocina; me serví un vaso de agua muy fría directamente del frigorífico. Me volví a Marcos y le dice.

—No me sigas.

—¿Vera, que he hecho? —me dijo con guasa—. En serio, no te entiendo.

—¿Qué no me entiendes? ¿Te estás quedando conmigo? ¿Me puedes explicar por qué cojones has dado esos gritos por una payasada? Es genial que te puedas afeitar y que te estés curando, pero yo no estoy para que me des esos sustos. —La expresión de Marcos se tornó un poco más seria, yo cada vez chillaba un poco más—. Pensaba que habías encontrado otra puta caja roja. ¿Sabes? Mi cuerpo está en tensión, estoy alerta. No debes chillarme así.

—Lo siento, Vera. Eran gritos de alegría. Lamento haberte preocupado.

La puerta de la casa de Marcos se abrió de par en par. Entraron los dos policías que nos vigilaban con sus armas en la mano, apuntando a todo lo que había delante de ellos.

—Chicos, ¿estáis bien? Hemos oído gritos desde la calle.

—Sí, tranquilos, aquí el señorito que da gritos de alegría porque se puede afeitar —contesté, enfadada.

—Lo lamento —dijo Marcos aguantando la risa, dándose cuenta de la que había liado por ser tan espontaneo—, pero es que me pica mucho la cara. Por fin me voy a quitar estos malditos pelos. —Se rascó la mejilla.

—De verdad que es molesto —dijo uno de los dos policías—. Te entiendo perfectamente. Me alegro que te estés recuperando. La verdad que hoy tienes mejor color de cara

Mi enfado era cada vez mayor. Marcos nos había asustado a todos y, para colmo, la policía en vez de decirle que no gritara tan fuerte la próxima vez, lo entendía. Menudos problemas tenían los hombres. Empecé a caminar de un lado para otro, necesitaba tranquilizarme. Aquello parecía ahora mismo una película americana estúpida de risa.

No quería verlos, cada vez que los escuchaba hablar de algo tan cotidiano, mi enfado iba en aumento. Me marché al dormitorio a vestirme, cerré de un portazo.

—Ha pasado mala noche, disculparla.

Escuché perfectamente cómo Marcos me disculpaba con la policía, lo que volvió a incrementar mi enfado. Creía que iba a explotar. Definitivamente se me estaba escapando de las manos. Tenía que reconocer que realmente no había sido para tanto. Tenía que parar, tranquilizarme.

Me tumbé en la cama, y empecé a respirar hondo, notando como los latidos de mi corazón se iban tranquilizando. Bostecé. Me sentía muy cansada. Llevaba dos noches sin dormir. Los ojos se me cerraban. No quería dormirme. Cada vez que lo hacía volvían las terribles pesadillas.

—No es hora de dormir, Vera —me dije a mí misma en voz baja.

Empecé a vestirme. Vaqueros cortos y camiseta de tirantes. Vi mi móvil estropeado, aunque aún funcionando, encima de la mesita. Llamé a Soledad. La última vez que había hablado con ella fue el día anterior, en su cafetería, cuando estuvimos jugando con la luz de las velas, las cartas y el destino. El móvil dio cinco tonos, al sexto saltó el contestador. Colgué antes de que sonara el tedioso pitido.

Decidí mandarle un mensaje de *WhatsApp*:

«Hola Sole,
¿Qué tal estás?
Estoy ya un poco cansada de todo el tema.
Ojalá termine pronto.
Espero que podamos hablar pronto.»

En mi pantalla aparecían los dos tics de haber recibido el mensaje, pero no se tornaban de color azul, así que no lo había leído.

Solté el móvil, volví a turbarme en la cama. Contemplando detenidamente el techo, empecé a darle vueltas a todo de nuevo. No podía dejar de darle vueltas. Mi vida había cambiado mucho en estos tres últimos días.

Marcos abrió un poco la puerta, metió una de sus manos ondeando una servilleta de color blanco.

—Pasa —dije, riendo

—¿Me vas a pegar?

—No, pasa, lo siento. Estoy un poco agobiada. Me has dado un buen susto.

—Lo tendré en cuenta, nada de gritos de ahora en adelante —dijo entrando en la habitación dándome un abrazo. Se había afeitado. Olía muy bien a colonia mezclado con *after shave*—. Debemos de marcharnos ya: son casi las doce. Ricardo nos espera para comer y hablar con nosotros. Ahí nos comunicará cuál es nuestro nuevo destino.

—Pues venga, no le hagamos esperar.

Recogimos todo, salimos de la casa de Marcos. El coche patrulla nos esperaba. Al parecer también se nos había acabado el conducir. Nada de ir solos en un coche.

Nosotros nos sentamos en la parte trasera. Como siempre me quedé mirando por la ventana con la sensación de sentirme observada. Pensé que me estaba volviendo un poco maniática. Al final la que iba a terminar loca perdida iba a ser yo.

Comenzamos a recorrer nuestro camino. Mis manos comenzaron a acariciar mis rodillas hacia delante y hacia atrás repetitivamente al ver que nos dirigíamos en dirección a la casa de Pedro. Bordeamos la base aérea cada vez más cerca de la colonia de Chalets donde estaba su propiedad. Era el único camino que teníamos más cercano para coger la autovía, aún así, hubiera preferido dar un poco más de vuelta antes que pasar por la zona.

Antes de llegar a la calle que nos llevaba hasta la puerta de entrada de su urbanización, me fijé en un edificio que me llamó la atención. Era de color marrón, antiguo, con sus fachadas de ladrillo, con unos ventanales de hierro de puertas abatibles con postigos pintadas en un color verde que destacaba demasiado, rodeado de jardines con árboles frondosos. En el acceso había un guardia que custodiaba la puerta y era el encargado de subir la barrera para permitir el acceso a las personas autorizadas.

Intenté mirar hacia dentro, averiguar qué era. Parecía un edificio público. Había un cartel identificativo en el lado derecho que no me dio tiempo a leer. En ese momento recordé la vidriera de casa de Pedro. Unos metros más adelante miré por la ventana derecha, comprobando que ya podía ver de lejos la vidriera que ocupaba mi pensamiento.

Algo tan bonito en una casa tan malvada no cuadraba. Qué lástima que nunca hubiera caído en preguntarle a Pedro porqué la escogió. Ahora ya era tarde. Ya no podía averiguar cuál fue el motivo.

Continuamos nuestro camino. En mi mente solo podía ver una mariposa con las alas abiertas, en colores malvas, verdes, azul y blanco tallado sobre el cristal. La mezcla de colores que hacía tan bonita que impactaba. Igual que lo había hecho los ojos de Pedro en mí la primera vez que los vi.

CAPÍTULO 19

Aquel martes siete de agosto también fue diferente para Soledad. La mujer estaba inquieta por la conversación que había tenido con Vera, teniendo presente la pesadilla que había tenido la muchacha y sin poder parar de pensar en los sueños que le impedían descansar cada noche de gusanos convirtiéndose en mariposas preciosas de alas grandes de colores llamativos. Ese cambio de oruga a falsa belleza.

Esa preocupación de saber que había algo oculto cerca de sus muchachos. Un peligro constante acechándolos, tenía a la mujer con el alma en vilo. Por eso aquel día, a diferencia de los demás, Soledad llamó a la muchacha que le echaba una manos los fines de semana en la cafetería sirviendo mesas, ya que eran los días que más gente iba a desayunar y la mujer no podía sola con todo. Le pidió que se hiciera cargo aquella mañana de atender a todos sus clientes. Ella tenía algo que resolver. Necesitaba unas horas fuera.

Cuando vio que en su local todo estaba controlado, Soledad se quitó su delantal y se marchó hacia la comisaria. Quería hablar con Ricardo Guzmán o con Pablo Rosales, ver si había algo en lo que ella pudiese ayudar. Cuando llegó escuchó como una mujer le decía a un señor trajeado que los dos hombres estaban reunidos. La forma de moverse de aquel hombre puso en alerta a Soledad. Él intento apartarse para que no escuchara su conversación. La camarera, tan astuta como siempre, empezó a disimular pero agudizando el oído.

—Por favor, dígale que este sobre se lo ha traído Víctor, el del depósito de cadáveres, yo nunca he estado aquí. Es mejor para la resolución del caso Montijano. Todo lo demás son simples coincidencias.

Fue lo poco que Soledad pudo escuchar de aquel hombre nervioso. En ese momento su móvil comenzó a sonar. La camarera vio en la pantalla que era Vera, por lo que silenció el pitido del teléfono mientras salía a la calle. Esperó en su coche, que estaba aparcado a la sombra del árbol que había en la acera de enfrente. Unos silbidos comenzaron a salir de su bolsillo. Volvió a mirarlo: eran unos mensajes de Vera.

«Hola Sole,
¿Qué tal estás?
Estoy ya un poco cansada de todo el tema.
Ojalá termine pronto.
Espero que podamos hablar pronto.»

Justo en ese momento vio salir al hombre trajeado de comisaria. Miró en ambos sentidos, comprobando que no lo veía nadie. Sole se agachó dentro de su coche sin perderlo de vista. Él a paso ligero se montó en un Citroën Saxo de color negro que había dos coches por delante del de ella.

«Ese coche no pega con ese traje», pensó mientras apuntaba la matricula.

Decidió averiguar hacia dónde se dirigía; más tarde hablaría Vera, ahora era el momento de seguir su intuición, siempre dejando la ventaja suficiente que le permitieran a ella pasar desapercibida. Cogieron la autovía. Desde lejos, Soledad pudo ver cómo el hombre no paraba de mirar por los espejos retrovisores. Ella comenzó ponerse un poco nerviosa. ¿La habría visto? ¿Estaría comprobando si lo seguían? La camarera no sabía con lo que se podía encontrar, pero cada vez estaba más segura de que iba tras la persona adecuada. Alguien que no teme nada, no toma tantas precauciones.

«¿Quién eres?», pensó la mujer.

Podría echarle una foto, llevársela a Pablo Rosales; quizás él sabría decirle de quién se trataba. En cuanto tuviese oportunidad lo haría.

El *Citroën Saxo* negro giró entrando en una urbanización. «EL CARMELO», ponía en un cartel. Ella bajó la velocidad, en una urbanización casi sin tránsito era más difícil poder ocultarse. Vio cómo el hombre entraba en la cochera de la primera casa que había a la derecha. Ella continuó hasta el final de la calle. De lejos seguiría observando.

«¡Qué raro! ¿De qué me suena a mí el nombre de esta urbanización?», pensó.

Al final de la calle comenzó a girar para dar la vuelta cuando se encontró de frente una casa acordonada por la policía.

«¿Pedro? ¿Será su casa? De eso me suena a mí. Vera me comentó donde vivía. Demasiadas coincidencias. Pablo Rosales debe de saber toda esta información. Aquí hay gato encerrado.»

Soledad salió de sus pensamientos cuando vio de lejos salir un nuevo coche de la cochera de aquella casa con el mismo conductor. Esta vez era un *Nissan Qashqai*, también en color negro, pero mucho más reluciente.

«Sí, señor, este coche te pega más. Vamos a ver a donde me vas a llevar ahora.»

Con rapidez anotó de nuevo la matricula mientras llevaba su coche en marcha. Pero las sorpresas nunca vienen solas. La camarera se asombró cuando solo recorrió con su coche unos metros. Al final de la calle junto a la rotonda, giró a mano derecha entrando en un edificio aparentemente oficial. En la puerta había un guarda de seguridad, quien saludó al conductor mientras levantaba la barrera. Tal y como hablaban tenían que conocerse. Así que esa no era la primera visita que hacía su sospechoso a ese sitio.

Perderse en el interior del edificio y no poder seguirlo hizo que Soledad golpeara el volante de su coche con tanta fuerza que se hizo daño en las palmas de la mano.

—Aquí no me puedo quedar todo el día —dijo para sí misma.

No quería moverse de allí. ¿Y si salía de nuevo? ¿Por qué había cogido un coche para hacer una distancia que perfectamente podía haber hecho andando? Al final no le había echado la foto, pero no estaba todo perdido. Tenía una casa y dos matriculas. Lo normal es que fuera fácil localizarlo. Para ella no, lógicamente, pero sí para la policía.

Aparcó su coche en una calle paralela. Llamó a Pablo Rosales, pero éste le corto la llamada. Seguiría reunido.

«¿Qué hago ahora? —Se quedó pensativa unos segundos—. Seguir tus propios consejos. No dejes pasar ningún pálpito. Quizás encuentres la respuesta a lo que estás buscando.»

Con decisión, salió de su coche y comenzó a andar hacia la puerta de entrada. A lo mejor desde allí podría ver algo más. Disimulando parecer perdida se acercó hasta el guarda.

—Buenos días. Bueno, ya casi buenas tardes. —El hombre, que ya superaba los sesenta años, le sonrió—. He quedado en recoger a una amigo, pero me temo que me he perdido —le dijo mientras miraba hacia el interior. Allí vio el coche aparcado, pero ya no había noticias de su conductor.

—No se preocupe, que yo le ayudo. Está usted en el pueblo de Armilla. ¿Dónde había quedado con su amigo?

—Pues en este pueblo, según sus indicaciones por esta zona, ella me dijo que trabajaba en un edificio oficial.

—¿De la Junta de Andalucía? —preguntó el hombre con una gran sonrisa dispuesto a ayudarla.

—Creo que sí —dudó, deseando que no la enviara en otra dirección—; por la descripción del edificio que me dio creo que es este. Porque, perdone mi indiscreción, ¿me pueden decir aquí a que se dedican?

—No se preocupe mujer, relájese, que yo le explico. Está usted en un centro de recursos sociales, más conocido como la residencia de ancianos de «La Milagrosa», un edificio de la Junta de Andalucía.

—¿Una residencia? Quizás me haya equivocado.

—O quizás no. Aquí, además de cuidar a nuestros mayores, tenemos un centro de ayuda social, tanto al discapacitado como al excluido.

—¡Qué extraño! ¿Ambas cosas juntas? —Soledad detectó que aquel hombre tenía ganas de hablar, solo era tirarle un poco de la lengua—. Vamos, que no es que esté mal. Solo es que hasta ahora las había conocido por separado – le sonrió intentando parecer sincera

—La entiendo, pero siempre ha sido así. Hay dos pabellones diferentes, uno para cada cosa, separado por este patio —dijo señalando hacia el interior—. Esto viene de muy antiguo. Fíjese que esto ha llegado a ser hasta un orfanato. Aquí traían las mujeres a sus hijos de madrugada para dejarlos, algunas no los podían mantener por distintos motivos, otras eran porque no los querían. Total, una pena.

—Ya veo que conoce usted la historia de este sitio —le contestó la camarera sin dejar de mirar hacia el patio interior.

—Por supuesto. Llevo aquí toda mi vida. Mi padre trabajaba aquí. Yo siempre he venido a jugar con los niños que no tenían padres. Pobrecillos. Sin familia, pero no sin amigos. —El hombre se carcajeó.

Llegó otro coche, por lo que los dos se tuvieron que apartar para dejarlo pasar.

—Buenas tardes —dijo el guarda con muchísima educación. A lo que el hombre del interior del vehículo ni le contestó, tan solo lo miró de arriba abajo.

—Tiene que haber gente para todo ¿no? —lo ánimo Soledad viendo el mal cuerpo que se le había quedado al hombre.

—Él siempre es así, si me ve hablar con alguien me da ese desplante.

—Lamento que haya sido por mi culpa. —La camarera quería obtener información, no conseguir un mal trago.

—No se preocupe, mujer —le respondió, espontaneo—. Menos mal que mañana me jubilo y ya lo pierdo de vista. Él es el único que es así. Todos los demás se paran y hablan conmigo.

Ahí estaba. Había llegado el momento, el corazón de Soledad empezó a palpitar. El hombre al que estaba siguiendo apareció cruzando el patio, saliendo de un pabellón de ladrillo marrón con grandes ventanales pintados de color verde, que desentonaban un poco con la aparente antigüedad del edificio y entrado en otro con el mismo diseño. Ella lo siguió con la mirada, intentando averiguar hacia dónde se dirigía. El guarda se quedó observando cómo Soledad miraba en un punto fijo. Aquella puerta donde se había ocultado de su visión.

—Lo lamento —se excusó la camarera—. Creía haber visto a mí amigo. Me he equivocado.

—No me mienta, mujer —bromeó el hombre sin saber que estaba dando en el clavo—. Usted se ha quedado prendada del diseño que hizo mi padre. El que está puesto encima la puerta. Es de las pocas cosas que voy a echar de menos, ver cada día el buen trabajo que hizo mi antecesor. —Se le hinchó el pecho de orgullo mientras lo decía.

En ese mismo instante, Soledad levantó un poco sus ojos. Justo encima de la puerta por donde había entrado el propietario del *Qashqai* negro había una preciosa vidriera de una mariposa. Con las alas muy abiertas, con una combinación perfecta entre malva, verde, azul y blanco. Entrecerró los ojos, parpadeó quedándose petrificada. Allí estaba, al final del patio, la mariposa que la perseguía en sus sueños.

—Bonita, ¿verdad? —le insistió el guarda.

—Sí, preciosa, me ha pillado, lo lamento. He quedado embobada con la imagen, no he visto a mi amigo —disimuló.

—Lo sabía, le pasa a todo el mundo. Yo me sorprendo a veces a mí mismo mirándola. Se creó como imagen representativa del orfanato, una fabula para que los niños vieran que todo en la vida cambia de mal a bien. Ya sabe usted, la historia del patito feo pero con una mariposa. Le voy a contar un secreto —dijo acercándose a la mujer para hablarle en susurros—: si pudiera, me la llevaría a mi casa.

—No lo dudo. Es preciosa.

Soledad miró el reloj: se estaba entreteniendo demasiado. Debía marcharse, le perdería la pista a aquel hombre, pero ella no podía hacer más. Tenía que informar a Pablo Rosales de todos los hechos ocurridos.

—Discúlpeme, caballero, pero creo que por la hora que es mi amigo me ha dado plantón. Debo de marcharme.

—Vaya usted con Dios —le dijo sonriente el buen hombre.

Sin más Soledad se volvió comenzando a andar hacia su coche, intentando aparentar una tranquilidad que no sentía. Los nervios los tenía a flor de piel. Lo que hasta ahora se habían quedado en unas simples pesadillas, se estaba mostrando ante sus propios ojos. Aquella mezcla preciosa de colores tenía un pasado, que estaba llegando al presente, una historia hacia la que se sentía arrastrada sin saber qué camino seguir.

CAPÍTULO 20

Llegamos a comisaría sin problemas. En tan solo unos minutos estaba sentada cómodamente sobre una silla en el despacho de Ricardo Guzmán disfrutando del frescor de su aire acondicionado. Le conté de nuevo toda la historia, desde que conocí a Pedro hasta que estaba sentada en aquella silla. Paso por paso, intentando no olvidar nada.

—Vera, conozco tú historia al detalle, pero hay algo que se me escapa. Para ser sincero no consigo terminar de dar con la tecla. —El policía estaba realmente afligido.

—Lo entiendo; sé que estáis haciendo todo lo que podéis.

—Lo intentamos por lo menos. —Respiró hondo, como si le costara trabajo seguir—. Ahora quiero que veas una foto. Es un retrato robot. Solo saber si lo reconoces.

Puso delante de mí un folio. Unos ojos que no había visto nunca me miraban.

—Vera, piensa que es un retrato robot, que se ha dibujado basándonos en la información de alguien que ha visto a un sospechoso de refilón, sin fijarse en sus facciones. ¿Te recuerda a alguien?

—La verdad es que no. Realmente no se parece a nadie que yo recuerde.

—Intenta hacer memoria, abrir tu mente. ¿Hay algún detalle que te recuerde a alguien¿

Me quedé mirando fijamente a aquella cara. No me resultaba familiar.

Intenté cambiarle un poco los rasgos mentalmente para relacionarla con alguien a quien hubiera podido ver alguna vez. Entrecerré los ojos hasta llegar a ver borroso, estrujando mi cerebro. Esta vez mi subconsciente me volvió a gritar. Lo conoces.

La imagen repetida en mi mente una y otra vez de mi pesadilla en el río volvió a aparecer. Cerré los ojos, intentado concentrarme. Escuché la respiración acompasada de Marcos y de Ricardo sentados junto a mí. Con una claridad surrealista lo reviví.

Aún podía escuchar claramente el agua del río comenzar a crujir, salpicándome en los pies. Sentí un escalofrío al recordar el contacto de aquellos asquerosos gusanos que se habían convertido en mariposa. Uno de los cañones de agua dejó de salir hacia el cielo convirtiéndose en la silueta de una persona. Parecía un hombre mayor que, con paso lento, se acercaba situándose en el centro de los otros tres cañones que seguían disparando agua, me resultaba familiar pero no podía distinguir su rostro. Estaba borroso, tan borroso como la imagen que tenía delante mí. Sabía quién era. Me miente me había avisado en varias ocasiones y no había querido escucharla. Allí estaba. No había ya lugar a ninguna duda. Era Mateo.

—Solo te puedo decir que podría relacionarlo con el ayudante de Pedro. Pero solo porque la edad que aparenta, como si fuera un hombre mayor y porque lleva unas gafas redondas de diseño similar. Pero por lo demás no hay nada que coincida. También a ese hombre yo lo he visto en dos ocasiones, una el día que fui a la charla que dio Pedro en el Hotel Nazaríes y otra cuando subió del sótano dentro de aquella casa, días antes de la boda.

—¿Recuerdas cómo se llama el hombre de quien me hablas?

—Mateo.

—¿Mateo qué más?

—No lo sé, solo he entablado conversación con él en una ocasión.

—¿Sabrías decirnos dónde lo podemos localizar? —Me quedé mirándolo fijamente, ellos eran los policías—. Te voy a ser sincero: tenemos relacionado con Pedro en documentación a un tal Mateo López Tirado, pero no tiene propiedades a su nombre. No sé por dónde empezar a buscar.

—Lamento no poder ayudarte.

—No te preocupes —me dijo mientras me daba un apretón de

manos—; ahora mismo solo es un sospechoso. No te va a pasar nada. Cogeremos al responsable.

—Lo sé.

—Venga, es casi la hora de comer y vosotros dos estáis quedándoos muy delgados.

Ricardo se levantó de su silla. Nosotros le seguimos. De nuevo otra vez con mi maleta en la mano, salí de a un destino desconocido con una sola finalidad, que los dos siguiéramos sanos y salvos por lo menos un día más.

Me puse mis gafas de sol tamaño XXL antes de salir a la calle, para proteger mis ojos de aquellos rayos de sol que quemaban aunque estuvieras en la sombra. Aquel clima granadino seco y caluroso estaba viéndose afectado por una ola de calor que nos asfixiaba aún más. Lo que hubiese dado por un buen baño en una piscina en aquel momento. Pero no, no podía ser. Tenía a un personaje siguiéndome los talones. Una vez más, de mudanza.

En realidad, en aquel momento, me entraron ganas de arrancarme los ojos. No podía ser. Allí estaba de nuevo. Una pequeña cajita roja junto con una rosa de color negro estaba sobre el capó del coche de policía que estaba en la acera de enfrente.

Salí corriendo en dirección a la caja. Una moto que casi me atropella por poco no me deja sorda del pitido que dio. Seguido por un chillido de un «¿Estás loca, o qué?» Pero me daba igual, quería averiguar que contenía aquella caja. De nuevo, a pesar de la advertencia de Marcos y de Ricardo con dedos temblorosos, la abrí. Ya había visto dos ojos y una lengua, así que, a pesar de la curiosidad, tenía un poco de recelo.

Pero esta vez era diferente. Una joya me sorprendió. La caja contenía mi anillo de compromiso que Pedro me regalo en Roma, en aquel ritual italiano que no terminamos y que por lo tanto auguraba mala suerte, el mismo que había llevado puesto en mi anular izquierdo. El mismo que yo misma había escondido en un joyero debajo de mi cama, en mi piso, a la mañana siguiente de la muerte de Pedro.

No había nota escrita en su interior. Con lo que parecía una barra de labios de color rojo, había escrito en el cristal del coche de policía que me había llevado hasta allí: «DE NADA SIRVE QUE TE ESCONDAS».

Mi mundo se paró en aquel momento, a pesar de todo el revuelo que tenían montados mis guardianes a mi alrededor. No veía nada más que aquellas letras rojas. Estaba envuelta en la burbuja de mis pensamientos.

En ese momento aprendí una lección. Aprendí que no se puede dar marcha atrás, que la esencia de la vida es ir hacia adelante. La vida, en realidad, es una calle de sentido único. Daba igual a donde fuera, quien estuviera detrás de todo esto sabía mis pasos. Si no me había matado ya era porque o realmente no quería hacerlo o porque aún no había llegado el momento.

No sé cuánto tiempo estuve allí, lo único cierto era que el ruido de unas sirenas de un coche que llegaba me sacaron de mis pensamientos. Ricardo Guzmán me cogió de los brazos sin hablar, conduciéndome a su coche a toda prisa. Abrió la puerta y casi me empujó a su interior. Como si me quisiera proteger de algo que hubiese a mi alrededor. Como si realmente estuviese a salvo allí dentro.

—Tranquilo, Ricardo —susurré sin que me pudiera escuchar cuando cerró la puerta—. No le tengo miedo.

A Guzmán se le veía sobrepasado, muy ojeroso, cansado. Aún así no paraba de andar de un lado para otro, dando órdenes, hablando con los viandantes, echando fotos y más fotos. Algo en mi interior me decía que eso no servía de nada. Ahora estaba convencida, los hechos me lo decían. Tenía un nuevo plan. Seguir con mi vida, esperar y observar. Seguro que el responsable iba a aparecer. Era algo que no podía evitar, así que tendría que estar preparada.

Ricardo empezó de nuevo a chillar. Esta vez todo su esfuerzo era dirigido a Marcos.

—He dicho «al coche».

—Ricardo, os puedo ayudar hablando con la gente. Tenemos que saber si alguien ha visto algo —rogó Marcos.

—He dicho que «*al coche*».

—Pero… —intentó replicar.

—¡Pero nada!

Un Marcos enfadado, como si fuera un niño chico, se sentó a mi lado.

—Quería ayudarles. —No paraba de mirar al suelo.

—Ya lo haces, no te creas —le animé.

Me miró fijamente a los ojos, sonrió aliviado. Levantó sus hombros, sentándose bien en el asiento. Parecía que, de repente, había vuelto nuestra conexión.

—Me alegro que esta vez te lo hayas tomado así. Pareces más tranquila. Por lo menos es lo que aparentas. Además, no estás tan pálida.

Me sorprendió: ¿me estaba gastando una broma en este momento? No sabía hasta que límites podía llegar por tal de hacerme sentir bien.

—Pues…, no podría decir lo mismo de ti. Tú pareces un fantasma y te tiembla todo el cuerpo. Ahora mismo no te llevaría a robar panderetas. —Una sonrisa apareció levemente sobre la comisura de mis labios.

Ricardo, como si fuera un huracán, entró en el coche. Arrancó sin decir ni una palabra. Empezó a conducir dirección a la playa, a toda velocidad, huyendo de algo que no sabíamos que era. Como si quisiera escapar de sus pensamientos, ya que por más que mirábamos por las ventanas, nadie nos seguía.

Cuando llevábamos quince minutos en esa dirección, cambió de sentido, rehaciendo sus pasos. Fue hacia a Sierra Nevada. Cuando casi llegamos al desvió que comenzaba a subir la montaña, volvió a girar. Dirigiéndose a la Granada Oeste. Dos horas en el coche recorriendo toda la provincia. Pasando por sus pueblos. Sin parar en ningún sitio. Sin hablarnos. Sin dirigirnos la palabra. El policía no sabía qué hacer con nosotros. Paró en un descampado. Nos bajamos.

—¿Hacia dónde vamos? —le susurré a Marcos.

—No lo sé: confiemos en él.

Ricardo se paró en seco y dio un grito ensordecedor. Me quedé mirándolo mientras Marcos se acercaba a él. Los dos hombres se pusieron el uno frente al otro.

—Tranquilo —le dijo Marcos—: todo se solucionará.

—¡Claro que se solucionará! Mientras tanto vosotros vais a prepararos por lo que pueda surgir.

Guzmán sacó su pistola, le quitó el seguro y me pidió que me acercara.

—Vera, ya que no podemos prevenir sus movimientos. Vamos a enseñarte a protegerte. Coge la pistola.

Lo hice sin dudar. Nunca lo había hecho, siempre había sido una persona muy pacífica. Pero ahora era el momento de pelear. En caso de que me encontrara al responsable cuerpo a cuerpo ya tenía manera de defenderme. Aunque fuese un disparo al aire que me diera la posibilidad de salir corriendo.

—No creo que esto sea buena idea. —Marcos no veía claro el camino que estábamos tomando.

—Lo es —sentenció Ricardo.

—Nuestra vida está en peligro —apoyé al policía.

El tacto frío del metal sobre la palma de mis manos, me dio un golpe de realidad.

—Es muy sencillo, solo tienes que dejar de temblar para tener algo más de puntería.

—Sigo diciendo que esto es una puta locura. —Marcos se estaba enfadando.

—Venga, apunta a ese árbol. —Lo hice—. Ahora aprieta el gatillo.

No pensé, cerré los ojos y apunté. Un estruendo salió de mis manos, impulsando mis brazos hacia atrás. Una bandada de pájaros salió volando hacia el cielo.

—Vuelve a hacerlo —me dijo Ricardo.

Volví a cerrar los ojos. Disparé.

—Ahora con los ojos abiertos.

—No —dijo Marcos— Ella nunca ha hecho nada así. Ahora es un árbol al que ni siquiera le ha dado Cuando tenga a una persona delante, ¿realmente crees que lo va a hacer?

—Si mi vida depende de ello, no lo dudes. Lo haré —lo interrumpí enfadada. ¿De verdad me creía tan cobarde? Lógicamente era algo que no me agradaba, pero de ahí a dejarme morir como una idiota iba un camino muy largo.

Marcos me quitó aún más molesto la pistola de las manos. Con una habilidad espasmosa comenzó a disparar sobre un montón de arena que había en el suelo.

—¿Desde cuándo sabes disparar? Que yo sepa no es algo que deba de saber un camarero? —le dije sorprendida.

—Yo la defenderé; sabes que puedo hacerlo —le dijo a Ricardo sin contestar mi pregunta.

—Está bien; tú ganas, cabezón. Como le pase algo mientras yo no esté tendrás que darme explicaciones.

—Sigo aquí. —Hablaban de mí como si no estuviera presente.

—Lo sabemos —me contestó el policía—. Ahora, vámonos. Ya sé cuál va a ser vuestro nuevo destino.

Por segunda vez en el día, tomaba rumbo sin saber cuál sería el fin del camino.

CAPÍTULO 21

Aparcamos en una casita en la vega de Las Gabias, un pueblo del cinturón de Granada, cerca de Armilla. Una tapia blanca sujetaba una preciosa verja labrada de color negro. Ricardo abrió el portón, bajó con el coche una pequeña cuesta y volvió a cerrar. Adelantó el vehículo unos cuantos metros más hasta llegar al lateral de un porche, aparcándolo justo detrás de otro vehículo en color gris.

Una casa, en una sola planta, más bien pequeña pero acogedora, nos dio la bienvenida. Fachada de color blanco con zócalo de piedra, rodeada por un hermoso jardín cubierto de césped. Al final asomaba una piscina. Un perro salió a saludarnos. Empezó a dar saltos y corretear alrededor de Ricardo y de Marcos.

—Shhh —le regañó Guzmán.

—Yo también me alegro de volver a verte —dijo Marcos mientras le rascaba la cabeza.

Pues bien, todos sabían dónde estábamos menos yo. Así que me separé un poco de ellos, dirigiéndome hacia la parte trasera de la casa donde estaba la piscina. Era una zona preciosa. En el centro del césped había un camino de piedras grises que te llevaba hasta una fuente decorada que estaba sin agua. A la izquierda había un columpio para dos personas. A la derecha unos sillones junto con una mesa, que parecían muy cómodos. Al fondo, una barbacoa de obra justo al lado de un pequeño huerto.

—Vamos a dentro —me dijo Marcos tirando con cariño de mi brazo—. Estamos en casa de Ricardo —me susurró.

Subimos tres peldaños; abrimos una puerta de entrada pasando directamente al salón. La casa de Guzmán era una de esas casas que desde que entres hasta que sales sientes que ahí hay un hogar, con vida, con cariño, con amor. Todo decorado en todos beige, con tarima flotante en tonos cálidos. Un sillón de piel de color marrón estaba situado delante de una chimenea, con una alfombra de pelo muy largo de color chocolate. Al lado un mueble de madera de roble con la televisión y cientos de libros bien ordenados. Delante de ellos había algunos retratos que, desde mi posición, no llegaba a distinguir. En la otra esquina un ventanal iluminaba toda la habitación, junto a una mesa con cuatro sillas.

Ricardo suspiró. Se acercó al mueble. Cogió una foto, observándola con cariño se sentó en el sillón.

—Es la primera vez que vengo a mi casa desde que Noelia no está. Si no os hubiese traído, realmente no sé cuándo hubiese sido capaz de volver. Es demasiado grande el vacío que ha dejado. —Marcos se acercó a él, se sentó a su lado. Yo hice lo mismo—. Chicos, quiero que viváis en esta casa como si fuera vuestra. No os voy a molestar mucho, tengo demasiado trabajo pendiente, así que pasaré gran parte del día fuera. Por desgracia, con todos los hechos que han sucedido no puedo tener a dos persona más vigilándoos. Las necesito trabajando. Por eso os he traído aquí. Por ese mismo motivo quería que Vera aprendiera a disparar —dijo mirando a Marcos—. Como eres mi amigo, ¡qué digo amigo! Eres casi mi hermano. Podéis vivir aquí todo el tiempo que queráis. No hay nada legal que nos lo impida. Eso tiene sus ventajas. Vivís en una casa de un policía, por lo que todo lo que tengo aquí esta a vuestra disposición.

Se levantó mientras Marcos y yo lo interrogábamos con la mirada. Abrió el primer cajón que había debajo de la tele. Cogió un bote y dos pistolas que tenía allí guardadas. Las dejó encima de la mesa junto con un juego de llaves.

—Este es el kit de defensa que le tenía preparado a Noelia. Por mi trabajo pasaba muchas horas a solas en casa. No quería que le pasara nada. Mira por donde…. Nada ha salido como esperaba. —Me miró fijamente—. Vera, a partir de ahora siempre vas a llevar este bote contigo. Es un espray anti-violador. Funciona igual que un espray matamoscas. Llévalo siempre en el bolsillo; tenlo a mano. Espero que no necesites usarlo, pero si te hace falta, aplícalo directamente en los ojos de tu atacante. Lo tendrás fuera de juego lo suficiente para que podáis salir corriendo. Marcos, tú sabes disparar. Enséñale a Vera cómo quitar el seguro; por si acaso hiciera falta. Tal y como están las cosas, uno nunca sabe. —Movió el manojo de llaves de un lado para otro, haciéndolas chocar entre sí—. Estas son las llaves de la casa y de mi coche, el que has visto aparcado fuera- me aclaró al ver mi cara de asombro.

—Gracias por todo —le dije, sincera. Se estaba involucrando mucho con nosotros. Si él no fuese tan amigo de Marcos, quizás mi situación sería diferente, no estaría tan protegida.

—No te preocupes —me contestó mirándome directamente a los ojos, unas grandes bolsas de color oscuro cada vez se veían más pronunciadas—, siempre he cuidado de Marcos. Todo lo que le preocupe a él, me preocupa a mí.

—Tus problemas… —comenzó la frase Marcos.

—Son mis problemas —la terminó Guzmán—. Desde pequeños siempre ha sido así. ¿Por qué íbamos a cambiar ahora?

El silencio se hizo en la habitación. La complicidad entre los dos hombres se notaba desde la distancia. En sus miradas había una conversación sin palabras que yo me estaba perdiendo. Algo pasaba por sus mentes, un pensamiento del que no me hicieron participe. Marcos respiró hondo, mirando al suelo. Ricardo se levantó de repente como si todo lo que se hubieran tenido que decir telepáticamente hubiera quedado claro entre ellos.

—Supongo que tendréis hambre —dijo el policía—. Ya es medio día.

—Estoy hambriento – contestó rápido Marcos.

—Tú siempre tienes hambre – dijimos Ricardo y yo a la vez.

Eso hizo que Marcos rompiera a carcajadas sentado en el sofá. Lo que le arrancó una media sonrisa a Guzmán.

—¡Qué bien me conocéis los dos!

—Es que no sé cómo puedes comer tanto. Le pegarías un bocado a una vaca en movimiento —bromeé.

Ricardo salió por una de las dos puertas que había. Por el ruido entendí que estaba en la cocina.

—Uno; dos —comenzó a contar en voz baja Marcos cerca de mi oído, sonrió como si ya supiera que iba a pasar—; tres…

—Chicos —asomó la cabeza Ricardo por el umbral—, soy un desastre en la cocina. Si queréis patatas fritas con huevos, genial. Si no, venid vosotros y cocinad lo que más os apetezca. En el frigo hay poco, pero el congelador está lleno hasta arriba. Noelia compra como si fuese a explotar una bomba en todos los supermercados y nos fuésemos a quedar sin suministros.

Marcos y yo nos quedamos mirándonos. Había hablado de Noelia como si aún estuviera viva. Ricardo se puso un poco más pálido cuando se dio cuenta de su error. Como siempre, Marcos rompió el hielo:

—Sabes que soy buen cocinero.

—Tengo hambre —le apoyé.

—Vamos, Vera, veamos qué tenemos en la cocina.

Al entrar a la cocina vimos cómo Ricardo estaba acariciando disimuladamente un delantal que había sobre una silla. Después comenzó a andar de un lado para otro, detrás de nosotros, como si fuese un niño con hambre perdido en aquella habitación.

—Vera, aquí hay una lechuga, un tomate y un pepino. ¿Te encargas de hacer la ensalada? —A Marcos se le veía muy decidido—. ¡Ajá! Aquí estás. De segundo vamos a hacer unos filetes de pollo a la plancha. Según lo que me encuentre le haremos salsa o no —bromeó, volvió a abrir el frigorífico, se puso las manos en la cabeza y luego en el corazón sobre actuando—. ¡Tío! ¡No tienes ni una cerveza, ni una *Coca-cola*! ¿Así tratas a tus invitados? —Comencé a reírme. La importancia que le daba a que no hubiese bebida y lo despreocupado que aparentaba estar, aunque fuera solo en contadas ocasiones, de que nuestra vida estuviera corriendo peligro.

—Sinceramente, ni siquiera yo pensaba volver a casa. —A Ricardo también le estaba sentando un poco bien estar con su amigo, seguía hundido, pero al menos tenía ratos en los que parecía un poco más despejado—. No obstante, si ese es el problema, tengo un supermercado a cinco minutos en coche.

Ricardo se palpó los bolsillos, buscando algo. Sacó las llaves de su coche. Con ellas se rascó la frente mientras me miraba fijamente. Había una pregunta en su cara, pero sin mediar palabra se dio media vuelta saliendo de la cocina. Justo cuando cruzaba el umbral se paró en seco, se volvió y me miró fijamente de nuevo.

—Hay un tema del que aún no hemos hablado y necesito saber.

El rayo mínimo de luz que acabábamos de ver en los ojos de Ricardo mientras bromeaba con Marcos, había desaparecido. Volvía a ser un cuerpo casi vacío, casi sin vida. Miró al suelo buscando un apoyo visual para poder seguir hablando.

—Esta vez, cuando hemos encontrado la caja roja, nos ha extrañado encontrar algo totalmente opuesto a lo hemos tenido hasta ahora. Ha pasado de dejarnos partes del cuerpo de Pedro a una joya preciosa. Sinceramente, ese hecho, me ha dejado desconcertado. El responsable ha cambiado de rumbo. —Primero miró a Marcos, después se centró en mí—. ¿Habías visto antes ese anillo?

—Sí, es mío. Es el anillo con el que Pedro me pidió matrimonio frente a la Fontana di Trevi en Roma.

La cara de Ricardo tomó un matiz un tanto confuso para mí. Por un lado parecía alivio, por otro tenía una pizca más de preocupación. Todo estaba atado y bien atado para quien lo estuviera haciendo. Se marchó sin decir ni una palabra más.

Tanto Marcos como yo empezamos a cocinar en silencio. Solo el ruido de los utensilios de cocina nos acompañaba. Notaba cómo de vez en cuando mi acompañante me miraba de reojo, sumido en sus pensamientos.

—Voy a poner la mesa.

Fueron las únicas palabras que salieron de su boca mientras se secaba las manos con un paño de cocina. Pronto un olor delicioso que me hacía rugir el estómago inundó la casa. Ya estábamos sentados en la mesa con la comida servida, pero aún sin dar un bocado, cuando Ricardo llegó. Traía cuatro bolsas llenas de bebida. Debido al peso tuvo que darse un suave masaje sobre sus dedos que estaban rojos y marcados.

Comimos en silencio, con la tele apagada. Cada uno sumergido en sus pensamientos. Todos con un mismo tema rondándonos la cabeza pero sin decirlo en voz alta.

—Estaba todo riquísimo —dijo Ricardo dándose unos golpecitos en la barriga—. Estoy muy lleno.

—Seguro que no has hecho una comida en condiciones en los últimos días —le regañó con cariño su amigo.

—Alimentado a base de café de máquina en un noventa por ciento.

Ricardo se levantó. Comenzó a recoger la mesa. Yo hice lo mismo. Comencé a fregar los platos.

—Vera, deja eso.

—No te preocupes, Ricardo, yo me encargo. Ya que voy a ser tu ocupa por un tiempo indefinido deja que al menos me sienta algo útil. Me encargaré de las tareas domésticas. Así mantendré mi cabeza ocupada. —Empecé a frotar con fuerza uno de los platos con el estropajo.

—Está bien, pero no me arañes la vajilla. —Una media sonrisa apareció en la comisura de los labios.

—Anda, deja de rabiar y vete a descansar un poco. Esas ojeras están pidiendo a gritos unas horas de sueño.

—Llevas razón. Te voy a hacer caso. Me echaré un rato.

—Por cierto, gracias por todo —le dije en un tono muy bajo.

Sus ojos se posaron sobre los míos. Eran completamente transparentes para sus sentimientos. Pesar, tristeza, preocupación, ira, agobio, cansancio, estrés. Todo un coctel explosivo demostrado en aquel diminuto iris de color marrón.

—No te preocupes por nada. Falta poco para que todo esto se acabe. Estaréis a salvo. Te lo prometo. No voy a dejar que os hagan daño. Esto ya es algo más que personal. Lo atraparé.

—Lo sé. Confío en ello.

Ricardo salió de la cocina a la misma vez que Marcos entraba en ella.

—¿Aún no has terminado? —De nuevo mi amigo intentaba mostrar su imagen de persona alegre—. ¡Mira que eres lenta!

—Ya estoy acabando —contesté alargando las últimas silabas mientras secaba la encimera. Solté el trapo mientras me sacudía las manos—. ¡Listo! No sé porqué tienes tanta prisa si no tenemos nada que hacer.

—¿Cómo que no? ¿Cómo que no? —repitió mientras agitaba sus manos en al aire—. Acabo de ver que van a echar en la tele *Terminator*.

—Será una broma, ¿verdad?

Marcos empezó a reír a carcajadas. Me cogió de las manos

arrastrándome hasta al el sofá. Se acomodó entre unos cojines, obligándome a sentarme muy cerca de él.

—Eres una chica mala. ¿Cómo puedes reírte de que me guste esa película? ¡Es la mejor de todos los tiempos!

—Es el mejor *petardazo* de todos los tiempos —le corregí—. Un aburrimiento.

—Pues en ese caso, hazme compañía. Si no lo soportas, te dejo que te eches una buena siesta sobre mi hombro. Solo te pido que no ronques, o me veré obligado a subirle la voz a la tele y te despertaré.

Sonreí mirando al televisor. Marcos merecía que viera aquella película con él por mucho que me aburriera. Tenía puesta su coraza de niño despreocupado que siempre andaba intentando hacerme olvidar la gravedad real de la situación. No me molestaba estar sentada abrazada por él. Me incomodaba el miedo en mi interior que había decidido quedarse y la posibilidad de quedarme dormida. No quería volver a ver a Pedro. No quería volver a tener pesadillas.

La película comenzó mientras Marcos no dejaba de tamborilear sus dedos sobre sus rodillas. Aunque no lo quería aparentar estaba nervioso. Lo entendía, yo también lo estaba. Teníamos motivos más que de sobra para estarlo.

CAPÍTULO 22

Tras terminar el infierno de la película *Terminator*, Ricardo salió de su habitación. Su cara junto con su forma de caminar me confirmó que no había conseguido dormir nada.

—Chicos, esta noche no creo que venga a dormir a casa. Tengo muchas cosas que resolver. No tendréis vigilancia continua, pero sí habrá un coche patrulla dando vuelta de vez en cuando por aquí. Estaré pendiente al móvil, así que, por favor, no dudéis en llamarme para lo que necesitéis. Si veis cualquier movimiento extraño, quiero ser el primero en enterarme.

—Entendido —le respondimos a la vez

—Pero vete tranquilo —prosiguió Marco—. Ya nos has facilitado una casa donde estar seguros junto con un kit de supervivencia completo y un coche. Además nosotros tenemos muchas ganas de despertarnos cada día, así que nos defenderemos si fuese necesario.

—Llámame y no te hagas el héroe. —Lo señaló con el dedo mientras me miraba de reojo—. Por cierto, tengo una duda que no me puedo quitar de la cabeza, Vera: ¿cuándo fue la última vez que viste el anillo que te han dejado esta mañana?

—La última vez fue el día después de mi no-boda seguida por el secuestro y el intento de asesinato. Cuando me desperté con Marcos ya instalado en mi casa, me lo quité y lo guardé en un joyero debajo de mi cama.

—¿Eso fue antes o después de que te encontraras la segunda caja sobre tu felpudo?

—Fue antes. Después de quitarlo fuimos al cementerio —«Al entierro de Noelia», pensamos los tres—: allí me encontré la primera caja.

—Lo cual nos abre dos posibilidades. Una, que ha estado en tu casa después de que te encontraras la caja sobre el felpudo, o, dos, que él hubiese estado dentro antes de que llegarais vosotros, ya que cuando registramos la casa allí no había nadie. ¿Has notado que te falte alguna pertenencia más?

—No me ha dado tiempo a hacer inventario. Ni siquiera me había dado cuenta de que me faltaba ese anillo. Salí de mi casa sin comprobar nada. La urgencia mezclada con el miedo y los nervios no me permitieron ver nada más que lo justo.

—Haré una ronda por la zona para ver si alguien ha visto algo.

—Justo al lado mío vive Remedios, una mujer mayor muy cascarrabias que no sé como lo hace pero está informada de todo lo que ocurre en el edificio. Quizás deberías hablar con ella.

—Tomo nota. Estáis en vuestra casa, no hace falta que os lo diga. Vera, supongo que si has salido tan deprisa como me dices es posible que no hayas cogido todo lo que necesitas. Tienes el armario de Noelia a tu disposición.

—No te preocupes —mi respuesta fue rápida—; bastante estoy invadiendo ya tu espacio.

—No dudes es coger lo que necesites. Son solo cosas materiales. Ella estaría de acuerdo conmigo. Tenía muy buen corazón. —Dio un largo suspiro mirando al techo, cogiendo fuerzas para seguir hablando. Se dirigió al mueble del salón abrió un cajón. Puso encima de la mesa la pistola y el espray anti-violador— Esto lo tenéis que tener siempre a mano. —Asentimos ¿qué otra cosa podíamos hacer o decir?—. Lo dicho, me marcho. No quiero ser pesado, pero llamadme para cualquier cosa. No quiero sorpresas. Bastantes hay ya.

—Seremos buenos —prometió Marcos mientras se pintaba un circulo imaginario sobre su cabeza.

Ricardo salió de la casa negando con la cabeza. Su amigo siempre tenía ganas de broma. Su carácter siempre había sido así, desde pequeños. La filosofía de vida que Marcos demostraba día a día era ver el vaso siempre medio lleno, nunca medio vacío. De todas formas lo que tenía que venir, vendría. En eso llevaba razón. No podíamos hacer nada, solo esperar a verlas venir sobrellevando lo mejor posible la situación. Un ejemplo que yo intentaba seguir. Mi miedo seguía en el bolsillo, dando saltos para salir. Yo le había cerrado la cremallera impidiéndolo, pero ahí estaba, sintiéndose encerrado, recordándome que seguía dentro mí.

Me fui a la cocina, sintiéndome una intrusa en aquella casa. Empecé a abrir puertas de los muebles buscando algo para picar. Si iba a estar viendo la tele, con mis manos y mi boca ocupadas, seguro que mi mente estaría más despejada.

—¿Qué buscas?

—No sé; algo.

—Así no te puedo ayudar.

—He pensado que si he tenido que ver esa película tan aburrida, ahora me va a tocar a mí escoger la siguiente.

—Total, que te vas a vengar. —Me sonrió de oreja a oreja—. Que conste que la echaban por la tele, no es algo que yo haya escogido.

—Podías haber cambiado el canal. Pero estoy buscando algo para picotear.

Marcos abrió uno de los muebles altos. Dentro había de todo: palomitas, patatas de bolsa, pipas, cacahuetes, chucherías. Un surtido digno de cualquier tienda o stand de supermercado estaba metido en aquél mueble.

—*¡Voilá!*

—¡Madre mía! ¡Hay de todo! —contesté, salivando.

—Sí, es el mueble menos sano de toda la casa. Cada vez que he venido aquí, hemos terminado dándonos un buen atracón. Así que venga, mientras yo cojo un poco de todo, acércate al mueble que hay debajo de la tele, allí están todas las películas que hay. Escoge la que quieras. Por favor, no seas muy mala conmigo. *Terminator* es historia de cine.

—Eres más cuentista.... Tu deberías de ser actor no camarero —bromeé, saliendo.

—¡Ejem! ¡Ejem! —Se sacudió teatralmente el hombro izquierdo con la mano derecha mientras ponía cara de interesante—. No soy camarero. Soy el digno heredero que no ha dado un palo al agua hasta hace dos meses de un magnate dentro del negocio de las discotecas y la hostelería.

—Por lo menos lo reconoces.

Me acerqué al mueble que me había dicho, abrí el cajón, que tenía muchísima más profundidad que lo que en un principio aparentaba, y aparecieron ante mis ojos una colección bastante amplia de películas DVD, Blue-Ray y VHS. En ese momento me fijé en una foto que había sobre la tele. La cogí observándola, unos profundos ojos negros me observaban. Un mechón de su pelo liso de color negro cruzaba su cara, tapándole parte de su ojo derecho, el gesto de su cara radiaba de felicidad. Debía de ser Noelia. Pobre. Una lágrima amenazó con salir escabullida de su escondite. A ella, al igual que cada una de las personas que había retratadas en aquél sótano, no la había conocido, pero me dolía que hubiese muerto por culpa de un hombre al que ella había creído que amaba. Una falsa carcasa, llena de mentiras y destrucción, que había acabado con la vida de, al parecer por los datos que había escuchado, de demasiadas personas. Recordé cómo Pedro me había contado que él había oído como mataban a sus padres en su propia casa. Aún así no era motivo alguno, él ya se había vengado, el mismo los había matado, vendido sus órganos y conseguido muchísimo dinero. No lo podía creer. ¿Realmente se podía hacer un negocio multimillonario a costa de tantos inocentes?

Unos pasos se escucharon detrás de mí. Escuché como soltaba unas bolsas junto con unas latas sobre la mesa.

—¿Cómo se puede vivir viendo a la gente morir a tu alrededor? Y lo que menos me explico, ¿cómo puedes ordenar que maten a alguien para tener más dinero? —pregunté, entristecida.

—Supongo que mirarán para otro lado. Eso, o que realmente están locos y no saben lo que hacen.

—No lo entiendo.

—Ni tú ni nadie. Pero vamos a cambiar de tema. No vamos a solucionar nada con darle muchas vueltas.

—Está siendo un palo muy duro para Ricardo.

—Lo sé, vamos a ayudarle. ¿Vale? Lo de su mujer ya no tiene solución, pero lo nuestro sí. Yo no soportaría perderte. —Me acarició la mejilla a la misma vez que mi corazón se paraba—.

Así que, por favor, vamos a estar tranquilos, con la mente fría. Tenemos que salir de esta.

Asentí. No me quedaba de otra. Marcos quería crear de nuestro día a día una burbuja irreal de felicidad, en ese momento vio que era complicado. Él mismo con sus palabras nos dio una ostia de vuelta a la realidad. Pusimos los pies en la tierra de nuevo. Nuestra caras volvían a reflejar el miedo que estábamos sintiendo. Queríamos ser fuertes, a pesar de no ver normal andar encontrándote por la calle los regalitos que me estaban dejando.

—Entonces, ¿qué? ¿Has decidido ya con que película me vas a mortificar?

Sí, allí estaba, ese hombre, con su semblante serio, su mente en otro mundo intentando empujarme a pasos forzados de nuevo dentro de su burbuja de aire donde me podía caer y levantar todas las veces que quisiera sin hacerme daño. Por mí no había ningún problema, sabía jugar a ese juego. Pensándolo fríamente hasta me hacía sentir bien. Olvidar a medias la realidad me hacía más llevadero el día a día.

—No, aún no lo he decidido, pero no será tan mala como tú —le seguí el juego—. No pienso hacer sufrir tanto. ¡Cuidado con la película que ha escogido el muchacho para ver!

—No te metas con mis preferencias. Si realmente te gustase el cine debería de gustarte. Es impactante siendo una película de esa época como Schwarzanegger representa su papel de *cibor-asesino* enviado a través del tiempo para matar a una mujer. Los efectos especiales son fantásticos, lógicamente considerando en el año en que se rodó. Y no solo eso, la Biblioteca del Congreso de los Estados Unidos de América la consideró como cultura, histórica y estéticamente significativa.

—¡Tú sí que eres de época! —le respondí—. No le quito mérito, pero es lo mismo que si te obligo yo a ver ahora *Grease*, con su Olivia Newton cantando hora y media.

—Trato hecho —me dijo iluminándosele la cara.

—¿En serio? Por mí vale, pero vamos que personalmente me gustan películas un poco más actuales.

—No, no, no… esta vez escoges tú. Así que, vamos, decide.

Empecé a leer títulos de películas, mientras rozaba con mis dedos los cantos de las caratulas *El sexto sentido, Los otros, Un paseo por la nubes, La boda de mi mejor amigo*…, allí había para todos los gustos.

Al final me decidí por una de risa, creo que lo necesitaba. *Mr Bean* se agarró a mis manos. Me volví hacia Marcos para enseñársela. Si le parecía bien cambiaría de película, si le parecía mal iba a ser mi venganza. Él abrió los ojos de par en par

—¿En serio? —me dijo él ahora a mí.

Su cara no mostraba ni interés, ni desprecio. Así que no me atrevía a contestar. Quería saber si le gustaba o no antes de tomar una decisión.

—Hmm —fue lo único que me salió, esperando alguna que otra reacción por su parte.

—¿Eso es que sí o que no?

—Depende.

—*Depende. ¿De qué depende? De según cómo se mire todo depende* —empezó a tatarear al canción de jarabe de palo.

—Actor y cantante; eres toda una caja de sorpresas —aplaudí levemente sonriendo.

—Venga, en serio.

Lo miré, quería que viera una película que no le gustara, que se aguantara lo mismo que lo había hecho yo. Pero tenía que jugármela. No me daba ninguna pista.

—Sí, es la película que quiero ver.

—¡Poff! Está bien, pero si me duermo no te enfades. No soporto el humor inglés.

El diablo vestido de rojo de mi hombro derecho empezó a dar saltos de alegría. El ángel de mi hombro izquierdo se tapó la cara mientras negaba con su cabeza. Yo solo sonreí con cara de inocente, como niña que nunca ha roto un plato.

Puse la película en el DVD. Marcos encendió la tele. Como si tuviésemos telepatía, como si nuestros movimientos estuvieran marcados por un mismo ritmo, los dos nos sentamos muy juntos en el sofá, alargamos las manos tirando de la mesa hacia nosotros. Abrimos unas latas de coca cola, cogimos una bolsa de patatas para compartir, nos miramos fijamente a los ojos sonriéndonos. A continuación fijamos la vista por primera vez en lo que había sacado Ricardo del cajón. Con un escalofrío recorriéndonos la espalda, Marcos cogió su pistola y yo el espray anti violador, nos lo metimos en el bolsillo. Las llaves se quedaron sobre la mesa. Volvimos a mirarnos, los dos asentimos. Dándonos la aprobación mutuamente de que habíamos hecho bien.

«Así mejor: protegidos». Pensamos en silencio. Marcos puso su brazo sobre mi hombro, atrayéndome hacia él. Deje descansar mi cabeza sobre él, mientras le dábamos al *play*. Pronto comenzaron a sonar los primeros acordes anunciando la película. Cuando *Mr. Bean* apareció por primera vez la pantalla, mi acompañante Bostezó. Una sonrisa apareció disimulada sobre la comisura de mis labios. Quizás, mi venganza, podía ser lo más divertido del día de hoy.

CAPÍTULO 23

Ricardo Guzmán entró a comisaria casi sin saludar a nadie. Fue directo a su despacho cerrando la puerta tras de sí. Bajó la cortina veneciana para que nadie pudiera verlo desde fuera, abrió la ventana que daba a la calle y se sentó en su silla.

Miró a su alrededor. Se fijó en los montones de papeles y expedientes que tenía apilados. Tantos casos sin resolver, la gran mayoría violaciones, robo con o sin violencia. Se sentía culpable. Aunque quería, no podía ayudar a todo el mundo. Le era imposible estar en todas partes. Era incapaz de llevar bien atado incluso su propio caso. Pensó en Marcos y Vera. Sentía que los había dejado abandonados a su suerte. No podía tenerlos todo el día vigilados. Pero si les había prometido unas rondas de visita. Así que eso hizo. Sin dudarlo, cogió el teléfono dando las órdenes oportunas para que con cierta frecuencia pasaran por su casa para comprobar que todo estaba bien.

La ansiedad que sentía encerrada dentro de su cuerpo estaba empezando a hacerlo sentir incómodo al estar sentado. Su corazón palpitaba a más velocidad de la adecuada. Unos calambres en el pecho y en la boca del estómago se estaban haciendo cada vez más persistentes. Empezó a respirar con dificultad. Miro al techo, intentando pensar, procurando calmarse. Sabía perfectamente que así no llegaba a ningún sitio, ese estado lejos de hacerle algún bien, le estaba poniendo cada vez más nervioso. Esos pequeños ataques incontrolables estaban repitiéndosele cada día con más frecuencia.

Se quedó mirando fijamente a lo alto de la estantería que tenía situada a mano izquierda. Allí arriba, escondida, estaba su solución. Le había prometido a Noelia que no lo volvería a hacer, que superaría su adicción, que no volvería a tenerlo en sus manos. Lo anhelaba cada día, desde que se levantaba hasta que se dormía, Incluso había soñado con ello.

No lo dudó. Cogió la silla, la arrastró cerca de la estantería, se puso de puntillas sobre ella para alcanzar su escondite. Palpó con las manos en busca de su consuelo. Allí estaba: su paquete de tabaco con su mechero. Se bajó de un salto, colocó de nuevo todo en su sitio y con temblor en las manos se encendió un pitillo.

Aspiró profundamente dando una fuerte calada. Tras dos años y medio sin fumar sintió cómo el humo entraba a través de su garganta haciendo un recorrido rápido por su cuerpo hasta llegar a los pulmones. Le dio un golpe de tos que tuvo que beber agua para calmarlo. Tras recuperarse volvió a darle otra calada, esta vez más despacio. Detrás de una llegaba otra, hasta que lo consumió entero.

Cuando lo apagó, una sensación de alivio junto a otra de culpabilidad lo inundó. Le había prometido a su mujer que no lo volvería a hacer, pero ella ya no estaba. No podía reprocharle nada. Se dejó caer sobre su silla con un único pensamiento. Ojala estuviera ella allí para regañarle.

Notó cómo se le clavaba la pistola en el costado. La sacó de su protector de piel color negro enganchado a su cinturón para dejar de notar la presión. El contacto con el metal del arma le hizo tener un único pensamiento. ¿Sería esa la solución? Acarició con dos dedos el arma. Con un simple apretón de gatillo se acabarían todos sus problemas. ¿Qué pasaría con Marcos y con Vera? Aunque él faltara, ellos seguirían en la misma tesitura. Ricardo recordó que desde pequeños él siempre había defendido a Marcos, siempre había estado ahí, por eso le enseñó a defenderse, a utilizar armas y sistemas de defensa cuerpo a cuerpo. Sobrevivirían, de eso estaba seguro. Por otro lado, el policía no estaba convencido de que existiera el más allá, que tras la muerte viviésemos la vida eterna. Realmente era algo en lo que ni creía ni dejaba de creer. Su lema era hasta que no lo veo no me lo creo.

«Si fuera cierto sería la única posibilidad que podía encontrar para volver a estar con ella», pensó.

Con templanza, con la poca cordura que encontraba en ese

momento, sin temblor en las manos pero con un leve tic en el ojo, empuñó su arma, le quitó el seguro y la puso sobre sus sienes.

«No soy un cobarde. Voy en tu busca mi amor. Te echo de menos.»

Con seguridad, pero sin estar totalmente convencido, puso sus dedos sobre el gatillo. Un último esfuerzo para que todo acabara. Un último movimiento de dedos, para abandonar el desastre en el que se había convertido su vida. ¿Comenzaría un nuevo ciclo? ¿Encontraría a Noelia? ¿Se cumpliría su sueño de abrazarla de nuevo, aunque fuera por última vez? Poder despedirse de ella, decirle unas últimas palabras, dejarla descansar en paz o vivir la vida eterna a su lado. Realmente no lo sabía. La única verdad estaba en que si no lo intentaba no lo iba a averiguar nunca.

Cerró los ojos. Estaba decidido. Pensaba que ya iba a decir adiós a este mundo, cuando unos golpes en la puerta lo sobresaltaron haciendo que su corazón multiplicase aún más si era posible la velocidad del latido y que el arma se cayera sobre la mesa.

—Un momento.

Fue lo único que consiguió decir. Con urgencia, metió su arma de nuevo en su protección. Negó con la cabeza dando un fuerte golpe sobre la mesa. Últimamente no podía hacer nada sin una interrupción. Tendría que posponer sus planes. En un tono enfadado, mientras su cuerpo se iba relajando de la tensión a la que había sido sometido, prosiguió.

—Adelante.

Apareció por la puerta Rosana, su secretaría. Pronto se le quitó su sonrisa habitual de la cara.

—¿Estás bien? Tienes mal color de cara, demasiado pálido, diría yo.

—No me pasa nada —contestó de malas formas el policía.

—Ya veo que tampoco estás en el mejor de tus días.

—Creo que tengo motivos de sobra, ¿no?

—Ricardo, lamento todo lo que te está pasando. Recuerda que yo solo estoy aquí para ayudar. No pagues conmigo algo de lo que no tengo culpa.

Años de trabajo y confianza le permitían a Rosana hablarle de aquella manera a su superior. Guzmán la miró fijamente. Ella llevaba toda la razón del mundo, pero si hubiera entrado por la puerta cinco minutos más tarde, Ricardo no tendría que estar ahora calentándose la cabeza de nuevo con todo lo que quedaba sin resolver.

—Lo siento.

—No necesito que te disculpes. Como amiga te digo que lo que necesito es que mires un poco más por ti. Noelia no está. De acuerdo, es doloroso y casi lo peor que te podía pasar. Aún así, tú sigues vivo. —«Por poco tiempo», pensó Ricardo—. Entiendo y comprendo todo lo que puede pasar por tu cabeza o por tu corazón. Ahora no ves salida por ningún sitio, pero la hay. No quieres verla. Esta delante de ti, no cierres tus ojos. Tan solo tienes que luchar cada día un poco. Sabes que yo perdí a mi marido hace siete años, te puedo decir que el dolor nunca se olvida, cada día se hace un poco más llevadero. Siempre va a estar contigo, aprende a vivir con él.

—¿Podemos cambiar de tema?

—Claro que sí. No quería importunarte —dijo, apretando sus manos delante de su barriga—; solo una cosa más —Le agarró con cariño las dos manos, igual que si estuviera ayudando a levantarse a un niño pequeño que se acaba de caer—: Cuenta conmigo para lo que necesites. Lo digo en serio, no importa la hora ni para la que sea.

—Gracias. No te preocupes. Estoy bien. Cambiando de tema de una vez por todas, dime a que habías venido. No eres de las que apareces por la puerta para soltarme todo este sermón.

Una leve sonrisa apareció sobre la comisura de los labios de la mujer. Definitivamente, se conocían demasiado bien.

—Pablo Rosales ha llamado. Me ha pedido que te busque, que me asegure de que no estás ocupado, que te quedes en tu despacho hasta que el venga. Tenéis que hablar.

—¡Cuánto misterio, por Dios!

—Ya sabes cómo es. Por la forma de hablar, creo que trae algo serio entre manos. Así que, te quiero aquí quietecito y sin moverte.

—Recuerdas que el jefe soy yo.

—Sí, nunca lo olvido, pero recuerda que soy yo la que encauza todo el descontrol que tenéis en esta oficina.

Salió sonriendo del despacho con aire triunfal. Ricardo no había tenido tiempo de contestarle. Aunque mejor, no podía darle una respuesta que no fuera llevas razón. Ella era como el ángel de la guarda laboral de todos y cada uno de los que allí trabajaban.

Una vez solo de nuevo, volvió a acariciar su arma con su mano izquierda. Tendría que posponer sus planes, tenía que ver que quería Pablo. Ya buscaría de nuevo el momento y las agallas necesarias. Mientras esperaba le mandó un mensaje a Marcos. Sencillo y directo.

«¿Todo bien?»

No obtuvo respuesta. Después recordó que Marcos estaba sin móvil; lo había perdido en su secuestro. Mandó otro mensaje a la patrulla de vigilancia.

«¿Habéis pasado por mi casa?»

Ahora la respuesta fue mucho más rápida.

«Hace diez minutos, estaba todo en silencio y aparentemente en orden.»

—Aparentemente —dijo en voz alta—. Nunca nada es lo que aparenta en un principio.

Se quedó pensativo. Volvió a mirar la conversación con Marcos: el mensaje que le había enviado tenía los dos tics en color gris, por lo que lo había recibido pero no los había leído. Tenía que buscarle un móvil, necesitaba estar en contacto con ellos. Quizás solo estuvieran dormidos, no tenía porqué pasar nada. No podía salir corriendo en su busca a la mínima preocupación, debía de tener paciencia. Como dicen las noticias malas son las primeras que llegan.

CAPÍTULO 24

Pablo Rosales entró como un torbellino en el despacho de Ricardo acompañado por una Soledad aparentemente tranquila. Los dos recién llegado empezaron a contarle al jefe de policía todos los pasos que había dado Sole detrás de aquel hombre que le pareció sospechoso, a pesar de ser un auténtico desconocido.

—¿A que no sabes qué es lo mejor? —le preguntó Pablo a Ricardo emocionado, a lo que recibió una negativa con la cabeza como respuesta—. Tras ver un montón de fotografías con esta mujer, hemos dado con el sospechoso.

—¿De quién se trata?

Pablo dio unos golpecitos en las mesa a modo de redoble de tambores. Ricardo lo fulminó con la mirada. Soledad negó con la cabeza; aquellos dos hombres no podían pasar el uno sin el otro, pero tampoco paraban de pelear. Dos almas gemelas de carácter completamente opuesto.

—Jaime López.

A Ricardo se le abrió la boca, no la cerró durante unos segundos.

—¿Estás seguro? —A pesar de todas las sospechas que había tenido él mismo sobre este hombre los últimos días no esperaba verlas confirmadas.

—Segurísimo. Soledad lo ha reconocido en una foto.

—¿Cómo? ¿En una foto? Jaime no está fichado por la policía.

—Como delincuente, no, pero si tenemos accesos a todos sus

datos. Ella me lo ha descrito paso por paso, hemos hecho un retrato robot. Cuando he terminado he visto la cara de Jaime. Me he metido en nuestros archivos. Soledad lo ha reconocido sin problemas. Además esto no se ha quedado aquí. Hay una coincidencia que me ha llamado mucho la atención. Soledad me ha comentado que ha estado sacándole información al guarda de seguridad, el mismo que le ha contado toda la historia sobre una vidriera de una mariposa. Ella me lo ha contado como si fuera una tontería… una curiosidad, para darme todos los detalles de la conversación por mínimos que sean. —Los ojos de Ricardo se abrieron aún más—. ¿Me permites que ella vea la foto que tú y yo echamos?

No dio tiempo a una respuesta. Los dos hombres seguidos a de cerca por la camarera salieron a paso rápido en dirección a la sala de reuniones, al panel donde estaba colgada en chinchetas toda la información fotográfica que tenían hasta ahora.

—¿Esta vidriera es la que has visto?

—Sí, la misma. Ya sabíais vosotros que estaba ahí. No veo el interés que puede tener en todo lo que está ocurriendo. —La mujer les mentía. Allí estaba de nuevo su palpito, sus pesadillas, siempre alrededor de una mariposa. Realmente lo había comentado con Pablo, porque sentía que se lo tenía que decir, no era algo casual.

—Increíble. —Guzmán suspiró, viendo un claro de luz dentro de la tiniebla, por fin tenía el posible hilo que buscaba para tirar y desenliar la madeja.

—¿Tan importante es? —preguntó la camarera con inocencia fingida.

—Esta foto está tomada en la casa de Pedro. —El gesto de Soledad cambió—. No entendíamos porqué la había elegido. No pega con el resto de la decoración de la casa. Con esta información que tenemos, ahora podemos relacionar algo.

Como siempre, esto es información confidencial —apuntó Ricardo.

—No te preocupes —contestó rápido Sole.

Con la cabeza a mil por hora, Ricardo volvió a encender otro cigarro.

—¿No lo habías dejado? —preguntó Pablo.

—Ya ves que no —contestó dando otra calada.

—Perdonadme —interrumpió Soledad—. No me encuentro muy bien. Si no os puedo ayudar en algo más, ¿os importaría que me marche a casa? —Tan solo era una excusa; tenía que salir de allí. De nuevo, su subconsciente le hablaba. Márchate.

—¿Estás bien para conducir? —le dijo Pablo.

—Sí, no te preocupes. Digamos que solo me encuentro un poco indispuesta.

Soledad cogió su bolso que lo había colocado sobre una silla que había cerca preparándose para salir. Buscó las llaves de su coche mientras le preguntaba a Ricardo:

—¿Los muchachos están bien?

El policía asintió con la cabeza. Estuvo tentado a contarles donde estaban. Lo pensó mejor. No se lo dijo: sería más fácil tener a dos personas escondidas que a tres. No quería poner a la mujer en peligro. ¿Y si estuvieran observando a Marcos y Vera, y capturaran a Soledad al salir o entrar de la casa? No, mejor no hablaba.

—Quédate tranquila; ellos están a salvo.

—Sabes que no lo estaré hasta que todo esto termine.

—Ninguno lo estamos – tomó la palabra Pablo.

Soledad salió de comisaría a paso acelerado. Los dos hombres se miraron fijamente. Ambos tenían la sensación de que la camarera llevaba un rumbo fijo que por algún motivo no les había querido contar.

Cuando se quedaron solos Ricardo comenzó a organizar todo de nuevo.

—Resumiendo, ahora mismo tenemos dos sospechosos. Por un lado Mateo López Tirado, mano derecha de Pedro que está en paradero desconocido muy a mi pesar. Por otro lado, tenemos a Jaime López, profesor de Medicina Legal, Forense de la Universidad de Granada y colaborador del FBI, que cada hora que pasa está más y más unido al caso.

—Y, además —añadió Pablo—, Soledad lo ha visto entrar y salir de la casa de la que no localizábamos a su propietario el día que le dejaron a vera el regalito en la misma urbanización donde vivía Pedro.

Ricardo se extrañó: allí no vivía. El mismo había estado con su mujer varias veces cenando en su casa. Al ver su cara de sorpresa, Pablo le aclaró la duda que tenía su amigo sobre su cara.

—En la ronda de preguntas que hemos hecho varios vecinos nos han confirmado que llevan viviendo poco tiempo. No saben cuánto tiempo hacen que son propietarios, ya que esa casa lleva cerrada años.

Lo único que está claro es que tan solo llevan viviendo allí unos dos meses día arriba, día abajo.

Ricardo Guzmán se sentó sobre una de las sillas que había en la sala. Miró al infinitivo con apariencia de estar derrotado y comenzó a hablar. Le confesó a Pablo todos los detalles que había llegado hasta ahora en secreto incluyendo la pelea que tuvo con Jaime el día de la autopsia de los dos matones de Pedro, así como lo que le había contado Rosana cuando fue a llevar los resultados de la misma, pidiéndole que Ricardo nunca se enterara que había sido Jaime él que los había entregado en persona esa misma mañana. También le comentó que el sobre venía abierto, lo que le provocaba una gran desconfianza, ya que no sabía que veracidad podrían llegar a tener los documentos que había en su interior. ¿Podría haber modificado los resultados a su antojo? En caso de haberlo hecho, ¿cuál sería el motivo? ¿Qué pretendía ocultar?

Por supuesto era algo que podía averiguar. Sólo tenía que hablar con el encargado del depósito de cadáveres.

—Lo que nos obliga a hacer tres cosas. Localizar a Jaime López e interrogarlo, averiguar por nuestros medios todas las propiedades que tiene a su nombre por si nos mintiera, y hablar con Víctor, el responsable del depósito de cadáveres para comprobar la autenticidad de los resultados de la autopsia, y saber cuál es el motivo para que Jaime fuese el que los trajese.

—Pues pongámonos manos a la obra.

Ricardo cogió su móvil; llamó a Víctor. Primero quería hablar con él para ver hasta qué punto Jaime decía la verdad o le mentía.

—Tiene el móvil apagado.

—Pues vamos para el Hospital Clínico. Tal vez en los sótanos en los que él trabaja no hay cobertura.

Los dos hombres se pusieron en camino. Estaban ansiosos por llegar. Ambos sentían que podían dar ese paso en el caso que necesitaban, que pronto iban a comenzar a tener respuestas, datos con los que poder seguir trabajando. Por la cabeza de Pablo Rosales se le pasó encender las luces y las sirenas para abrirse paso entre el tráfico y llegar antes, pero no lo hizo por temor a molestar a Ricardo.

Entraron con paso rápido por urgencias, provocando que todos los pacientes se giraran para mirarlos. Preguntaron en recepción por él. Le contestaron que no había ido a trabajar ese día, por lo que toda la emoción que llevaban los policías se desvaneció en un instante. Les dejaron en recepción su teléfono para que cuando se incorporara los llamara. Nadie sabía el motivo por el que no se había presentado en su puesto de trabajo. Al parecer la recepcionista que estaba no tenía constancia de que hubiera llamado, aunque es posible que lo hubiese hecho directamente al departamento de personal o a cualquier otro compañero. Los policías no querían crear tensión haciendo una ronda de preguntas a todo el personal, así que decidieron dar por válida aquellas respuestas e insistir en que le comunicaran a Víctor en cuanto llegara que lo estaban buscando.

Al salir vieron a María (la celadora en prácticas que vio al sospechoso salir el día que desaparecieron los órganos del cuerpo de Pedro), que estaba fumándose un cigarro al final de una rampa, justo al lado de la puerta principal. Ricardo se fue hacia ella seguido por Pablo, a quien le iba informando en susurros quien era aquella muchacha.

—Hola, María.

—¡Hola! —La muchacha se puso un poco nerviosa. Seguía impresionándole el policía, así como todos los recuerdos que le traía.

—¿Qué tal vas? —La muchacha estaba igual que la última vez, con su mismo uniforme de color verde, zuecos de color blanco y su pelo largo rubio recogido en una coleta, pero esta vez un poco menos pálida.

—Regular. La verdad es que esto no es lo que yo me imaginaba. Mi pasión por este mundo se estaba desvaneciendo. Realmente me estaba planteando ahora mismo si quiero o no empezar mis estudios de enfermería.

—Ánimo, mujer, no todo el mundo tiene el mal comienzo que tú has tenido —intentó bromear—. Lo normal no es que seas testigo de algo así. No dejes que un desalmado al que no conoces te quite tu sueño.

—No es solo eso, aunque he de reconocer que influye bastante. Piensa que en unas horas llevaría un día completo aquí metida, casi sin descansar, casi sin comer. Estoy destrozada. Ya casi no tengo fuerzas.

—¿A qué hora empezaste a trabajar este turno? —le preguntó Pablo, metiéndose en la conversación.

María lo miró extrañada. Era la primera vez que lo veía. Después miró a Ricardo, pidiéndole autorización para contestar, lo último que quería era algún problema con la policía.

—Perdona, María; no te lo he presentado. Él es mi mano derecha, Pablo Rosales. —Los dos asintieron con la cabeza.

—Entré anoche a trabajar a las doce y media de la noche. Aún no he salido de este hospital, nada más que para fumarme este cigarrillo —dijo tirándolo al cenicero tras darle la última calada.

A Guzmán se le iluminó un poco la cara. Esa hora era aproximadamente cuando él salió del hospital. Ella llegó un poco más tarde.

—¿Cuándo ha sido la última vez que has visto a Víctor?

La chica se extrañó por la pregunta. Aún así, hizo memoria y contestó.

—Como te he dicho, anoche llegué a las doce y media de la noche, fue la última vez que lo vi—. Se tapó la boca mientras bostezaba, unas grandes ojeras se acentuaron en su cara—. Perdonad. —Los dos policías negaron con la cabeza—. Me crucé con él en el pasillo de urgencias. Yo entraba, él salía. Me preguntó cómo me había ido el día y que si estaba un poco más tranquila después de todo lo ocurrido. Me alegré de ver lo buena gente que es. Es difícil cuando te intentas adaptar a un sitio en el que todo el mundo va corriendo de un lado para otro. Me propuso de tomar un café esta mañana, ya que me iba a recomendar unos cursos para entrar más preparada a enfermería, pero no pudimos cerrar la cita, ya que un hombre nos interrumpió.

—¿Quién? —preguntaron los dos policías a la vez.

María comenzó a ponerse tensa. Sabía que algo no iba bien. Volvía a ser testigo de algo, pero esta vez no sabía de qué. Empezó a acariciarse el pelo, los hombres vieron como le temblaban las manos mientras contestó.

—Pues la verdad es que no lo conozco. Era la primera vez que lo había visto. Claro, que siendo nueva aquí es algo muy común.

—¿Me lo puedes describir físicamente?

—Piel blanca, ojos oscuros, pero no sé de qué color exactamente y pelo moreno con entradas.

Los dos policías se miraron, a falta de detalles, conocían quien podía ser.

—Cuando Víctor lo vio, interrumpió nuestra conversación, me pidió disculpas. Empezó a hablar con el hombre.

—¿Recuerdas de qué hablaron?

—Lo único que pude oír es como Víctor le decía: «*Creo que antes ha quedado suficientemente claro todo Jaime, no sé a qué has vuelto, los resultados se los daré a Ricardo*». —El corazón de Guzmán empezó a golpear con fuerza—. Después, Víctor salió seguido de ese hombre.

—¿Estás segura que dijo «Jaime»? —Pablo quería asegurarse, ese dato podía cambiar la perspectiva de ciertas cosas.

—Segurísima. Para mí es más fácil quedarme con un nombre que con una cara. —Comenzó a morderse las uñas. Cada vez más nerviosa—. ¿Está todo bien?

—Sí, María, no te preocupes. —Ricardo quería tranquilizarla—. ¿Recuerdas si llevaba algo en las manos Víctor cuando salió?

—Sí, llevaba un sobre, por el color y la medida, creo que es el que usan para el envió de los resultados de la autopsias. He visto muchos como ese sobre su mesa del despacho en el depósito.

—¿Iba abierto o cerrado ese sobre?

—No lo sé. —Cambió el peso de su cuerpo de pierna—. No me fijé, la verdad. ¿Es importante?

—No te preocupes. Como siempre nos has sido de gran ayuda. ¿Te puedo pedir un último favor?

—Claro que sí —contestó rápido.

—Si vuelves a ver a ese hombre por aquí, llámame sin que nadie te escuche ni te vea. —Le dio de nuevo su tarjeta, porque no estaba seguro si se la había dado la última vez que la vio. Ella asintió guardándosela en su bolsillo— Si ves llegar a Víctor, dile que me llame con la misma discreción.

Sin esperar más respuesta, salieron los dos policías en dirección a su coche, tras la mirada inquisitiva de María. Esta vez sí encendieron las sirenas para adentrarse en las calles de la ciudad.

CAPÍTULO 25

Pablo iba conduciendo a toda prisa por la autovía. Ricardo, sentado a su lado, no paraba de llamar al móvil de Víctor. Tenían que hablar con él. Debían averiguar por qué motivo había vuelto Jaime y que quería. Una vez más el móvil estaba apagado. Llamaron a comisaria, pidieron que le averiguaran su dirección. En menos de dos minutos, tomaron rumbo a su casa. Cuando llegaron eran las nueve de la noche pasadas.

Una casa unifamiliar adosada de fachada blanca, con macetas cargadas de flores de colores adornaba todos los balcones y la subida de las escaleras. Había luz en su interior. Con seguridad llamaron a la puerta, le abrió la mujer de Víctor, Ricardo la recordaba de haber coincidido con ella en alguna que otra reunión.

La mujer cuando se dio cuenta quienes eran dejó caer el vaso que tenía en sus manos, bajó las escaleras que la separaban de la acera corriendo, y llorando les preguntó:

—¿Dónde está mi marido? ¿Qué le ha pasado?

Los dos policías se extrañaron de aquella reacción.

—Eso es lo que venimos a averiguar —contestó en voz baja Pablo.

—¿Podemos pasar? —preguntó Ricardo mientras miraba en todas direcciones comprobando que no había nadie que los observara.

La mujer asintió. Pablo la ayudó a subir a la casa, iba temblando. Pasaron al salón. Con una educación fuera de lo normal, a pesar de su estado de nervios, les preguntó que si querían tomar algo.

—No se preocupe, solo queremos hacerle unas preguntas —comenzó Pablo.

—Perdona que te molestemos, no queríamos asustarte. —La mujer limpió con un pañuelo sus ojos—. Si no recuerdo mal, te llamas Mercedes, ¿verdad? —asintió—. Pues eso, Mercedes, hemos venido porque tu marido hoy no se ha presentado a trabajar. Necesito hacerle una pregunta urgente, pero no me contesta en el móvil, así que hemos decidido tomarnos la libertad de interrumpiros en vuestra casa. Créeme que si no fuera importante no estaríamos aquí. Por eso no he entendido muy bien tu reacción. Dábamos por sentado de que Víctor estaría aquí.

A cada palabra que Ricardo decía más pálida se mostraba Mercedes, y más apretaba el nudo que tenía entre sus manos que estaba haciendo con su camiseta.

—Mi marido salió ayer después de comer para trabajar, me dijo que tenía mucho trabajo, que tardaría en volver. Sus jornadas son imprevisibles, hay veces incluso que no viene en varios días. Siempre me avisa, sabe que me preocupo. Por eso no me ha extrañado que esta noche no viniese. —Pablo tosió, intentando que pareciera accidental, Ricardo lo fulminó con la mirada—. A media mañana de hoy, al no recibir ninguna llamada e intentado llamarlo. Su móvil me aparecía apagado. Aunque no es extraño, ya que en los sótanos del Hospital Clínico no hay cobertura, si he empezado a preocuparme. Venga o no venga a casa, él siempre me llama una vez por la mañana y otra por la tarde. No hablamos mucho. Solo nos decimos un «hola» rápido, pero es una forma que tenemos de recordarnos que estamos pendientes el uno del otro. Que nos añoramos. Es una costumbre que tenemos desde que se inventaron los móviles. —Intentó sonreír, pero solo consiguió levantar medio labio—. Por eso, al verlos, me he asustado. No quiero molestarlo en su trabajo. Seguro que si no ha venido a casa o no me ha llamado es porque está muy liado. Lo entiendo perfectamente, siempre ha sido así, pero eso no quita que no me guste tener noticias de que todo anda bien.

—Tenemos una persona que lo vio salir anoche del hospital a eso de las doce y media de la noche. ¿Está segura que no ha venido de madrugada y ha salido antes de que usted se despierte?

La mujer empezó a llorar, sospechaba que había algo que no le quería contar.

—No —negó con la cabeza—. Por aquí no ha venido nadie. Estoy segura.

—Lo mismo solo salió a comer algo y luego volvió a seguir con el trabajo.

Guzmán se dio cuenta de que había metido la pata en un intento de no preocupar a la mujer, ya le habían dicho que no se había presentado hoy en el trabajo. Maldijo para sus adentros, con tanta preocupación estaba empezando a perder reflejos. Pablo, para intentar salir de apuro, se puso en pie, sacó un bolígrafo y una libreta. Apuntó sus números móviles de teléfono.

—Cuando su marido vuelva por la casa dígale que hemos estado aquí. Que necesitamos urgentemente hablar con él. —Le tendió el folio. Mercedes temblaba cuando lo sostuvo en sus manos.

—Quédese tranquila que todo saldrá bien. —Fueron las palabras de despedida de los dos policías.

Salieron a la calle. Respiraron profundamente. Les faltaba el aire dentro de la casa. No podían hablar, pero les apetecía chillar. ¿Dónde demonios se había metido ese hombre? No era posible, que una vez más, el culpable de todo se hubiese adelantado otra vez a sus pasos. Ese caso era ilógico, no habían hablado con nadie. Ninguno de sus compañeros sabía que estaban allí. El hecho de hablar con Víctor había sido decidido en un impulso, no había nada planeado.

Tenían que localizarlo. Si ese hombre no aparecía estarían de nuevo perdidos.

Ahora sí que no podían esperar más. Tenían que hablar con Jaime López, ya daba igual si no podían comprobar desde el principio si les mentía o no. Tenían que atraparlo. Por lo menos uno de sus sospechosos debería de estar controlado. Por supuesto, querían localizar a Mateo López, pero no daban abasto.

El móvil de Ricardo comenzó a sonar. Descolgó sin mirar quién lo llamaba, deseando que no fueran ni Marcos ni Vera.

—Dime.

—Hola, Ricardo, soy Torres.

Miguel Rafael Martín Torres, con su trabajo diario y el esfuerzo que mostraba, se estaba ganando cada día más la confianza de su jefe. Cuando la cosa estaba tranquila prácticamente era un policía que pasaba desapercibido. En esos instantes, Torres había duplicado sus esfuerzos para intentar solucionar este caso.

—Tal y como me has pedido paso cada hora por tu casa, debes de saber que todo está tranquilo.

—Gracias, Torres.

—Hay algo que quiero que sepas. Ha llamado a comisaria el presidente de la comunidad de la urbanización de la casa de Pedro. Dice que le ha parecido extraño que de la casa en la que no localizábamos sus propietarios, hayan salido hace media hora, una mujer con una maleta. Parecía que tenía prisa.

—¿Una mujer sola?

—Sí, una mujer sola, con una única maleta. Estoy ahora mismo en la puerta. Está todo cerrado. Aquí no hay nadie.

—¿Te ha dicho en que coche ha salido?

Un *Citroën Saxo,* negro.

«El mismo coche que nos dijo Soledad, el que iba conduciendo Jaime López cuando Soledad lo vio», pensó Ricardo.

—¿Ha apuntado el número de matrícula? —Guzmán quería asegurarse, aunque sabía que no era necesario.

—Ya le he preguntado. Lamentablemente no ha apuntado nada.

—Está bien; no te preocupes. Creo que tenemos localizado el coche, lo que si necesitaríamos es que ese vecino nos hiciera un retrato robot de la mujer. Intenta tenerlo lo antes posible. Es urgente.

—Hecho.

Sin despedirse los dos hombres colgaron su teléfono. Ricardo puso al día a Pablo, los dos estuvieron de acuerdo en una cosa, debían de localizar a Jaime López a la mayor brevedad. Guzmán comenzó a llamar al móvil al profesor de Medicina, estaba apagado. Con enfado, intento volver a localizar a Víctor. Su teléfono también estaba apagado.

—¡Qué desesperación! —resopló Ricardo.

—¿Habría alguna posibilidad de que estuvieran juntos? —Pablo lanzó la pregunta al aire, sin hablar con nadie, debatiendo con sus propios pensamientos.

—Pues claro que sí, y claro que no —contestó, enfadado—; pueden estar juntos, separados cada uno en una parte del mundo o muertos. Vete tú a saber. Eso es lo peor de todo, que tenemos todas las pistas del mundo y no tenemos ni una remota idea de lo que nos podemos encontrar hasta que nos lo encontramos.

—Venga, vámonos. Aquí no hacemos nada. No perdamos más tiempo. ¿Próximo destino?

Ricardo se quedó pensativo. Iban a ir tras los pasos de Jaime López, por lo menos hasta que Víctor diera señales de vida. ¿Dónde tendrían que ir? Para empezar la búsqueda el primer sitio debería ser el lugar más frecuentado por el sospechoso.

—Al edificio Genyo.

Una vez más, se adentraron en las calles de Granada a toda velocidad con las sirenas y las luces puestas.

CAPÍTULO 26

Tenía ganas desde hacía muchos meses de volver a recorrer aquél camino, por eso aquél día no me lo pensé. Recogí mi pelo en una coleta baja, me puse chándal, zapatillas, una gorra y mis gafas de sol de cristales negros tamaño XXL. Salí en silencio de la casa para no despertar a Marcos. Llegué en coche hasta el parking del cementerio de Granada, aparqué sin problema, calenté un poco, me colgué una riñonera pequeña y comencé a subir corriendo la cuesta que me llevaba hasta mi destino, manchando mis zapatillas nuevas blancas de tierra de color rojiza. Mas profundizada en mi camino ya me encontraría con el asfalto.

Mi objetivo era subir al Llano de la Perdiz, un parque periurbano situado justo detrás de la Alhambra. Un pulmón verde de Granada con pinares y bosque mediterráneo, con zonas de barbacoas, senderos para andar o ir en bicicleta, campos de fútbol, bastantes sombras debido a la arboleda. Un lugar ideal para pasar un día en familia o con amigos, mi lugar ideal para despejar mi cabeza. Normalmente subía con mucha frecuencia a lo más alto de esta montaña, con todos los hechos acontecidos llevaba tiempo sin hacerlo.

Comencé a alejar mi mente de mi día a día, pensando solo en los lugares por lo que pasaba. Casi al comienzo de la ruta, llegó mi momento de reflexión habitual. Pasé casi sin mirar y sin pararme por el muro del cementerio de San José, más conocido en la ciudad como el muro de la discordia, ya que en ese mismo lugar se fusilaron a casi cuatro mil personas durante la Guerra Civil y la posguerra. ¿La disputa continua donde está? En la diferencia de opinión entre los que querían condecorar la memoria histórica contra los que quieren olvidar el paso. Negué con la cabeza mientras seguía subiendo la montaña, siempre he tenido la misma opinión al respecto. ¿Para qué seguir discutiendo por eso? Fue duro lo que ocurrió, personas de la misma familia forzadas a estar en distintos bandos, ser obligados a disparar donde sabías que podría estar tu hermano. Entonces ¿para qué seguir con el tema? Lo ideal es que no nos volviéramos a ver en las mismas.

Unos metros más adelante fui absorbida por un bosque de olmos y castaños de indias. Empezaba a notar las gotas de sudor caer por mi frente, a la misma vez que escuchaba como el agua transcurría por las acequias paralelas al camino. Con solo cinco minutos de camino me adentré en un microclima mucho más agradable y fresco que el que se podía respirar donde estaba aparcado mi coche.

Cansada, sudorosa, con las pulsaciones muy altas y con la satisfacción de haber subido toda la montaña a un ritmo constante, respiré el aire fresco que refrescaba mis pulmones. Para calmar mi cuerpo un poco después del esfuerzo sufrido, comencé a pasear contemplando el paisaje. Uno de los mejores sitios para ver la magnitud y belleza de Sierra Nevada estaba allí. Mi visión comenzaba con el suelo de arena rojiza, arboles muy verdes terminando en una montaña excesivamente blanca.

Abrí mi riñonera para sacar la única pertenencia que llevaba encima a parte de las llaves del coche, una botella de agua. Nada de móvil, quería estar ilocalizable, tener tiempo para mí. El agua fresca me supo a gloria. Me quité la gorra y las gafas, para echarme un poco por la cara deshaciéndome del sudor. Justo en ese momento me di cuenta de algo en lo que no me había fiado antes, un detalle que me resultó curioso, estaba sola en aquel paraje. Aquello no era habitual. Miré en todas direcciones. Estaba completamente sola. Un escalofrío me recorrió la espalda. Todo era muy extraño. Empecé a ponerme un poco nerviosa, por eso decidí no entretenerme y volver a la casa de Ricardo. Marcos estaría preocupado, había salido sin decirle a nadie donde estaría.

—Mal hecho, Vera —me dije a mí misma—. Nota mental, que no vuelva a ocurrir. Bastante tienes ya encima. ¿Qué pasaría si necesitases ayuda?

Con un leve temblor de manos guardé la botella. Me volví a colocar la gorra mientras me decía a mí misma que mi actitud era un poco infantil. ¿A qué le tienes miedo? Si no hay nada.

De lejos vi a una viandante. Me relajé un poco hasta que la vi más de cerca. De espaldas supe que era una mujer, con un pelo precio liso de color negro. Si giró, estaba esperándome. De eso estaba segura. La sangré se me heló cuando vi su rostro. Lo había visto antes, en una foto en casa de Ricardo. Era Noelia. Allí estaba, frente a mí, descalza, vestida con un pantalón negro y una camisa blanca. Todo el pecho y la barriga lo tenían manchado de sangre. Tenía los ojos cerrados.

Asustada, intentando confirmar que era un sueño me pellizque. En la tele dicen que si te duele no estás dormida. Quería confirmarlo. En silencio rezaba para sí lo estuviera. Con fuerza apreté mis dedos contra mi brazo. Me dolió bastante, miré la zona, comenzó a ponerse roja, no era un sueño. Pero no podía ser verdad: Noelia estaba muerta. Yo misma había visto como la enterraban. Al final de su sepelio fue el comienzo de toda la pesadilla que estaba viviendo estos tres últimos días. En tampoco tiempo había cambiado todo muy rápido.

¿Y si fuese una hermana gemela?, me habló mi subconsciente. No creo, ¿pero que hace aquí herida en mitad del campo y tan tranquila? Le contesté.

¿Es hora de empezar a creer en fantasmas? Me pregunté a mi misma.

Con ganas de salir corriendo en dirección contraria, con temblor de piernas y con dos lágrimas apunto de escaparse, me acerqué lentamente a la mujer.

—¿Noelia? —pregunté con temblor en la voz.

No me contestó, solo me sonrió, como si aquel gesto fuese una afirmación. Se tapó los ojos con una mano sin borrar su gesto amable de la cara.

—¿Puedes hablar? —volví a dar un paso más cerca de ella.

Negó con la cabeza. Tapándose el otro ojo con la otra mano.

—¿No ves? —asintió—. ¿Te has quedado ciega?

Volvió a afirmar con un movimiento de cabeza, con una sonrisa aún más amplia, sin palabras me dijo que estaba bien. Poco a poco, me iba acercando más a ella. Cada paso que daba más tranquila me encontraba. Parecía que tenía un aurea invisible a su alrededor de paz y relajación. Me apetecía llegar hasta ella, mi cuerpo se adelantaba solo. Lo frenaba por desconfianza, pero no lo suficiente como para estarme quieta.

Extendió sus brazos hasta mí, pidiéndome un abrazo. Me acerqué, la abracé. Un olor a jazmín me envolvió. Sin explicación alguna, en sus brazos me sentí protegida como nunca antes. Jamás había tenido esa sensación. Con el cariño con el que una madre trata a un bebé, se soltó de mí, me dio la mano, guiándome comenzamos a andar. Me asombré no mancharme ni oler la sangre de su camisa.

Noelia seguía con los ojos cerrados. Extremé cuidado en que no se tropezara con nada. Pero esquivaba con muchísima habilidad todas las piedras y resaltes que nos encontramos. Prácticamente, con los ojos cerrados veía lo mismo que yo. Asombrada, continué por el camino que ella me pedía que la acompañara. Pensé en Guzmán, debía saber que ella estaba aquí.

—Seguro que a Ricardo le gustaría verte —susurré.

Redujo la velocidad de sus pasos, sin llegar a pararse del todo. Su rostro sin alma me sonrió con tristeza mientras volvía a negar con la cabeza. No había posibilidad de ese encuentro.

—¿Por qué?

Se encogió de hombros: su momento ya había pasado. No había vuelta atrás.

—Entonces, ¿por qué estás aquí? ¿Por qué yo?

Me agarró de la mano, acelerando el paso. Dirigiéndose hacia el oeste. Escuchamos el llanto de un bebé. Noelia me pidió silencio posando un dedo sobre sus labios. Puso cara de tristeza cuando miró al bebé tumbado sobre el reloj de sol que estaba anclado al suelo. No entendía nada. De lejos un hombre mayor, de constitución gruesa con gafas redondas, empezó a caminar hacia el punto que mirábamos. Lo veíamos, pero estaba bastante lejos de la criatura.

Un pensamiento me vino a la cabeza. «Tráeme al bebe». Fue directo, una orden. Me giré hacia Noelia, ella me sonrió, había entendido su mensaje.

—¿Quieres que lo coja?

Me suplicó con las manos. Con paso decidido, intentando no hacer ruido, llegué hasta él. Tenía la piel dulce y clara de un bebe, con una mata de pelo negro peinado hacia atrás. Estaba dormido. A pesar del calor estaba envuelto en una manta de colores malvas, verdes, azul y blanco. Junto a su pecho tenía una mariposa bordada, sobre ella ponía un nombre: «Pedro». Me giré en dirección a Noelia, con sus brazos me pidió que me diera prisa. No lo pensé cogí el bebé en brazos.

—¡Ey!

El hombre que estaba muy lejos, casi había llegado hasta mí. Desde esa distancia podía verlo perfectamente.

—Mateo —susurré—. No puede ser.

—¡Es mío! No lo cojas. ¡Es mío!

Abracé el bebé con fuerza, y empezó a llorar. Sin pensarlo corrí hasta llegar a Noelia, buscando su aurea de tranquilidad, su protección. Escuché como Mateo me seguía cada vez más cerca. En mi huida casi pierdo el equilibrio, golpeé una de mis espinillas contra una rama de un árbol. Me dolía, me martilleaba la pierna. El pantalón no se había roto, pero notaba la sangre caer por mi pierna empapándome. Llegué hasta Noelia.

—¡Corre!

Le chillé. No me molesté en cogerla de la mano, sabía que ella, inexplicablemente podía ver. No se movía. Le había sacado ventaja a Mateo, pero no me podía despistar. Aunque el hombre fuera más lento y más torpe debido a su sobrepeso, si me despistaba me alcanzaría.

—¿Por qué no te mueves?

Le volví a gritar cerca de la cara, con mi corazón amenazando con salirse de mi cuerpo y el bebé llorando cada vez más fuerte. Me dolía la pierna, me dolía la cabeza, necesitaba salir de allí.

Pánico. Sentí pánico cuando Noelia abrió sus ojos mostrándomelos vacíos. Huecos. Sin nada en su interior que no fuera una masa viscosa ennegrecida.

—Huye.

Noelia habló. Una simple palabra: «Huye». Con el miedo asentado en todo mi cuerpo empecé a correr como alma que se lleva el diablo.

Empecé a descender la montaña, por la misma carretera asfaltada por la que había subido. Escuché unos disparos de lejos. Aceleré mi huida. Los disparos cada vez estaban más cerca. No tenía nada donde esconderme, solo detrás de unos árboles, pero no podía llegar hasta ellos sin dar un gran salto para caer desde la carretera a parte de la ladera.

Un disparo casi me alcanzó. Grité. Tenía miedo. Me atrapaban. Necesitaba encontrar ayuda. Como mínimo llegar hasta mi coche y correr. Ricardo me ayudaría. Por eso no lo pensé. Cogí más fuerte al bebé que no paraba de llorar y salté chillando.

Antes de caer al suelo me desperté sudorosa, temblando, llorando abrazada a un cojín en la casa del policía. Miré en todas direcciones. Marcos estaba sentado a mi lado dormido tranquilamente.

Respiré hondo, intentando tranquilizarme, deseando liberar mi cuerpo de aquella tensión. Mi poco descanso iba de pesadilla en pesadilla. No podía cerrar mis ojos sin despertar sobresaltada, primero Pedro, después el desconocido borroso con los dichosos gusanos convertidos en mariposa, ahora esto. Noelia y Mateo. Mi subconsciente iba jugando con los hechos que ocurrían. Según Soledad estos sucesos eran mi propia intuición que me iba avisando de lo que podría ocurrir. Sinceramente, era algo en lo que prefería no pensar. ¿Adivina yo? Que va. Son cosas en las que no creo, pero tampoco pienso que sean completamente falsas. Todo lo místico, esotérico o fantasmal ha sido un tema que siempre me ha dado miedo, un miedo atroz que roza el pánico. Aunque pensándolo bien mi vida últimamente se había convertido en una montaña rusa llena de sobresaltos, tranquilidad, miedo, apatía y muchas ganas de salir corriendo.

De lo único que estaba realmente convencida era que de aquel sueño me había despertado sobresaltada, llorando y con el corazón a mil por hora. Busqué a ese bebé que llevaba entre mis manos que no era más que un cojín blandito y arrugado. Me miré con urgencia las espinillas buscando esa herida inexistente pero que inexplicablemente aún me dolía. Con lágrimas en los ojos, intentando cerciorarme que realmente había sido un sueño volví a pellizcarme. Sentí el mismo dolor que cuando, en teoría, lo hice en el llano de la perdiz al ver a Noelia.

Un escalofrío me recorrió la espalda. Noelia, herida, ayudándome y a la vez poniéndome en peligro. Me acerqué a la foto que había en el mueble, su rostro era de tranquilidad. El gesto que tenía era el mismo con el que había soñado, solo que con los ojos cerrados, sumida en un sueño irreal con unas heridas impactantes. Aún notaba su olor a jazmín. Había despertado sí, pero seguía sintiéndome igual que cuando estaba dormida, la misma quemazón, el estrés de la huida. Necesita despejar mi mente.

Abrí mi maleta, busqué algo de ropa. Fue entonces cuando lo vi. Escondido en el fondo de la maleta estaba mi biquini. Pensaba darme una ducha, pero refrescarme haciendo algo de ejercicio daría más resultado. Me cambié con rapidez, aún tenía esa sensación de que quería salir corriendo. El móvil estaba encima de mi mesa, pensé en mi madre, no había hablado con ella desde que huí de la boda. Estaría atacada de los nervios, si no me había llamado ya era para darme un poco de espacio después de lo ocurrido. Le escribí un mensaje rápido:

> *«¡Hola! Estoy bien. Díselo a todos. No os preocupéis; estoy en casa de unas amigas. No me apetece estar sola en mi piso. No vayas a buscarme allí que no estaré. Estoy poniendo mi cabeza, mis sentimientos y mi vida, en orden. No te preocupes, de verdad. Te llamo pronto. Un beso enorme.»*

Después le mandé uno a Soledad.

> *«Sigo sin saber nada de ti.»*

En ese momento el móvil se apagó. Sin batería. Lo puse a cargar. Casi mejor que estuviera desconectado, la verdad. En cuanto mi madre leyera mi mensaje seguro que me llamaría. A ella no era capaz de mentirle, mejor que pensara que estaba de cualquier forma antes que en peligro. A mis amigas ya le tiraría yo de las orejas cuando llegara el momento, cierto que es que desde que había conocido a Pedro casi no las había llamado, pero todas me vieron marcharme vestida de novia y ni un solo mensaje ni para curiosear.

Un poco más tranquila fui al baño sin hacer ruido, para no despertar a Marcos, en busca de una toalla que me pudiera llevar a la piscina. Todo estaba meticulosamente ordenado, abrí el único mueble que tenían, estaba lleno de colonias de hombre en la parte superior y de mujer en la parte inferior, varios botes de gel de baño, champú, pasta de dientes, papel higiénico, por último toallas perfectamente dobladas y alineadas unas encimas de otras. Cogí la primera con cuidado, no quería desmoronar la torre.

Dicen que la curiosidad mató al gato, en aquel momento yo me suicidé sola. Con mi biquini, mis chanclas y la toalla colgada del hombro, me fijé en los botes de colonia de mujer. En un impulso cogí el que estaba más gastado. Bajo mi poca lógica, tendría que ser uno de los preferidos de Noelia. Era un bote de fragancia de imitación, de esos que pueden hacer en cualquier perfumería o farmacia. No tenía nombre, marca, logotipo o algo que me hiciera saber cuál era. Solo tenía sobre el cristal pegado una etiqueta de color blanco que decía: mezcla 3.

Acerqué el orificio del pulverizador a mi nariz, no conseguí distinguir ningún olor. Con un mimo especial, al igual que si tuviera la joya de la corona en mis manos, apreté un poco el tapón de plástico esparciendo un poco del aroma sobre mi mano. Antes de olerla dejé el bote en su lugar para cerrar el armario. Realmente di un portazo en el mueble. No estaba premeditado, simplemente salió así. Fue una reacción de defensa por el olor que llegó a mis sentidos. Jazmín. El mismo jazmín, que había olido en mi pesadilla, la misma fragancia que me envolvió cuando abracé a Noelia. Esto ya no era tema del subconsciente que me jugaba malas pasadas. Nadie me había dicho nada sobre que gustos o a que olía Noelia.

Salí al salón prácticamente corriendo. Rebusqué en el sofá el espray anti-violador que me había dado Ricardo. No me preocupé por no hacer ruido. Marcos cambió su postura pero seguía con los ojos cerrados. Con urgencia, me dirigí a la parte trasera de la casa, directa a la piscina: tenía miedo de nada y a la misma vez de todo. Una sensación extraña me invadía; solo quería saltar al agua, limpiar mi cuerpo, limpiar mi mente.

Sobre una mesa que había en un rincón junto a una valla, de rayas metálicas cubiertas por una enredadera, dejé caer la toalla al suelo, puse al lado mis chanclas, mis pendientes y mi reloj. Dudé entre dejar o no también el espray anti-violador. Opté por soltarlo, de nada me iba a servir dentro del agua. Sin pensarlo salté. Un aire de frescor recorrió mi cuerpo a pesar de que el agua estaba templada. En un subidón de adrenalina, empecé a nadar de un lado para otro sin parar casi a respirar, necesitaba moverme, cansarme, sudar, sentirme útil y lo más importante, necesitaba no pensar. Olvidar todo, desconectar aunque fueran unos segundos. Dejar que mi corazón latiera a un ritmo normal. Mis brazadas cada vez eran más constantes y más rápidas. La urgencia de mi cuerpo se convirtió en la velocidad de mi nado.

No sé cuánto tiempo pasó, ni llegué a contar cuantos largos había hecho. Paré cuando conseguí despejarme un poco. Aún en el agua, posé mis brazos y sobre ellos mi cabeza respirando profundamente. Ya se había hecho de noche, el cielo estaba muy negro y despejado, se podían ver todas las estrellas. En el silencio empecé a observarlas, me encantaban.

Un leve crujido junto a la valla metálica me sacó de mi relajación. Me fijé en la casa; se habían encendido unas luces. Marcos se había despertado. Aún así me puse un poco tensa, no tenía mi espray a mano. Intentando ser rápida a la misma vez que cauta, salí de la piscina, cuando volvió a sonar un crujido más fuerte. Las hojas de la enredadera que había junto a la mesa empezaron a moverse. Lejos de huir para encerrarme en la casa, corrí hasta llegar a la mesa, cogí mi espray, lo destapé y me puse en posición de defensa preparada para lo que viniera.

Todo fue muy rápido. Me tocaron por la espalda. No miré. No pensé, solo chillé y apreté mi bote para defenderme a la misma vez que daba un chillido de pánico que me hubieran escuchado desde kilómetros de distancia.

—¿Qué haces? —me gritó.

Mi respuesta fue una patada con todas mis fuerzas en las espinillas. Ahora fue él quien gritó. Un gato salió huyendo de las sombras a la misma vez que Marcos volvía a preguntarme:

—En serio, ¿qué haces?

—¡Joder!, me has dado un susto de muerte.

—¿Así me pagas que te haya preparado la cena? Menos mal que me he tapado la cara. Ese espray de pimienta podía estar ahora picándome en los ojos bastante más de lo que lo hacen mis espinillas.

—¡La culpa es tuya! ¡Podías hacer un poco más de ruido cuando andas por la casa!

—Si me hubieras avisado que salías a nadar, lo mismo me hubiera venido contigo y no tendrías ahora mismo ese temblor en todo el cuerpo —me reprochó con dulzura—. Anda, líate en la toalla, a ver si entras en calor.

—No tengo frío.

—Tienes miedo —me dijo mientras me la pasaba por lo hombros.

—No tengo miedo.

—¿Sabes una cosa? —me dijo cambiando de tema, dejándome muy claro que no iba a entrar en polémicas absurdas—, he visto anunciando en la tele una película que tiene muy buena pinta. Podíamos verla mientras cenamos.

—La cosa va de películas en películas. —Mi mal humor afloraba con facilidad.

—Si prefieres jugamos al parchís. Si no recuerdo mal había uno por ahí guardado. Si la señora lo desea podría intentar localizarlo. —Me hizo una reverencia con la mayor de sus sonrisas.

Le di la espalda comenzando mi camino hacia la casa, apretando el espray contra mi cuerpo. Marcos siguió mis pasos. Notaba su mirada bromista clavada en mi nuca. Por un lado tenía ganas de reírme de la situación, por otro, el miedo que había vuelto a asentarse en mi cuerpo me haría estar de mal humor durante un rato más.

Cuando llegué al porche de la entrada, vi al gato como estaba limpiando sus patas con su lengua. Me dieron ganas de coger una piedra y lanzársela, a la misma vez que me daba cargo de conciencia por tener aquel pensamiento, nos habíamos asustado mutuamente. Aquello tenía algo de bueno, por lo menos esta vez, solo había sido un gato.

MIÉRCOLES, 8 DE AGOSTO

CAPÍTULO 27

Angustia, desesperación, impaciencia, pesimismo, enojo. Era imposible describir el estado de ánimo de los dos policías. Ricardo y Pablo habían vuelto a comisaría cerca de las cuatro de la mañana. No habían parado de dar vueltas rastreando la ciudad. No tenían noticias ni de Jaime ni de Víctor. Realmente parecía que se los había tragado la tierra. No había rastro de ellos, ni en sus lugares frecuentes, ni en sus puestos de trabajo y en el caso de Jaime ni en su casa. Según les había confirmado Torres, el policía encargado de las rondas, nadie había rondado la casa de Ricardo, donde seguían alojados Vera y Marcos. Todo seguía igual por la casa de la urbanización El Carmelo donde Soledad había visto a Jaime cambiar de coche y horas después Torres había visto salir una muchacha con maleta. La misma persona que aún tenían sin identificar.

A vista de pájaro, todo seguía igual, nada había cambiado. Era un espejismo. En realidad todo estaba patas arriba. Cada hora que pasaba tenían más pistas, a la misma vez que se alejaban cada vez más de encontrar el culpable. Ricardo no paraba de darle vueltas a la cabeza. Algo se me está escapando, se repetía una y otra vez, sin terminar de dar con la tecla.

Aún así se cambiaron de ropa, se refrescaron un poco en los vestuarios, se tomaron un café solo doble intentando despejar su mente sin llegar a conseguirlo para, a continuación, ir a hablar con las hijas de Antonio Martín Calancha. A pesar de que su cita con ellas era a las diez de la mañana, llegaron al lugar antes de las ocho. Aparcaron de tal manera que prácticamente podrían pasar desapercibidos, pero veían quien entraba y salía de aquella casa unifamiliar. No se fiaban de nadie, querían ver si la casa estaba vigilada, si alguien estaba en sobre aviso de que ellos iban a ir. No querían más sorpresas, intentaban evitar más problemas, en aquel momento no les sirvió de nada. Lo único que vieron fueron dos adolescentes salir con su mochila a cuestas.

Puntuales como siempre, llamaron a la puerta, les recibió una mujer pelirroja de unos cincuenta años.

—Adelante, siéntense. Están en su casa.

Los dos policías estaban acomodándose en el sofá cuando otra mujer un poco más joven de pelo castaño salió de la cocina con una bandeja con tazas de café y bizcocho.

—No queremos molestarlas mucho —aseguró Pablo viendo el despliegue de comida que habían preparado.

—No se preocupe —dijo la pelirroja—. Mi nombre es Chari, ella es mi hermana Encarni, nosotras también vamos a desayunar. Mi madre ha pasado mala noche, así que, podríamos decir que no hemos dormido mucho.

—¿Algo grave? —Pablo siempre tan cordial

—Por suerte —contestó Encarni mientras repartía tazas, el olor a café inundó la habitación—, ya ha superado la enfermedad, es cuestión de unas semanas que esté totalmente recuperada.

—No obstante, díganos. Según me habían comentado querían hablar de nuestro padre.

—Sí. Queríamos hablar sobre una nave que tienen cedida para fines sociales en la zona del río de Dilar.

Las dos mujeres sonrieron con simpatía. Encarni le dio un sorbo a su café, mientras Chari, repartía unos trozos de bizcocho y empezaba a hablar.

—Esa nave se la cedió mi padre a su amigo Mateo, para que fuese la sede de la organización sin ánimo de lucro contra el tráfico ilegal de órganos «NO TODO SE COMPRA, NO TODO SE VENDE». Al parecer, el hijo de Mateo era uno de los organizadores. —Los dos policías se miraron con un interrogante en la cara—. No tenían donde hacer sus reuniones, así que como mi padre tenía el corazón que tenía. Les cedió esa propiedad que no la teníamos en uso. Es como si ellos la tuvieran prestada mientras la organización estuviese en funcionamiento.

—Pues ya mismo volverá a ser suya —susurró a la misma vez que tosía Pablo.

Ricardo lo fulminó con la mirada, no era el momento. Las dos mujeres se miraron entre sí, al no haber escuchado lo que había dicho Pablo; no entendían la reacción que había tenido Guzmán.

—¿Recordáis los apellidos de este Mateo que me comentáis?

—Sí, está en el contrato.

Encarni se levantó abrió uno de los muebles y sacó una carpeta. Con mimo empezó a buscar el papel que quería. Nos lo dio. Allí estaba Mateo López Tirado. El nudo del estómago de Ricardo se apretó un poco más. Allí estaba. Un paso más. Las mujeres tenían ganas de hablar. Se las veía sinceras. Les podrían dar muchas respuestas.

—¿De qué conocía su padre a Mateo?

—Lo conocía del orfanato de la milagrosa, en Armilla. Es una historia un poco larga —sonrió. Se terminó su café y siguió hablando—: Mi padre, en realidad era amigo del padre de Mateo, que se llamaba igual. Ellos dos eran los encargados de conseguir fondos para que no les faltara de nada a todos los críos, ni ropa, ni comida, ni educación. Casi todos los fines de semana mi padre nos llevaba allí a toda la familia, jugábamos y comíamos con ellos. Hicimos verdadera amistad con algunos.

—El padre de Mateo hacía lo mismo —siguió Encarni—. Iba allí cada fin de semana con sus dos hijos, el mayor Mateo, que es a quien años después mi padre le cedió la nave, y el más pequeño, que no recuerdo como se llamaba.

—Yo tampoco —afirmó la hermana—. Era como más tímido, creo que nunca hablé con él.

—Podríamos averiguar algo más sobre él, pero tendríamos que hablar con nuestros hermanos, para ver si alguno llegó a tener amistad con él.

—Aunque lo dudo.

—No se preocupen —dijo Pablo mientras daba un bocado enorme al bizcocho haciendo gestos con la cara—. ¡Mmm! ¡Esto está riquísimo! Mi más sincera enhorabuena.

Las dos mujeres volvieron a reírse.

—Mi hermana que tiene mucha mano con la repostería —aseguró Chari.

—Es cierto, está muy bueno, pero no nos desviemos del tema —cortó la conversación Ricardo, volviendo a mirar aún más serio a Rosales.

—Perdón —dijeron los tres a la vez, lo que provocó de nuevo otras risas disimuladas.

—Antes, me había comentado que Mateo tenía un hijo. No nos consta en ningún archivo, no conocíamos ese dato.

Tanto Encarni como Chari se pusieron un poco tensas. En ese momento comenzaron a darse cuenta de que estaba pasando algo que no era habitual. Hasta ahora pensaban que era una visita rutinaria, como otras veces le habían hecho, pidiendo documentación para comprobar que estaba todo al corriente.

—Sí, es posible que no le aparezca. Su hijo se llama Pedro, de apellido era Montijano. —Los dos policías se sobresaltaron al escuchar el nombre.

—¿Lopez Tirado? ¿Montijano? No me cuadra. —La tensión en la voz de Guzmán era palpable.

—Bueno, nosotras conocemos la historia de oídas. Ya éramos mayores cuando Pedro llegó al orfanato, por lo que en realidad nunca lo hemos visto en persona. Mi padre les dejó al mando del orfanato a Mateo padre, junto con sus dos hijos para poder hacerse cargo de sus otros negocios, aunque hacía visitas constantemente. Más de una vez, comiendo juntos nos contaba que había llegado un niño bastante problemático a la Milagrosa, al parecer habían entrado en su casa mientras dormían, los habían drogado, mataron a los padres, le quitaron los órganos para venderlos en el mercado negro, y por alguna extraña razón el niño se libró. —Las dos mujeres negaron apenadas con la cabeza—. Mateo intentaba hacerlo entrar en razón, ya que según nos contaron, el crío se quería vengar. Se volvió agresivo, atemorizaba al resto de los niños del orfanato, estuvo mucho tiempo hablando con él, hasta que llegó el momento en que Pedro cambió su actitud de la noche a la mañana. Solo se relacionaba con Mateo hijo, no hablaba con nadie más, pero dejó de ser conflictivo. Ya los demás niños podían andar por los pasillos o dormir tranquilamente. Fue un alivio para todos.

—Mateo le contó a mi padre su intención de adoptar a Pedro —siguió hablando Encarni—, lo que provocó una pelea entre los dos, ya que mi padre le intentaba hacer comprender que ellos estaban al cargo, que no podían adoptar a los niños que había allí. Que si lo hacían con uno, se podría correr la voz, obligando a los demás a tener un mal comportamiento para conseguir una familia. Que ayudara al muchacho todo lo que quisiera, pero que no moviera ni un papel legalmente.

—Por eso no nos consta en los archivos —confirmó Rosales.

—Suponemos que, aunque nunca llegaron a firmar ningún papel, siempre han tenido una relación de padre e hijo.

Al oír esas palabras, Ricardo recordó lo que el mismo pensó cuando estuvo en el hospital y vio llegar al accidentado que se cayó del tejado acompañado por su padre. «Qué no haría un padre por un hijo», volvió a repetirse en silencio. Cada vez lo tenía más claro, el responsable debía de ser Mateo. Motivo: vengar la muerte de su hijo, adoptivo o no lo había tratado como tal. Aún así, solo era una teoría, prácticamente certera, pero teoría. Tenían que localizarlo. Seguía sin ver que conexión tenía Jaime López con todo aquello, no entendía que motivos tenía para comportarse tan extraño, y mucho menos se podía imaginar ni cuadrar dentro de todo el lío, porqué había desaparecido Víctor. Por eso tenía que localizar a Jaime, él había sido la última persona que lo había visto, o por lo menos esa era la información que ellos tenían.

Lo peor que llevaba Ricardo era el tenerlo todo a la misma vez que no tenía nada. Dos sospechosos sin localizar que aparentemente no tenían nada que ver el uno con el otro, y un desaparecido.

—Vamos a ser sinceros con vosotras —dijo Ricardo—: tarde o temprano se iban a enterar —le aclaró a Pablo, mientras éste asentía con la cabeza—. Nuestra visita de hoy se debe a que Mateo López Tirado está en busca y captura. —Las mujeres cambiaron su rostro, se apreciaba con claridad de que no sabían nada del tema—. Pedro murió hace unos días. Era responsable de la muerte de muchos inocentes cuyos cuerpos hemos encontrado en la nave de su propiedad, tememos que Mateo es su cómplice y necesitamos localizarlo urgentemente.

—¡Dios mío! —dijo Chari al borde de las lágrimas.

—No sabíamos nada —aseguró Encarni mientras le pasaba un brazo por el hombro a su hermana mayor.

—Lo que necesitamos de vosotras es que nos ayudéis a localizarlo.

Las dos mujeres se miraron desconsoladas.

—No sabemos nada de él, cuando fuimos adolescentes dejamos de ir al orfanato, empezamos a salir con nuestros amigos de colegio, ya que al cumplir la mayoría de edad, algunos de los niños de allí, se iban a buscarse la vida y le perdimos la pista a la gran mayoría.

Sin mediar palabra, Encarni se levantó, abrió de nuevo el armario y sacó una agenda pequeña. Se la dio a los policías.

—Teníamos esto guardado de recuerdo. Mi padre escribió a mano cada uno de los teléfonos que aquí aparecen. Seguro que ahí está el número de teléfono al que lo llamaba mi padre. No es mucho, pero quizás les pueda ayudar. Si les pediría que cuando terminaran nos la devolvieran, tiene un gran valor sentimental para nosotras.

—Muchas gracias, la cuidaremos —le dijo Pablo Rosales mientras se ponía en pie.

—Lamentamos todo lo sucedido —dijo Chari.

—No os preocupéis, vosotras no tenéis nada que ver en lo que allí a ocurrido.

—Mientras no se demuestre lo contrario… —Ricardo sacó a relucir una leve sonrisa, a la misma vez que se sacaba una tarjeta de visita del bolsillo—. Si por casualidad supiesen algo de Mateo rogamos se pongan en contacto con nosotros lo antes posible.

—Es importante que sean discretas —completó Rosales.

—No se preocupen. que así lo haremos. —Encarni cogió la tarjeta que le estaban ofreciendo.

—Ahora mismo nos pondremos en contacto con nuestro abogado para contarle lo ocurrido, vamos a reclamar la devolución de nuestra propiedad en cuanto terminen todo lo que ustedes tengan que hacer allí, ya que el uso no ha sido el destinado. Lo pondremos a la venta. No queremos ver nada de lo que pueda ver allí.

—Lo entendemos perfectamente.

Pablo Rosales, seguido de Ricardo, les tendió la mano a modo de despedida. Los dos hombres salieron de la casa con la agenda guardada en el bolsillo de Guzmán. Iban a ir directos a comisaría a revisar número por número que hubiese anotado.

Una vez que estaban junto al coche y lejos de que las dos hermanas pudieran oírlos, Ricardo llamó por teléfono a comisaría para que confirmaran si Mateo López tenía legalmente adoptado a Pedro.

—Seguimos sin saber por dónde seguir —confirmó Pablo con el tono habitual jocoso que tanto molestaba a su jefe—. Tenemos que localizar a Mateo López para terminar con la historia de Pedro, a la misma vez que a Jaime López para averiguar algo sobre Víctor. Ostras, ¡que coincidencia!

—¿El qué? —preguntó resignado.

—Los dos son de apellido «López». Anda que si Jaime fuera el hermano perdido de Mateo que estas mujeres no recordaban... Ya sí podría confirmar que Granada es un pañuelo.

—Déjate de tonterías, anda.

—¿Cuál es el segundo apellido de Jaime?

—No lo sé.

—Verás cómo al final llevo yo razón.

Pablo comenzó a reír, enfadando aún más a Ricardo, cuando lo que realmente quería era todo lo contrario. Hasta ahora nunca le habían molestado tanto sus bromas. Rosales se tenía que ir haciendo a la idea, Guzmán no estaba para tonterías.

—¿Entonces qué vamos a hacer? —le dijo Pablo esta vez en un tono más serio.

—Voy a empezar a creerte.

Desconcertado, Ricardo se subió en el coche, era el momento de quemar el último cartucho.

CAPÍTULO 28

Aquella mañana, abrí los ojos, me levanté, y con lo primero que me encontré fue a mí misma relejada en un espejo con una sonrisa radiante. Como siempre, a lo largo del día tendría mis altibajos emocionales, pero en ese momento tenía un motivo para sonreír. Había conseguido dormir sin tener pesadillas. Créeme cuando te digo que tenía la esperanza de que aquél iba a ser el mejor día que había tenido esa semana. Parecía que llevaba de mala racha toda una eternidad, pero tan solo había trascurrido tres días desde que me encontré mi primer regalito. Así que a la cuarta podría ser la vencida.

Horas de descanso, en absoluta paz, habían hecho que el dolor de cabeza se me pasara, que dejase de ver motitas blancas borrosas, que me doliera un poco menos la espalda, así que mi estado de humor también había cambiado.

No recuerdo como había llegado a esa habitación, lo último que se me vino a la mente fue cuando, después de cenar, Marcos propuso ver otra película. Aburrida y enfadada por el susto del gato, me senté a su lado. Hasta ahí llegaron mis recuerdos. Quizás el cansancio acumulado pudo conmigo.

Salí al salón. Marcos estaba sentado cómodamente en el sofá pegado a la tele.

—Por fin se ha despertado la bella durmiente —me dijo con una gran sonrisa.

—¿Qué hora es? —bostecé y estiré los brazos a la misma vez.

—Las once de la mañana.

—¿A qué hora te has despertado tú? ¿Por qué no me has llamado?

—Necesitabas descansar. No has parado de moverte en toda la noche.

—¿En serio? He descansado un montón. —Le miré con cara de malvada—. Así que no te he dejado dormir.

—No creas. Te quedaste dormida en el sofá, creo que ni te diste cuenta que lo habías hecho. Empezaste a hablar dormida, no entendí nada de lo que decías. Te seguí el rollo hasta que terminé convenciéndote de que te fueras a dormir a la cama. Como un zombi te levantaste rabiando, sin dejar de protestar. Me llamaste pesado asusta gatos y te acostaste, dejándome todo el sofá para mí.

Comencé a reír, pobre Marcos, cuanto más borde era con él mejor se portaba conmigo.

—Lo siento.

—No te preocupes estabas dormida, no sabías lo que hacías. Espero —se carcajeó. También él estaba de buen humor.

—Venga, te compenso preparando el desayuno.

—De eso quería hablar yo contigo. Mataría por unos churros con chocolate de los que hacen en la cafetería que hay tres calles más arriba. He estado a punto de ir a comprar, pero me daba miedo que te levantaras y al no verme te asustaras. Estoy hambriento —comenzó a hacer pucheros—. Ahora estoy en la tesitura de si ir o no ir.

—Vayamos. Yo también tengo hambre.

—Puede ser peligroso. Ricardo nos dijo que no saliéramos.

—Pero también te dijo que no me dejaras sola. Así que no protestes. Nos vestimos y vamos.

—Aquí no nos conoce nadie —empezó a valorar la situación—, así que no debe de haber mucho inconveniente. Esta mañana he estado viendo las noticias, nuestro caso aún no ha salido en prensa, no somos famosos.

—Pues venga. Como hace un sol radiante con unas buenas gafas de sol, seremos irreconocibles.

—No sé.

—No nos vamos a quedar por ahí pasando, vamos lo compramos y nos venimos. Será cuestión de minutos. No tenemos otra cosa mejor que hacer.

A Marcos se le iluminó la cara, su deseo de comer churros iba a verse cumplido.

—Pues venga no nos lo pensemos, más.

El se metió en el baño; yo me fui al dormitorio a vestirme. Me cambié con rapidez, pantalón vaquero pirata, camiseta de manga corta, coleta baja y, por supuesto, zapatillas de deporte. Por si tuviera que salir corriendo en algún momento. Salí al salón, Marcos se había vestido también con ropa deportiva. Me dio una gorra, se puso él otra.

—Son de Ricardo y Noelia; nos vendrán bien. Esto junto con las gafas de sol será un medio disfraz.

Le sonreí. Me acerqué a la mesa, cogí mis gafas de sol y el espray anti-violador. Vi como Marcos ocultaba la pistola enganchándolo en la hebilla de su pantalón.

—¿Marcos, dónde pusiste anoche mis cosas? Las que recogiste de la mesa del jardín.

—En el estante que hay encima de la tele.

Con decisión me acerqué, las localicé sin demora a pesar de estar un poco alto. Con agilidad me puse mi reloj, allí también había una de mis pendientes. Empecé a palpar con suavidad el estante buscando el segundo. No daba con él.

—Aquí solo hay un pendiente, ¿Dónde está el otro?

—Anoche solo había uno sobre la mesa.

—No puede ser, me quité los dos.

—Quizás con el sobresalto del gato se cayó al césped. Luego cuando vengamos lo buscamos.

—Puede ser. —Me apreté el lóbulo de mis orejas con mis dedos pulgar e índice—. Odio salir a la calle sin pendientes.

—Vamos, presumida: tengo hambre.

Salimos a la calle, agarrados de la mano, intentando parecer tranquilos, sin parar de mirar en todas las direcciones. Queríamos pasar desapercibidos, pero al ritmo que íbamos no lo conseguíamos. Marcos me dio un apretón de manos, pidiéndome que frenara un poco el ritmo. Bajamos de intensidad a la misma vez que apretábamos con más fuerza nuestras armas de defensa que llevábamos escondidas.

Sin ningún incidente, sin que nadie aparentemente nos siguiera y con la respiración acelerada, llegamos a la cafetería. A pesar de ser tarde, estaba llena. El olor a churros con chocolate inundaba toda la estancia, mi estómago empezó a crujir y mi boca a salivar. Olía que alimentaba.

Nos pusimos en cola, con la espalda pegada a la pared, así podíamos ver a todo el mundo. Para nosotros, en aquel momento, andar cuatro calles se había convertido en toda una aventura, pero tomando más precauciones de la cuenta. Puse mis piernas una sobre otra para que no se tonara el temblor que tenían.

Llegó nuestro turno.

—Buenos días. Churros para cuatro —dijo Marcos con una gran sonrisa.

Le miré con cara de póquer, ¿para cuatro? Quizás había hablado con Ricardo y con Pablo y venían también a desayunar. Aunque era muy poco probable, Guzmán los hubiera traído, él no nos hubiera dejado salir.

—Tengo mucha hambre —me susurró con su expresión de soy un niño que nunca ha roto un plato—. Y, por favor, chocolate también.

—¿Para cuatro personas? —le preguntó la camarera desde lejos, mientras cogía unas jarras de plástico para llevar.

—No, chocolate para dos —dijo con decisión, se volvió para mí—. No queremos engordar ¿verdad?

Reír, no pude hacer otra cosa nada más que reír. A pesar de nuestra tensión, seguía siendo divertido. Una actitud digna de admirar. La vida le daba piedras y él construía un castillo.

Salimos de allí, cargados con nuestros churros, las dos tazas de chocolate y mucha adrenalina. El trayecto de vuelta fue también rápido. Llegamos a la casa de Ricardo. Desayunamos, saboreándolo con mimo. Aquellos eran los primeros bocados de La Victoria, habíamos conseguido nuestro objetivo saliendo ilesos.

Recogimos la mesa en silencio.

—Voy a salir a darme un chapuzón. ¿Te apuntas?

—Ahora voy. Antes necesito hacer unas llamadas.

—Deberíamos de llamar a Ricardo y decirle que estamos bien —miró hacia la ventana pensativo, recordando como con desesperación el mismo lo había lanzado contra el suelo—. Necesito un móvil. Me mata estar incomunicado.

—Utiliza el mío cuando lo necesites.

Sacó a relucir su amplia sonrisa, mientras asentía con la cabeza.

—Mientras acabas, iré a buscar tú pendiente perdido entre los pasajes ocultos bajo el césped, lo rescataré entre la maldad y la perversión de los malvados insectos que lo tienen retenido. —Su voz cada vez era más ronca—. Le prometo, bella dama, que le devolveré su joya, cueste lo que me cueste. Solo le rogaría una ofrenda, para que me acompañe en mi largo camino a la parte de atrás del castillo.

Siguiéndole el juego, cogí una servilleta que había sobre la mesa, la besé y le tendí la mano, muy puesta en mi papel de dama de la corte medieval.

—Guarde con orgullo mi tierno pañuelo. Lo espero de regreso sano y salvo.

Se arrodilló, me besó suavemente la mano. Casi no me rozó con sus labios. Se puso en pié de un salto, y dijo en voz alta.

—No le fallaré, mi dulce dama.

Marcos hizo una reverencia, se giró y salió de la casa. De lejos se escuchaban sus voces de camino a la piscina diciéndole a mi pendiente que lo iba a salvar. Me quedé un rato mirando la puerta por donde había salido.

¿De verdad acaba de ocurrir lo que acababa de ocurrir? Definitivamente Marcos estaba empezando a mostrar síntomas de locura transitoria. Si se tiraban en clausura mucho más tiempo, estaba convencida de que la imaginación de aquel hombre seguiría en aumento, por tal de tener la mente ocupada.

Suspiré hondo, cogí mi móvil. No podía retrasar más aquella llamada, si no podría tener consecuencias. Tenía que llamar ya a mi madre. La conocía perfectamente. A pesar de que ella estaba respetando mi espacio sabía que estaría muy preocupada. Solo le había mandado dos mensajes desde que salí corriendo vestida de novia. La conversación iba a ser bastante larga. Me bebí sin respirar un vaso muy grande de agua, después, marqué el número de teléfono.

No llevaba más de dos timbres cuando me contestó. Sonreí con tristeza al escucharla hablar: la echaba de menos. Allí estaba ella, dándome la charla, convenciéndome de que fuera a su casa, que allí tenía mi cuarto como siempre, que me daría mi espacio, que no tenía que andar de prestado en casa de nadie, que la familia estaba para ayudarse, que sabía perfectamente que podía contar con ellos. Intentaba tranquilizarla pero no podía, no me deja hablar. Si no fuera porque la extrañaba, hubiese dejado descolgado el teléfono sobre la mesa y no se habría dado ni cuenta. La escuché suspirar cuando conseguí decirle que no tardaría en ir a verla, que no se preocupara, que yo estaba bien, que solo era cuestión de días. Aguanté mi llanto, realmente esperaba que ocurriera eso. No podía derrumbarme, nunca me lo había permitido, y ahora menos con mi madre escuchándome.

Me quedé perpleja con la información que me dio. Me dijo que cuando salí corriendo de la iglesia, mi familia intentó seguirme. Pero que con mucha habilidad la familia de Pedro los detuvo. Nunca he conocido a nadie de su familia, según me dijo, casi todo el mundo que estaba allí eran empleados de «NO TODO SE COMPRA, NO TODO SE VENDE», o por lo menos eso habían deducido al escuchar sus conversaciones. Prácticamente bloquearon las puertas de salida de la iglesia. Según mi madre Pedro no paraba de hablar con un hombre mayor. Le pedí que me lo describiera, aunque sospechaba quien podía ser. Mateo. A los cinco minutos de estar conversando Pedro dio un discurso, pidiendo disculpas por lo ocurrido, que mi actitud no había sido otra más que un ataque de nervios de última hora debido a mi inmadurez. Pero que la fiesta continuaba, que se marchara todo el mundo para el convite, que él iba a ir en busca, hacerme entrar en razón y juntos iríamos al convite. Hasta convenció al párroco para que fuera también al restaurante, para terminar la ceremonia allí. Me enfadé, intenté disimularlo, pero no llegué a conseguirlo del todo. ¿Qué pretendía, tener a todo el mundo entretenido mientras nos mataba? Me mordí el labio con fuerza hasta que me salió un poco de sangre.

Lógicamente mi familia no aceptó. Se marcharon todos para la casa de mis padres por si yo aparecía. Allí estaban todos esperando cuando yo les mandé el *WhatsApp* al grupo. Solo en aquel momento empezaron a dispersarse.

Le pedí que no se martirizara, que dejara el tiempo pasar, solo serán unos días. No paraba de repetirle una y otra vez. Mientras que ella tenía una misma canción repetitiva, no le gustaba Pedro, nunca lo había hecho, no le daba buena espina. Con el corazón encogido, tras media hora de conversación, me despedí de ella con la promesa de que la llamaría en estos días de nuevo. Estaba enfadada, estaba triste y lo peor de todo, estaba atada de pies y manos. No había nada que pudiera hacer. Así que con resignación pensé: a otra cosa mariposa.

Llamé de nuevo a Soledad, no me cogió el teléfono. Le mandé un *WhatsApp*:

> *«Me tienes preocupada; no hay forma de dar contigo. Llámame o da señales de vida.*
>
> *Nosotros estamos bien, estamos en la casa de Ricardo. Besos.»*

Mi alma quería llorar; mi orgullo no se lo permitió. Así que me puse el biquini para ir en busca del noble caballero que estaba rescatando mi pendiente. Unas risas me levantarían el ánimo.

Cuando llegué a la piscina, me encontré a Marcos con sus gafas de sol puestas, tumbado sobre la colchoneta que flotaba en el agua. Me acerque sigilosa, parecía que estaba dormido. Lo miré al detalle, tenía un cuerpo de infarto, con unas abdominales que comenzaban a marcarse. Él seguía sin darse cuenta de que había llegado.

Con cautela me metí en el agua, me acerqué lentamente hasta él, me metí debajo del agua y con toda la fuerza que pude empujé la colchoneta hacia arriba, haciendo que Marcos se volcara cayendo al agua. Empezó a patalear, a toser y a maldecir, mientras yo me partía de la risa.

—¿Así es como salvas el pendiente de tu noble dama?

—¿Noble? Lo que has hecho solo tiene un nombre. No es precisamente ese. —Empecé a reír, Marcos se debatía entre reír también o mandarme a freír espárragos—. Además, no he visto tu pendiente por ningún sitio.

La venganza no tardó en llegar, saltó en bomba al agua haciendo tragara mucha agua. Una guerrilla de salpicones hizo que por unos instantes olvidara todas mis preocupaciones.

CAPÍTULO 29

Antes de ir a comisaria, Ricardo y Pablo volvieron a hacer ruta. Pasaron por el edificio Genyo, por sus viviendas, por el hospital clínico, seguían sin tener rastro ni de Víctor ni de Jaime. Rosales se quedó en comisaria estudiando a fondo la agenda que le habían prestado las hijas de Antonio Martín Calancha, para intentar localizar algo que les diese una pista sobre el paradero de Mateo. Mientras tanto Ricardo Guzmán, paró a comprar un par de pollos asados, con la intención de ir a comer con Vera y Marcos.

Llegó a la casa, los escuchó hablar en el jardín.

—Chicos, estoy aquí.

Les gritó para evitar que se asustaran, bastante tenían ya encima.

—Ya vamos —le gritaron a la vez.

Ricardo comenzó a poner la mesa, estaba sirviendo los platos cuando los dos muchachos entraron por la puerta.

—Qué bien huele aquí —dijo Marcos mientras inspiraba muy exagerado.

—Pollo asado, genial —le dije mientras cogía una patata frita.

—Veo que tenéis hambre.

Pusimos las noticias, y empezamos a comer en silencio. Nos extrañaba como aún nuestro caso no salía en la prensa. Realmente cuanto menos se supiera mejor. Gran parte de España estaba pendiente a la prensa rosa; esos personajes públicos aparecían ya hasta en la noticias. Un hecho lamentable desde mi humilde punto de opinión, que a la misma vez era de agradecer.

Empecé a fregar platos, mientras los hombres recogían la mesa.

—¿Quién os ha traído churros? —preguntó Ricardo cuando fue a tirar a la basura los envases del pollo.

Miré a Marcos con cara de, ya nos han pillado, ahora ¿Qué hacemos? Entendía la preocupación del policía.

—Nadie ha estado aquí —dijo con rapidez Marcos.

—¿Quién ha salido?

—Los dos —susurré.

Ricardo negó con la cabeza. Fue al baño, cogió una pastilla para el dolor de cabeza. Le preparé un vaso de agua con urgencia, para hacerle un poco la pelota intentando que la regañina fuera menor.

Bebió con tranquilidad. Se nos quedó mirando fijamente de forma simultánea.

—¿Qué voy a hacer con vosotros dos?

Guzmán tenía la misma cara que un padre pone cuando le regaña a sus hijos por una chiquillada.

—Todo ha salido bien —le dije intentando salir del apuro.

Marcos se reía sin ocultarse, viendo que para mí era una situación un poco incomoda. El policía me estaba ayudando, me había ocultado en su casa, me alimentaba y vigilaba por mi seguridad, mientras yo me escapaba a por unos churros. Había sido divertido, no le había dado tanta importancia. Al ver la cara de Ricardo me di cuenta de que no habíamos hecho bien.

—Ricardo, hermano —Marcos se sentó a su lado intentando ponerse más serio—, tenía hambre ¿Qué querías que hiciera? Tú me enseñaste lo sabrosos que estaban aquellos churros. —Guzmán se quedó mirándolo muy serio—. ¡Por Dios! ¿Qué pretendes? ¿Qué estemos todo el día encerrados, viendo la tele, jugando al parchís? ¿Sabes que eso no hay quien lo soporte? Íbamos protegidos con lo que nos habías dado. Tan solo han sido diez minutos, dos calles más arriba. Estoy ahogado, ¿lo entiendes? Intento hacerlo lo mejor posible, pero no puedo estar todo el día aquí. —Empezaba a venirse abajo—. Solo tengo ganas de coger al responsable y pegarle un tiro en la frente. Que todo esto acabe de una vez. Quiero que la vida de Vera no esté en peligro, salir y entrar sin dar explicaciones, poder ir a cenar, al cine o irme a tomar por culo al final del mundo sin sentirme espiado. Así que no te pongas así. Tú estás mal, pero nosotros estamos igual. Aquí aislados no se soluciona el problema. Sabes que sé defenderme. Protegeré a Vera.

Un Marcos ofuscado, como nunca lo había visto, se dejó caer en el sofá. Aguanté la respiración, la tensión que había entre la mirada de los dos hombres iba en aumento. Al final Guzmán comenzó a sonreír con tristeza rompiendo el hielo.

—Menudo discursito me has echado colega. Entiendo tú situación. Por ese motivo os levanto el aislamiento, siempre y cuando me prometáis qué vais a ir protegidos —imitó con su mano derecha la forma de una pistola – no quiero que os pase nada. Me sabe mal, no poder tener una patrulla con vosotros veinticuatro horas al día, como estaba antes. Ahora eso sí, no os alejéis demasiado andando. Para eso os he dejado las llaves del coche, para las urgencias. —Miró a Marcos—. Pero para urgencias reales, no para ir a comprar tonterías. Es más, si os apetece, pasaros en unas horas por la comisaría, voy a pedir que te preparen un móvil Marcos, no puedes seguir así. —Esta vez me miró fijamente a mí—. Vera, voy a necesitar tu autorización para pinchar tu móvil.

—Sabes que la tienes. No necesitas pedir permiso.

—Te lo agradezco, quiero saber todo. Marcos, en el terminal que te vamos a dar también vamos a poder tener acceso a toda la información.

—¿A mí no me pides permiso? —Su tono de burla iba en aumento.

—Es lo que hay. —Ricardo se puso en pie—. Debo volver a comisaria.

El policía estiró sus brazos, cogió las llaves del coche patrulla, nos miró fijamente a los dos con cara de preocupación y salió por la puerta sin mirar atrás. Escuchó mientras se montaba en su coche, como los muchachos volvían a encender la tele.

Durante todo el camino de vuelta a la oficina, Guzmán no paraba de darle vueltas a todo, repasando una a una toda la información que tenían hasta ahora. Recordando paso por paso los hechos ocurridos. La solución debía de estar en algún sitio.

—Solo es cuestión de abrir la mente más que los ojos.

Se dijo a sí mismo repitiendo las palabras que no paraba de repetirle su profesor de criminología en sus años de estudiante.

Estaba comenzando la tarde. El sol y las temperaturas seguían muy altas, las calles estaban desiertas. Nadie se atrevía a salir a la olla hirviendo en la que se convertía la ciudad a esas horas. Ricardo se paró cuando el semáforo se puso en rojo.

«Rojo, verde, ámbar; rojo, verde, ámbar. Todo es un ciclo. —Sumido en sus pensamientos no se dio cuenta de que el semáforo le abría paso, se quedó allí parado—. Aparece caja roja, rosa negra, desaparece rastro, aparece caja roja, rosa negra, desaparece rastro.»

Apartó su coche a un lado de la calle, cogió su móvil, marcó y al tercer toque contestaron.

—Dime.

—Pablo, quiero que averigües donde venden rosas negras.

—Prácticamente en todas las floristerías de Granada.

—Pues averigua en qué floristerías de Granada han comprado recientemente ese tipo de flor. Y no me vale solo una rosa: quiero saber donde han podido comprar más de cuatro flores. Es un producto perecedero, por lo que la venta se ha tenido que hacer recientemente. La primera flor apareció el domingo, así que indaga.

—¿Más de cuatro flores? – insistió Rosales.

—Sí, quien lo esté preparando no va a ir cada día a la floristería. No es lógico si tu finalidad es estar escondido. No me extrañaría que hasta nuestro sospechoso tenga calculadas el número de flores exactas que va a necesitar.

—¿Sabes que me llevará un montón de horas llamar a todas?

—Quiero a todo el que esté en la comisaría llamando desde ya, yo voy de camino para echaros una mano. Dividiros por zonas, y Pablo encárgate tú de llamar a las que estén más cercanas a la vivienda de Pedro.

—¿Por algo en especial?

—Intuición.

Sin más conversación, Ricardo colgó. Podría ser ese el camino a seguir, o quizás no, pero tenía que intentarlo.

Los minutos que pasaron hasta que llegó a la comisaría se hicieron eternos. Al entrar se encontró en la sala de reuniones a todo su equipo reunido, marcando sobre un mapa todas las floristerías que estaban registradas. Pronto se dividieron el trabajo y empezaron a llamar. Ricardo empezó a dar vueltas de mesa en mesa, escuchando con desesperación como las respuestas eran negativas. Era una flor por encargo, no solían tenerlas en stock, eran más costosas y la demanda era muy baja.

—Esto es buscar una aguja en un pajar —dijo uno de los muchachos con desesperación en su voz.

—O quizás no —susurró su jefe para sí mismo.

Aquel comentario hizo que a Ricardo tuviera una idea. Cogió su móvil y llamó a Vera.

—¿Qué ocurre? —contestó preocupada.

—Nada, nada, tranquilos. ¿Todo bien?

—Sí, seguimos pegados al televisor. No ha habido cambios.

«Por suerte», pensaron los dos en silencio.

—Vera, tengo una duda. ¿Tu ramo de flores lo escogiste tú?

—Sí, fui yo a la floristería en persona. ¿Por?

—¿La floristería la escogiste tú, o fue decisión de Pedro?

—No, él me llevó, mi ramo de novia creo que fue casi lo único que escogí libremente.

—Pero en la tienda que él quiso —sentenció Ricardo.

—Pues ahora que lo dices, llevas razón: no he decidido nada en mi boda. ¡Qué desastre!

—Necesito que me digas la dirección de la floristería.

—Pues no sé exactamente como se llama, no lo recuerdo y la zona de Armilla casi no la conozco. Te puedo decir que estaba al lado de una rotonda, era una de las calles principales —el policía comenzó a anotar todos los datos que le daba en un folio—, al lado había un bazar y una tienda de cortinas. Nosotros aparcamos el coche enfrente de una placeta cercana que había con tres cruces de piedra rodeadas por una valla, recuerdo que había una pizzería en la acera de enfrente. —Rosales comenzó a leer las anotaciones por encima de su hombro, después se puso delante de su ordenador.

—¿Sería mucho pedir que me dijeras el nombre de la floristería? —intentó bromear para tranquilar a la muchacha.

—No lo recuerdo —suspiró—, pero será fácil de localizar.

—No te preocupes que nosotros la encontraremos.

—¿Ha pasado algo?

—Nada por lo que debas de preocuparte, quédate tranquila y dile a Marcos que no haga demasiado el tonto.

—Eso va a ser complicado.

Los dos se rieron. Tras unos segundos de silencio, Guzmán dio fin aquella conversación.

—Estamos en contacto, llamadme para lo que necesitéis.

—Lo haremos.

Mientras Ricardo se metía el móvil en el bolsillo, Rosales con una sonrisa torcida movió en el aire un *post-it* de color amarillo. Con habilidad Guzmán se lo quitó de las manos. Escrito con letra impecable ponía Calle Real de Motril, Armilla, Granada.

—La dirección que necesitabas —le aclaró.

—Vámonos.

De nuevo los dos policías se pusieron en marcha. Dejaron el coche oficial aparcado en el único sitio disponible, una salida de una cochera contigua.

—Si molesta, que pregunten —sentenció Ricardo.

Con la esperanza de encontrar alguna pista más, entraron al local. Había una mujer morena de pelo corto en el mostrador, y un hombre trabajando en la parte trasera.

—Buenas tardes, ¿en qué puedo ayudarles? —dijo la mujer con amabilidad pero con la mosca detrás de la oreja.

—Hola, necesitamos hacerle algunas preguntas. Podríamos hablar con todos los empleados.

—Sí, claro, ahora mismo solo estamos nosotros dos. —La mujer se asomó a la parte trasera avisando a su compañero para que saliera.

Ricardo comenzó a barrer con la mirada toda la floristería en busca de su ansiada rosa negra, mientras escuchaba como Rosales le tomaba los datos personales a los dos, a modo de precaución. Uno nunca sabía que podía pasar. Todo lo que estaba escrito era de fácil localización y lo más importante, no se quedaba en el olvido. Cuando Pablo terminó con sus preguntas, Guzmán comenzó su interrogatorio.

—Me gustaría saber si en este local venden rosas de color negro.

Quería tantear el terreno, ya sabía que si las vendían, solo querían saber si aquellas dos personas se ponían nerviosas o si presentaban alguna evidencia de estar mintiéndole. El policía sabía perfectamente que tenía que observarlos durante la conversación, ver si era congruente lo que decían y como lo decían. Una cosa era la información y otra muy distinta los elementos no verbales que la acompañan, los gestos, el tono de voz, la mirada o la sonrisa. Si la percepción general entre las dos informaciones no estaba coordinada o no eran coherentes entre sí, ya era clara la sospecha de que estaban mintiendo. En este caso, quería ser muy observador a la hora de recoger datos, en un caso con tan pocas pistas como este, no se podían permitir el lujo de demasiados errores.

—Sí que las vendemos, pero solo por encargo. No es una flor que tengamos normalmente en existencias.

—¿Por algún motivo en concreto?

—Son flores muy caras, no tienen mucha demanda y necesitan unos días para su preparación. Si normalmente las tuviéramos, estaríamos tirando el dinero.

—¿Cómo se preparan? —preguntó Rosales, Ricardo le confirmó con la mirada que en su mente tenía el mismo interrogante.

—Suelo teñirlas yo —comenzó a hablar la mujer, se le veía tranquila, e iba gesticulando con las manos a la misma vez que hablaba, como si fuese haciendo el procedimiento en el aire—. Disuelvo en un jarro con agua un sobre de pintura vegetal de color negro en este caso, pero se podría utilizar cualquier color. En ella se introduce una rosa de color blanco. Hay que esperar hasta que coja el tono y dejarla secar.

—¿Qué precio tiene una rosa de este tipo?

—Son caras si las comparamos con el resto del género —dijo el hombre—. Normalmente una flor sola puede rondar entre los nueve o doce euros. Aunque es cierto que suelo hacer algún descuento cuando nos compran en grandes cantidades.

Ante aquel comentario los dos policías se miraron con una chispa en sus ojos. Les acababa de confirmar que vendía en grandes cantidades, lo que significaba que no solo habían vendido el ramo de Vera. Ambos pensaron que no se habían equivocado de lugar.

—Necesito que me diga en este último año todos los clientes que le han comprado rosas negras.

La voz de Ricardo era ronca y segura, con su pose de policía experto. Daba la sensación de que tenía propiedades para leerles la mente a aquellos dos comerciantes. Fue en aquel entonces, por primera vez, cuando el hombre y la mujer se miraron entre sí con cara de preocupación. No demostraban miedo, sino más bien la incertidumbre de que algo había pasado, que aquellos dos policías no habían ido a su establecimiento para hacer preguntas rutinarias y, mucho menos, para comprar la flor por la que mostraban tanto interés.

—¿Ha pasado algo? —preguntó la mujer sin pensarlo, arrepintiéndose después de haberlo hecho.

—Es información confidencial —contestó Pablo con muchísima amabilidad.

—¿Tienen la información a mano? —insistió Guzmán.

—Por supuesto, tenemos todas las ventas informatizadas —dijo el hombre, mientras la mujer se ponía delante de un portátil—. He de decirle que desde que entró la crisis la gente ha dejado de encargarnos flores de alta gama, para comprar más económicas. Por suerte, nos vamos manteniendo, pero tenemos que vender muchas más flores para ganar menos.

—Eso ha hecho —continuó la mujer— que hace ocho años venderíamos una media de cuarenta rosas negras al mes. Es una flor más común de lo que la gente piensa. En lo que va de año, solo nos hayan hecho tres pedidos recientemente.

La impresora comenzó a sonar. Los dos policías volvieron a mirarse diciéndose de todo, sin soltar una sola palabra por su boca. Tres pedidos, solo tres pedidos, uno ellos ya sabían que eran ramo de novia de Vera, pero ¿sería el otro el que andaban buscando? La mujer puso un papel encima de la mesa que portaba la información. El nudo del estómago de Ricardo volvió a apretarse un poco más.

—Aquí está todo, tenemos un pedido de un ramo de novia, otro pedido de una única flor, y otro con seis rosas negras.

La mente de Ricardo iba más rápido de lo que él quería. Necesitaba estar sereno, pensar las cosas con frialdad, pero su mente ya estaba atando cabos. El ramo de novia estaba localizado. Una sola flor, no sabía por donde cogerlo, pero ¿seis rosas negras? Todo estaba empezando a cuadrar muy lentamente, habían encontrado hasta ahora cuatro. ¿Y si realmente faltaban dos? Le daría un respiro para localizarlo, saber que en el caso de que su sospechoso quisiera matar a Vera y a Marcos lo haría en la última rosa. Si no, no tendría lógica. Aunque en realidad, nada lo tenía.

—Necesito saber quién les hizo esos tres pedidos. —Pablo Rosales estaba pensando lo mismo que Ricardo.

—A ver, los tres pedidos tenían algo en común. Los encargaron a finales de julio, en distintos días, pero todos para ser recogidos el sábado cuatro de agosto, es decir, el sábado pasado.

—¿Eran todos para la misma boda?

—No creo, ya que fueron retirados por personas distintas, a no ser que fuesen todos regalos para la misma novia, porque los clientes se conocían.

—¿En qué te basas para hacer esa afirmación?

—Porque los tres clientes estuvieron discutiendo en nuestro local y les pedimos que se marcharan; no nos gustan las situaciones tensas, preferimos vivir más tranquilos. —Los policías se miraron entre sí.

—¿Nos puedes contar paso por paso qué ocurrió? —Guzmán estaba inquieto—. Intenta no olvidar ningún detalle, puede que sea importante.

—El primer cliente que entró por la puerta que vino a recoger su pedido fue el del ramo de novia. Era un hombre joven, apuesto, trajeado. Venía acompañado de dos hombres que parecían dos armarios empotrados, con las espaldas muy anchas, y se parecían mucho entre sí. El pedido estaba hecho a nombre de Pedro Montijano. Tengo que decir, que los últimos detalles del ramo, nosotros los hacemos justo antes de que lo retiren para que las flores se conserven mejor durante la ceremonia y la celebración, por eso nuestro cliente debe de esperar unos minutos. Pues este hombre no lo entendió, lejos de darnos ese tiempo, comenzó a protestar siendo su tono de voz más elevado.

«Muy propio de él», pensó Ricardo.

—Así que comenzamos a ponernos un poco nerviosos —continuó el hombre mientras cambiaba su peso de pierna—. Me fui para dentro para terminar con urgencia de ponerle el pequeño lazo al ramo de novia, mientras ella se quedaba intentando calmar al cliente, cuando entró otro hombre por la puerta.

—Le dije buenos días con mucha amabilidad al hombre que había entrado, intentando que Pedro se diera cuenta de que la pelea se había terminado, que solo era cuestión de segundos que se pudiera marchar. Me quedé muy sorprendida cuando en vez de contarme el saludo, le dijo a Pedro que allá por donde iba tenía que dar la nota, que llevar un traje no lo hacía un señor, solo mostrar una buena educación y un buen comportamiento lo haría. Le prometo que en un principio llegué a pensar que eran amigos, que todo era parte de una broma. Hasta que vi como Pedro le hizo un gesto con la cara a los dos hombres que había a sus espaldas pegados a él, para que no hicieran nada. Si no los hubiera parado no sé qué hubiera pasado. Todo quedó ahí.

—¿Cómo se llama este segundo cliente que entró?

—No lo sé —dijo la mujer negando con la cabeza sin dejar de mirar a los ojos a Ricardo—. Fue un pedido que me hicieron aquí en la tienda, con el pago por adelantado. No le tomé los datos, ya que me dijo claramente que venía a recogerlo ese día sin falta, me repitió varias veces que no podía fallarle. Por ese motivo, aparece en la lista como venta mostrador, no tenemos sus datos. El pago fue en efectivo, así que no lo puedo localizar. De la misma manera me encargaron las otras seis, todas con el pago por adelantado. Fíjese que en la lista de ventas tienen los dos las mismas anotaciones.

—¿Qué pedido se llevó ese hombre?

—Mire usted, aquel día fue un horror con esos tres hombres. Nada era lo que en un principio parecía y sé que se llevó rosas negras, pero no recuerdo si fue solo una o las seis.

—¿Cómo es posible? —Ricardo se estaba desesperando.

—Todo tiene explicación —medió el hombre mientras le tocaba el hombro a la mujer, como una muestra de apoyo.

—Mientras Pedro discutía con este señor, entró el tercero. Puso cara de sorpresa, pensamos que era al ver la discusión que tenían los otros dos, pero pronto me di cuenta que se conocían, ya que al verlo llegar, el hombre que estaba discutiendo con Pedro dijo levantando las manos hacia el techo y con una gran sonrisa, que si ahora hacían las reuniones familiares en las floristerías. —Rosales miraba continuamente a Ricardo, este negaba con la cabeza—. Imagínese mi estado de nervios.

—Salí con el ramo de novia ya preparado —añadió el hombre—. Así como con todos los pedidos de rosas, como ya estaba todo pagado y los ambientes muy tensos, las puse todas en el mostrador y cada uno cogió lo suyo.

—Al estar tan nerviosa no me di cuenta de que ramo cogió cada uno.

Pablo Rosales sacó dos folios de su bolsillo, eran los retratos robots que habían hecho en estos días de Jaime y de Mateo López. En ese momento Ricardo se sintió orgulloso de su compañero. Se había convertido en uno de los mejores policías de la ciudad. Últimamente se iba anticipando a todos los pasos que Guzmán pensaba dar. No cabía ni la menor duda de que él iba a ser el mejor apoyo que tendría para superarlo todo.

—¿Les suenan de algo estas dos caras? —Pablo dijo caras, porque en ese momento y hasta que se demostrara lo contrario no les apetecía llamarlos señores.

Tanto el hombre como la mujer se miraron, ella se puso pálida.

—Son ellos —dijo el hombre sin que le saliera la voz del cuerpo.

—Este es el que entro primero. —La mujer señaló la foto de Jaime—. Vamos, me refiero al que entró después de Pedro, y este —señaló la foto de Mateo—, fue el que entró el último.

—Estupendo —dijo Rosales.

—Muchísimas gracias por su colaboración, en el caso en que ellos volvieran necesitaríamos que me avisaran. —Les cedió una tarjeta de visita—. Si es posible, entretenedlos aquí con cualquier excusa tonta, para que nos dé tiempo a llegar, pero sin crear conflicto.

Aquellos dos floristas estaban cada vez más pálidos, los policías sabían que estaban rezando para que aquellos tipos no volvieran a aparecer por su local. Cuando empezaron a salir, la mujer continuó hablando.

—Hay un tema más. Un detalle, que quizás les pueda servir de ayuda: Pedro no se esperaba encontrar aquí a ninguno de los dos.

—¿Estás segura?

—Bueno, segura, segura… lo que está claro es que el segundo cliente. —«Jaime», pensaron los policías—. No se llevaba bien con Pedro, y éste le preguntó al tercero —«Mateo»— cuando salían que qué hacía él allí.

—Si te acuerdas de algún detalle más no dudes en llamarnos, por mínimo que te parezca.

—Muchas gracias —dijeron los dos a la vez.

Los policías salieron de la floristería con una única idea clara, tenían que localizar como fuese a sus dos sospechosos Mateo y Jaime, además, seguían preocupados porque aún Víctor, el responsable del depósito de cadáveres no diera señales de vida.

JUEVES, 9 DE AGOSTO

CAPÍTULO 30

Un rayo de sol entraba por la ventana dándome directamente en los ojos. Intenté moverme, pero no podía. A pesar de que mi mente estaba muy despierta, mi cuerpo permanecía dormido. Era una sensación rara, estar semi consciente de lo que ocurre a tu alrededor, pero sin poder disponer de él a tu antojo.

Probé a abrir los ojos, pero mis parpados me resultaron muy pesados. Le di orden a mi cerebro para que tamborileara los dedos sobre el colchón mullido en el que estaba tumbada, pero no tuve mejor suerte.

En otras ocasiones anteriores ya había sufrido esta sensación tan desagradable, dormir despierta. Mi mente empezó a divagar: ¿y si me habían drogado? ¿Y si mi admirador macabro ya me había matado y no lo recordaba?

«Despierta, responde, haz algo. Dame una pista.»

Mi mente chillaba a mi cuerpo. Comencé a ponerme nerviosa. Probé de nuevo a moverme, esta vez dándole orden a mis piernas. Dos gotas de sudor salieron de su escondite resbalándose por mi frente. No obtuve ningún resultado.

«Llevas cuatro noches sin dormir prácticamente nada, solo estas cansada en exceso. Tranquilízate», me decía a mí misma.

Pasé a estar histérica en menos de dos segundos, cuando algo me rozó suavemente las plantas de los pies. No estaba sola. En estado de alerta mi cuerpo si respondió. De un salto me puse de pie en la cama a la misma vez que soltaba un alarido que resonaba a una mezcla extraña entre miedo y valentía. Como si de una película cómica de ninjas se tratase daba saltos en la cama en posición de defensa buscando que era lo que me había tocado.

Me paré en seco cuando escuché las carcajadas de Marcos en la puerta, que había visto toda la escena.

—Si esto lías porque el gato se ha subido a tu cama, casi que prefiero no despertarte nunca. Para reyes te regalaré un bonito despertador que resista una bomba atómica.

—Muy gracioso —le contesté muy enfadada mientras salía de la habitación.

Como alma que se lleva el diablo, agarré el cepillo y sin pensar me fui en busca del gato maldiciéndolo en voz alta. Marcos fue el que, sin parar de cachondearse de mí, me quitó de las manos el arma espontánea que me había buscado y me mando a la ducha para que, según él, mientras él preparaba el desayuno, yo me espabilara un poco y fuera más razonable.

Tengo que reconocer, que no comencé a reírme de la situación hasta que terminamos de desayunar. Ambos comenzamos a comentar que Ricardo no había pasado por casa aquella noche a descansar un poco, planeábamos darnos un baño en la piscina cuando sonó mi móvil.

Un mensaje de un número desconocido me decía:

> *«Rotonda de Gabia, dirección campo golf, a pocos metros, a la derecha, junto a cuatro árboles secos, nave de ladrillo con portón rojo. Mira en el interior. Sé que iras con la policía, pero tienes que verlo. Solo tú encontraras el motivo.»*

—¿Cómo?

No salía de mi asombro, que mensaje más extraño. Al ver mi cara, Marcos leyó por encima de mi hombro el mensaje.

—Vamos a ver a Ricardo. Urgentemente —dijo mientras cogía el teléfono fijo de la casa y marcaba el móvil de su amigo.

Estaba tranquila, no me lo explicaba. Había recibido un mensaje de un desconocido que sabía que estaba con la policía dándome una pista. No le encontraba sentido. Claro aunque era de esperar, lo estaba esperando. Quizás ese era el motivo mi tranquilidad aparente. Volvía la cadena. El sábado huí de mi boda, me secuestran y casi me matan. El domingo me encontré los dos primeros regalitos, los dos ojos de Pedro en sus cajas rojas, con sus rosas negras. El lunes, apareció la lengua. El martes, mi anillo de compromiso. El miércoles, ¿un día sin noticias, sin sobresaltos, sin ver más cajas rojas? No seguía el patrón que estaba siguiendo.

Por lo menos tenía el consuelo de que hoy jueves no sería mi último día con vida. Me había preparado algo, era lógico, me lo estaba avisando. Sabía que iba a ir con la policía, por lo que solo quería comunicarme algo, o eso quería yo creer. Nadie, en su sano juicio, te cita para matarte, cuando sabe que vas a ir con más protección que la reina de Inglaterra, ¿o no? Aunque claro, nada era para mí lógico.

Las palabras de Soledad retumbaron de nuevo en mi cabeza.

«Es destructivo, que no te hace bien. Ansiedad por resolver algo. Desequilibrio mental. Aléjate de los desconocidos».

«¿Dónde estarás metida Soledad?», pensé.

Marcos ya había advertido a Guzmán que íbamos. Mientras terminé de prepararme para salir, él cerró todas las ventanas de la casa, apagó la tele, le echó de comer al perro y arrancó el coche.

—Vamos Vera, no te enrolles —me metía prisa para que saliera de la casa.

Guzmán ya estaba al corriente de todo, no íbamos para comisaria, habían quedado en un Mercadona que había en la zona de Churriana, según Pablo Rosales estaba relativamente cerca, pero a una distancia tan prudencial que podríamos salir corriendo en caso de necesidad. A pesar de la negativa de Marcos y su enfado posterior, los policías estaban de acuerdo con que yo debía de ir al sitio. Lo decía en el mensaje. «Solo tú encontraras el motivo». No querían perder ninguna pista. Aún así, no me iban a poner en peligro, se asegurarían que todo estaba en orden cuando yo fuera.

Cuando nos reunimos todos en la puerta del supermercado, yo seguía extrañamente demasiado tranquila. No me sorprendió el despliegue policial con el que me encontré. No conté los coches oficiales que había, pero eran muchos. Me fijé en que todos llevaban un chaleco de color negro puesto encima del uniforme. Con mucho disimulo rocé mis dedos sobre el chaleco de Ricardo, tenía que ser un antibalas.

Pablo y Guzmán leyeron el mensaje, llamaron a comisaria, pidieron que rastrearan ese número de teléfono, que localizaran. Tres policías uniformados y armados se quedaron con nosotros dos dentro del coche, mientras todos los demás salían hacia el lugar indicado.

Como siempre, Ricardo fue muy exigente con nuestra seguridad, así que estuvimos más de una hora y media sentados dentro del coche. Un oficial al volante, Marcos en el asiento del copiloto, y yo en los asientos traseros sentada entre dos policías. Por suerte, aparcamos en la sombra. Aquello era aburridísimo, sin radio, casi sin hablar, con las ventanillas bajadas para soportar un poco mejor el calor.

—¿Podríamos poner el aire acondicionado? —preguntó Marcos.

—No sabemos el tiempo que tenemos que esperar, preferimos no gastar demasiada gasolina con el coche arrancado o la batería.

—Vamos a echar gasolina, que yo le lleno el depósito. Venga, yo invito.

—Mejor no; estamos esperando instrucciones —le contestó, muy serio.

—¿Y si salimos fuera? —apoyé a Marcos—. Nos daría un poco más el aire; la espera sería menos pesada.

—Estamos aquí intentando salvaros la vida, ¿queréis dejar de poner pegas? —nos dijo con gesto muy serio—. No sabemos nada de quién está detrás de todo esto, no conocemos donde puede estar, no queremos sorpresas. Paciencia.

Marcos y yo suspiramos, no había otra salida nada más que esperar.

—Está bien —comenté. El tono de mi voz se parecía al de una niña pequeña a la que convencían para comprarle chucherías media hora más tarde—, pero os advierto que mi culo se está pegando al asiento de el calor que tengo —solté sin pensar.

Marcos me miró de reojo: estaba aguantando la risa. Cuando nuestras miradas se cruzaron, no pudimos soportarlo más. Arrancamos a reír. Pero no eran risas nerviosas, eran carcajadas. Una explosión de buen rollo llenó el coche. Los policías que nos acompañaban nos miraron con cara de pocos amigos. No entendían nuestras ganas de reír, nuestras ganar de seguir viviendo. Ellos tenían un puesto de trabajo peligroso sí, pero no llevaban durante los cuatro días, los más largos de nuestra vida, siendo observados, sintiendo el miedo en el cuerpo constantemente, rogando cada mañana que no te maten ese día. Nosotros habíamos aprendido de golpe que había que vivir, por las buenas o por las malas. Que teníamos miedo, sí, eso no se podía negar, pero no era un sentimiento que nos paralizara o, al menos, eso intentábamos.

—Pues sigo sin encontrar mi pendiente —solté de golpe en un intento de cambiar de tema—. Desde que se me perdió uno en la piscina, no lo he vuelto a ver. Claro, no cogí otros de casa, así que estoy súper incomoda. A ver si nos da tiempo y los buscamos —dije mientras me tocaba los lóbulos de mis orejas vacíos.

—Cuando podamos compraremos unos —me dijo Marcos.

Los policías empezaron a toser con disimulo para que dejáramos nuestra conversación absurda. Por respeto a nuestros guardaespaldas nos controlamos, aunque no podíamos evitar alguna que otra sonrisa cómplice escondida entre nosotros. Ellos no lo sabían, pero nuestra aparente tranquilidad y nuestras conversaciones sin fundamento, eran las que nos daban valor para seguir, las mismas, que sin darnos cuenta hacían que tanto Marcos como yo, nos uniéramos uno más al otro.

Transcurrió media hora más cuando recibimos una llamada de Pablo Rosales, diciendo que podíamos ir. Le indicaron como llegar exactamente. Aunque supe que habíamos llegado cuando había una rosa negra pegada con precinto sobre el quita miedo grisáceo de la carretera, que nos indicaban el comienzo de un corto carril de tierra que nos llevaba hasta una nave de ladrillo con un portón rojo junto a cuatro árboles secos. Ricardo, Pablo Rosales y varios policías más estaban esperándonos en la puerta.

—Vera, está todo despejado. Te prometo que si realmente no fuese necesario no te pediría que entraras —sus palabras eran lentas, estaba pensando la mejor manera de decirme algo—, pero el mensaje lo dice: «Sé que iras con la policía, pero tienes que verlo. Solo tú encontraras el motivo». Necesito saber si tu motivo es el mismo que mi sospecha. Te advierto, que dentro hay un cadáver. —Busqué a Marcos con mi mirada. Mi corazón daba de nuevo saltos dentro de mi pecho. Solo fui capaz de asentir—. No toques nada, mis muchachos están buscando huellas. ¿Estás preparada?

«No, no lo estoy y nunca lo voy a estar pero no me queda de otra», pensé. Y solo fui capaz de volver a asentir.

Sujetada por Marcos por un codo y por Ricardo Guzmán por el otro, entramos a aquella nave. Los dos me llevaban casi en volandas, como si temieran que me fuese a caer. En cierto modo, así me sentía un poco más segura. Al entrar parpadee varias veces para que mis ojos se adaptaran a la oscuridad. La nave estaba vacía, aunque estaba muy sucia. Había algún que otro excremente y olía a una mezcla muy desagradable. En la esquina del fondo de la izquierda había un cuerpo tumbado en el suelo, desnudo, con los brazos extendidos y las manos abiertas mirando hacia el cielo. Tenía los ojos cerrados. Miré a Ricardo, estaba sudando, pensé por un momento que esta escena debía de recordarle como encontró hace tan solo unos días a su mujer.

—Vera —me dijo Guzmán al ver que me fijaba en él—, observa el cadáver, dime donde está la pista que me tienes que dar tú.

Lo miré de nuevo, era un hombre, pero no lo conocía, ni siquiera me resultaba familiar, estaba hinchada, morada, como si llevara varios días allí. Aún así estaba segura de que no había visto nunca aquella cara. En su vientre había unas heridas cubiertas de sangre seca, parecían letras.

—¿Qué pone aquí? —Me agaché para verlo más de cerca. Un olor nauseabundo me levantó el estómago.

—No te acerques demasiado. —Rosales estaba alerta.

—«TIC-TAC» —leyó Marcos en voz alta.

—No sé qué decirte, Ricardo. No conozco a este hombre, no entiendo nada.

—Chicos —nos dijo a Marcos y a mí—, nos vamos a comisaría, tengo que poneros al día en un par de cuestiones. Quizás así podamos sacar algo más en claro.

Ricardo se giró hacia sus chicos y empezó a dar órdenes. Solo cuando se aseguró de tenerlo todo más que atado nos subimos en el coche para ir a comisaría. El camino fue silencioso. Cada uno iba sumido en sus propios pensamientos.

Entramos al despacho de Ricardo cerrando la puerta a nuestras espaldas. Nos sentamos con Guzmán de frente a nosotros. Suspiro. Fue un suspiro muy largo, creo que estaba buscando fuerzas en su interior para hablar. Con calma pero con un temblante muy serio me puso al día de todas sus sospechas. Me explico quien era Jaime López y qué relación tenía con Mateo López, tantas cosas que los unían, pero a la misma vez no parecía que no tenían nada en común. Me confirmó quien era la persona que habíamos encontrado muerta. Se llama Víctor, era el responsable del depósito de cadáveres del Hospital Clínico, era la misma persona que le hizo la autopsia al cuerpo de Pedro, la última vez que lo habían visto había sido el lunes por la noche hablando con Jaime López. Me confirmó abatido que no localizaba ni a Mateo ni a Jaime, sus únicos sospechosos. También me contó que los dos matones de Pedro había aparecido muertos en la cárcel de Albolote, que parecía un suicidio, pero que estaba casi seguro que su muerte había sido una orden desde el exterior. Dejó para el final el hecho de que tenía localizada la compra de seis rosas y de que habían aparecido cinco.

Fue una conversación bastante larga, en la que me dio muchos detalles y que terminó por ponerme los pies en la tierra. Durante la misma, Marcos puso su mano sobre la mía dándome apretones de apoyo cada dos por tres.

—Entiendo que queráis vuestra independencia dentro de lo posible —concluyó Ricardo—, pero ahora más que nunca os necesito en alerta y controlados. Esta vez no nos ha dejado ningún regalito desagradable, solo un mensaje. Siento que esto está llegando a su final.

«Si está en lo cierto, solo falta una rosa». Hasta mi pensamiento tembló en aquel instante.

—Ahora, tengo que ir a hablar con la mujer de Víctor, el hombre que acabamos de encontrar muerto, por el camino iré hablando con Pablo Rosales para ver cómo nos organizamos para que siempre haya una persona con vosotros. Por favor, va a ser cuestión de una hora, ¿me esperáis aquí?

En ese momento se empezaron a oír gritos en comisaría, al parecer habían detenido a alguien por un robo y se negaba a estar allí. Tras un forcejeo esposaron al hombre, calmándolo al instante.

—Creo que Vera ahora necesita tranquilidad para asimilarlo todo. Este no va a ser el mejor sitio —dijo Marcos—. ¿Qué te parece si nosotros nos vamos para tu casa y que ahora vaya alguien para allá? Allí lo esperamos. —Ricardo dudó—. La defenderé te lo prometo.

—Está bien, no tardará mucho en ir alguien por allí.

No dije nada, no tenía palabras. Iba a hacer todo lo que me pidieran, quería que esta situación terminara ya de una vez, y que lógicamente saliéramos todos ilesos.

Salí de la comisaria diciéndome a mí misma: ánimo, solo es cuestión de tiempo.

CAPÍTULO 31

—Vera, necesito darme una ducha rápida.

—Ajá.

Acaban de llegar a casa de Ricardo, Vera no sabía si tenía que cerrar de nuevo su maleta, si se iba a quedar allí mucho tiempo o si iba a poder controlar los nervios y ser coherente en aquel momento. Mientras tanto, decidió salir de nuevo al jardín a ver si veía el pendiente que se le había extraviado.

Marcos se metió en la ducha dejando la puerta entre abierta para poder escuchar cualquier ruido de la casa y así de paso no perderle la pista a Vera. La conversación con Ricardo le había afectado bastante. Su gesto había cambiado, ya no intentaba disimular su preocupación, la tenía reflejada en sus grandes ojos. Desde que habían salido de comisaria no había hablado nada prácticamente. Un sí, no, puede, aja, eran las únicas palabras que habían salido de sus labios.

Cuando se estaba enjabonado el pelo, escuchó como entraban en el baño. Tenía los ojos cerrados para que no le entrara jabón, no soportaba aquél escozor que lo hacía llorar.

—¿No te da vergüenza entrar al baño mientras yo estoy en la ducha? —Marcos quería con sus bromas animar de nuevo a Vera, pero en lugar de una respuesta escuchó cómo se cerraba la puerta—. ¡Aunque sea por educación, podrías contestar! —le dijo en un tono de voz más alto.

Esta vez sí que le iba a costar trabajo levantarle el ánimo, deseaba que todo se acabara ya, para el bien de los dos. En su mente rondaba la idea de que una vez terminado todo aquello le quería pedir a Vera que compartieran piso, en un principio como compañeros simplemente. No como pareja, no quería ponerla en un apuro, poco a poco ella se daría cuenta de que estaba completamente enamorada de él, o por lo menos eso le decía el ego al muchacho. Podrían alquilar un piso, en la zona que ella quisiera, no le importaba mudarse. Una gran sonrisa aparecía en su cara cuando se imaginaba viviendo con ella.

Se estaba liando la toalla a la cintura, cuando tocaron al timbre.

—Vera, ¿puedes abrir?

No le contestó. Abrió la puerta del baño y volvió a hacer la misma pregunta.

—Vera, ¿puedes abrir?

Silencio. «Estará fuera», pensó. Salió al porche, cruzó el pequeño patio donde aparcaban los coches mientras seguía llamándola.

—Vera… ¡Vera!... ¡Hola, chicos! —dijo con una media sonrisa a los dos policías que habían llegado para custodiarlos—. Pasad, me visto en medio minuto. Vera tiene que estar en la parte de atrás del jardín. Cada vez que se me pierde va para allá.

Marcos entró a la habitación se vistió muy deprisa con unos vaqueros cortos, polo de color azul marino y zapatillas de deporte. Fue al baño para soltar la toalla, y a pesar del calor que tenía se quedó helado.

Sobre el vaho del espejo había una palabra escrita: «FIN». Lo que Vera buscaba con tanto ahínco había aparecido. La pareja de pendientes de la muchacha reposaban sobre el mármol del mueble del lavabo. Por primera vez en esta última semana, Marcos sintió un miedo atroz, una sensación que lo superaba. Tantas horas protegiéndola para que ahora… Ahora nada, se decía a sí mismo intentando tranquilizarse. No voy a adelantar acontecimientos. No le iba a pasar nada. No se merecía aquel fin.

Marcos salió corriendo en busca de los policías, llamaron a Ricardo, se movilizaron todos en cuestión de minutos. Mientras Guzmán escuchó de los labios de su casi hermano lo que había ocurrido se hundió en el sofá, su rostro envejeció diez años más, y se arrepintió de no haberse dado el tiro de gracia cuando tuvo oportunidad. No podía más. Abatido, sin saber dónde ir ni por dónde empezar, pidió ayuda a todas las patrullas de la zona, puso en alerta a todo el mundo y en cuestión de minutos organizó a su gente para hacer un rastreo. Vera tenía que aparecer ya, tenían que ponerla a salvo. La foto de Vera estaba en todos los organismos oficiales, no había nadie de servicio que no tuviera en su poder una foto de la muchacha. Todos la estaban buscando.

Ricardo, Pablo y Marcos se montaron en un coche, Guzmán conducía. No sabía a dónde dirigirse, por dónde podía empezar. Sus órdenes parecían seguras para el resto de compañeros, pero la realidad era que no estaba seguro de lo que estaba haciendo.

«Noelia ayúdame a salvar a Vera», pensó.

Empezó a conducir sumido en sus pensamientos, en sus suplicas a su esposa, casi sin mirar a la carretera, dejándose llevar.

—¡Frena! —le chilló Pablo Rosales.

No entendía el motivo, aún así, dio un volantazo saliéndose de la carretera. Rosales salió del coche y echó a correr. Marcos lo siguió. Guzmán miró a su alrededor, estaba aparcado en un carril de tierra cubierto por unos pinos muy altos y verdes, casi a mitad de camino entre la urbanización donde estaba la casa de Pedro y el edificio público donde Soledad vio por última vez a Jaime. Todo ocurrió en cuestión de segundos, miró por el retrovisor, se fijó como Pablo estaba arrestando a alguien muy lejos, Marcos y Rosales habían salido corriendo tras aquel hombre, era la única explicación de que estuvieran tan lejos. Agarraron al hombre con fuerza, uno de cada brazo, lo llevaban hasta el coche. Se fijo en la cara del hombre. ¡Jaime! Habían encontrado a Jaime. Un subidón de adrenalina hizo que Ricardo reaccionaria. Salió del coche. Cruzó la carretera sin mirar. Estuvo a punto de ser atropellado por una moto. Corrió. Corrió como si la vida se le fuera en ello. Lleno sus pulmones de aire. Pidió a sus fuerzas que no le fallaran. Llegó hasta ellos con el corazón en la garganta, la moral en el suelo y la esperanza por las nubes.

—Por fin alguien cuerdo con quien explicar todo el malentendido —dijo Jaime cuando lo vio llegar.

—Sí, tú vas a hablar. Me lo vas a contar todo de una puta vez.

Jaime sonrió, Ricardo perdió el norte. Le dio un puñetazo en la cara que hizo al hombre tambalearse. Si no hubiera estado agarrado se habría caído. Marcos empalideció, Rosales sonrió.

—Me vas a contar toda la verdad —le amenazó señalándolo con el dedo. Respiró hondo, lo miró a los ojos y le asestó otro puñetazo en el estómago que lo hizo toser retorciéndose del dolor—. He superado ya mi limite y toda la pantomima que hay formada se ha terminado.

Lo metieron en el coche, fueron directos a comisaria, pasaron a la sala de interrogatorios, Marcos se fue tras el cristal para estar atento a la conversación. Era un civil, no debería estar allí, pero ya todo daba igual.

Aún con las esposas puestas, con la nariz cubierta de sangre que intentaba secarse con un pañuelo que había sobre la mesa.

—¿A qué viene tanta agresividad? —Jaime estaba indignado.

—Es lo que hay. —Rosales parecía divertirse.

—¿Qué relación tienes con Mateo López? —irrumpió Guzmán.

—Por suerte, desde hace años, ninguna. ¿Me puedes soltar?

—No —dijo Pablo mientras acercaba una silla muy cerca de él para intimidarlo.

—No sé a qué viene todo esto. —Jaime negó con la cabeza—. Siempre hemos sido amigos. Noelia era la mejor amiga de mi mujer…

—A Noelia ni la nombres —gritó Ricardo—. ¡Contesta! ¿Quién es Mateo López?

—Es mi hermano. —Miró para el suelo. Rosales tosió—. Llevo muchos años peleado con él. Desde que adopto a ese hijo suyo, Pedro López. Nunca me ha gustado ese tipo. Se lo dije infinidad de veces, que no le siguiera el juego, que el niño no era trigo limpio. Mi hermano era buena gente, en serio, pero lo estaba envenenando. Una vez me contó algo de que el crio se había quedado huérfano porque sus padres habían sido víctimas de una banda de traficantes ilegales de órganos. Al parecer, se libró por los pelos, pero tenía mucha sed de venganza.

—¿Dónde está Vera?

—No lo sé —contestó con cara de asombro. Ricardo lo miró fijamente, interrogándole con los ojos—. En serio, no lo sé. A ver, yo solo me quise informar más del caso porque habían matado al protegido de mi hermano. Hacía años que sospechaba que podían estar metido en algo, me habían llegado rumores de que se dedicaban a la venta de drogas. Estaba peleado con Mateo, pero no dejamos de ser familia, por eso quería indagar, pero sin inmiscuirme en tus asuntos.

Ricardo se sentó en silencio, tenía varias preguntas en mente, quería ordenar sus ideas para ver por donde empezaba.

—¿Cuántos coches tienes?

—Uno. —«Mientes», pensó el policía recordando que Soledad lo había visto conducir un *Saxo* pequeño de color negro.

—¿Por qué saliste de una casa de la misma urbanización de Pedro?

—Es la casa que se ha comprado mi hija, vive en el extranjero, se va a venir aquí, me dijo que le gustaba esa zona, que quería estar cerca del orfanato con el que siempre ha colaborado mi familia. Ella es psicóloga, quiere ser voluntaria allí. Estos días, he andado muy perdido, terminando de ultimar los detalles de su casa, y preparándole una sorpresa. Le he comprado un coche, un *Citroën Saxo* de color negro. —«Por fin algo de lógica», pensó Ricardo—. Lo he cogido en alguna ocasión para que no se le vaya la batería.

—¿Y por qué un *Saxo*? Es un coche muy pequeño comparado con los que tú utilizas.

—Porque mi hija es muy sencilla. Me comentó que estaba buscando un coche pequeño para moverse por la ciudad y encontrar fácilmente aparcamiento. Si le hubiese comprado otro coche, no me aceptaría el regalo. Así que tenía que ser, algo pequeño y económico.

—¿Ha estado tú hija en la casa en estos días?

—¿En la suya? Sí. Hizo un viaje exprés, llegó el domingo pasado y se ha ido el martes de esta misma semana.

—Necesitaremos una foto suya, para confirmar que es la misma persona que uno de mis muchachos vio salir.

—En mi móvil hay miles, compruébalo cuando quieras. —Su respuesta fue serena y tajante.

Los dos hombres se miraron mutuamente. Jaime quería demostrar su inocencia, en su interior Ricardo quería creerle, Pablo solo quería terminar con aquello dando con el culpable.

—A ver Ricardo, no me pienso andar por las ramas. No soy el responsable de los tres regalos que le dejaron a Vera.

Los policías se miraron cómplices, había dicho tres, desconocía el regalo del anillo de compromiso o disimulaba muy bien. Esa prueba no la habían mandado aún al laboratorio.

—¿Cuándo fue la última vez que viste a Víctor?

—La noche de la autopsia de los dos matones.

—¿A qué hora?

—Está bien, no me dejas pasar ni una. Después de que discutiéramos, un rato después de que Víctor nos echara, me encontré con mi hermano. Fue a mi casa, supongo que quería saber hasta dónde habíamos averiguado. Yo ya sospechaba de él, discutimos, me acusó de muchas cosas y yo a él. Movimos mucha tierra pasada. Cuando se marchó estaba tan nervioso que salí a caminar para despejarme. Después fui a ver a Víctor, quería disculparme por la escena que habíamos montado. Él iba de camino a llevarte los resultados de las autopsias. Tenía la mosca de la oreja, y tú me habías sacado del caso, así que lo convencí para que me dejara que te los llevara. Tenía que leerlos. Yo fui quien se los dejó a tu secretaria.

—Lo sé. —Ricardo se sentó abatido enfrente de él. Pensó en Marcos, debía de estar con un ataque de nervios de mil demonios detrás del cristal—. ¿Porqué compraste una rosa negra en la floristería de la calle principal de Armilla?

—Estoy orgulloso del trabajo que estás haciendo —contestó Jaime con una sonrisa—, solo que te estás confundiendo de culpable.

—Contesta. —El móvil de Rosales comenzó a sonar, lo silenció sin mirar quien era.

—Quería intentar confirmar mi sospecha, y que el ramo de novia de Vera, que estaba en mi laboratorio, y las flores que le estaban dejando junto con la caja roja tenían la misma procedencia. Por eso encargué una en la floristería donde mi familia ha comprado siempre. Cuando fui a recogerla, me encontré allí a Pedro y a mi hermano. Como siempre el niñato estaba montando un espectáculo. Así que recogí mi pedido y me marche.

El móvil de Pablo Rosales volvió a sonar, lo silenció de nuevo. Le llegó de nuevo un mensaje, antes la insistencia lo leyó. Era Soledad, escueta y directa, como siempre:

«He encontrado a Vera. Necesito ayuda. No me llames, yo te llamo. Me pueden ver.»

CAPÍTULO 32

Solo unos minutos pasaron, pero se hicieron eternos, hasta que Soledad volvió a llamar.

—¿Cómo la has encontrado?

—Creo que no es el momento. Solo venid.

Le dio una dirección. Pablo Rosales se la dijo en voz alta a Ricardo.

—Esa es la casa de mis padres —dijo, serio—. La heredó mi hermano.

—No sé si puedo confiar en ti, pero necesito que nos lleves ahora mismo.

—Quítame las esposas.

—No, por ahora.

Salieron en busca de la dirección indicada. Jaime les recomendó aparcar dos calles más atrás para pasar desapercibidos. No se fiaban de él, pero prefirieron hacerle caso, por si las moscas, después de todo la idea no era tan descabellada.

En la parcela solo se veían unos altos pinos de color verde muy oscuro, estaban rodeados por unas rejas de color negras sujetas sobre un tabique de color rojo de más o menos un metro de altura. La casa estaba en el centro de aquel bosque. Se encontraron a Soledad intentando subir por una esquina de la tapia, apartando las hojas de los pinos para ver en su interior. Cuando se acercaron a ella silenciosamente, la mujer se asustó. Pero pronto se recompuso y abrazó a Marcos.

—Un hombre ha entrado con Vera aquí dentro —dijo la mujer entre sollozos—. Vera me ha visto por el cristal pero ha disimulado. Sabe que la vamos a ayudar. Creo que iba herida.

—¿Cómo has encontrado tú esto? —le dijo Ricardo.

—Ya te contaré con más detalle. Localicé a la madre de las dos sombras de Pedro: eran hermanos. Ella me dio esta dirección y vine a ver si encontraba algo que sirviera. El destino me hizo venir hoy aquí. —En aquel instante Soledad se fijó en Jaime, no lo había visto hasta aquel entonces. Afirmó con la cabeza—. El destino me hizo ir detrás de ti. —Señaló a Jaime.

—No entiendo nada —dijo el hombre.

—Ni es el momento —contestó Rosales.

—No perdamos más tiempo. —Guzmán estaba nervioso. Mandó un mensaje pidiendo más patrullas. Les dio una única orden: Discreción—. ¿Cómo entramos?

—Por aquí.

Jaime, aún esposado, empezó a rodear una la casa hasta la parte trasera. Todos lo siguieron. Fue contando las tiras de hierro de color negro de las verjas.

—Si no me quitáis las esposas voy a necesitar ayuda.

—¿Qué vas a hacer?

—¿Ves el cambio de tono que hay entre esta reja y esta? Esta es falsa. Se abre con facilidad. La descubrimos mi hermano y yo cuando éramos adolescentes. Ya estaba así cuando mis padres compraron la casa. Nunca lo dijimos. Nos venía bien tener una salida de la casa sin ser vistos. —Sonrió con ternura—. Es importante que la levantéis un poco. Es la única manera de que no haga ruido y salga con facilidad. Así era, y así espero que siga, no sé yo con el paso del tiempo si el hierro se habrá oxidado.

Pablo y Ricardo se miraron, dudando qué hacer. Afirmaron los dos con la cabeza, como si estuvieran de acuerdo en su conversación silenciosa. Rosales sacó su arma y apuntó a Jaime.

—Voy a quitarte las esposas. —Ricardo agitó las llaves en el aire—. Espero no tener sorpresas: voy a confiar en ti.

—Sí, ya lo veo. —Jaime no dejaba de mirar el arma que lo apuntaba.

—Solo es… por si las moscas. —Rosales y su humor.

Marcos y Soledad estaban nerviosos. Vera estaba dentro. Querían ponerla a salvo lo antes posible. Cualquier retraso podía significar que llegaran tarde. No se lo perdonarían.

—Sole, sabes que confío en ti y en tu sexto sentido. Dime que todo va a salir bien —le susurró Marcos al oído mientras Jaime en menos de un segundo había abierto paso para la casa. La mujer lo miró muy seria, al muchacho se le heló la sangre—. ¿Qué pasa?

—Nada, nada. No adelantemos acontecimientos. Todo puede cambiar en un segundo. El destino no está escrito, cada uno lleva sus propios pasos.

—Pero, ¿qué sientes? —insistió.

Los policías y Jaime ya estaban dentro de la casa. Le hicieron gestos a Marcos para que avisaran a los refuerzos cuando llegaran por donde debían entrar. Guzmán le preguntó si iba Marcos armado; él asintió con la cabeza dándole la espalda, quería saber la respuesta de Soledad. La mujer lo miró dudando si hablar o no.

—Debo de estar preparado. Cuéntame.

—No soy adivina, Marcos.

—Dime.

—¿Seguro?

—Habla.

—Hoy vas a tener una pérdida de alguien a quien quieres mucho.

—Puedo cambiarlo, ya que el destino no está escrito. —Marcos quería convencerse a sí mismo de que era cierto lo que estaba diciendo.

—Sí, claro, todo puede cambiar. —La mujer suspiró—: Tengo miedo por Vera.

Con paso silencioso Jaime se asomó por las ventanas traseras de la vivienda. Quería saber en qué habitación la tenía retenida. Comprobaron a través de una ventana pequeña que estaba abierta que el sótano estaba vacío. La casa estaba en completo silencio, no había nada que les indicara dónde se encontraban, de no ser porque Soledad los había visto entrar con sus propios ojos, podrían decir que la casa estaba vacía.

—Vamos a hacer una cosa —dijo Jaime—: voy a entrar a la casa, buscaré la forma de indicaros donde está. Vosotros entráis por el sótano. Tened mucho cuidado.

Cogió un palo de madera y comenzó a dibujar sobre la tierra un plano de la casa, indicándole donde estaban las puertas, los armarios y la distribución de las habitaciones.

—¿Cómo sabemos que no nos va a hacer una jugarreta? ¿Pretendes que nos fiemos? —Rosales le apuntó con el arma. No querían hacer ruido, pero no iba a permitir que se saliera con la suya.

Ricardo le tocó el brazo a su amigo, indicándole que bajara el arma.

—No nos queda otra posibilidad Pablo. Tenemos que confiar.

—Os recuerdo que soy yo el que va a entrar desarmado, a casa de mi hermano (que al parecer está ya loco del todo), para daros pistas. Soy yo el que tiene todo que perder.

—Vera tiene que salir de ahí con vida – suplicó Guzmán.

—No perdamos tiempo. Manos a la obra.

Jaime fue hacia la puerta principal de la casa. Los policías empezaron a memorizar el plano. No podían fallar. Una vez que hubo llegado hasta la puerta principal, Jaime retrocedió sus pasos hasta la puerta de entrada. Abrió el portón. Respiró hondo y volvió a caminar hasta la entrada de la vivienda.

«No puede darse cuenta de que hemos entrado por la parte trasera.»

Tocó al timbre. No sonó. Volvió a intentarlo. De nuevo le contestó el silencio. Golpeó con sus nudillos la madera de roble. Escuchó cómo se arrastraba una silla por el suelo. En solo unos segundos Mateo López le abrió la puerta. Salió y la entrecerró a su espalda.

—¿Qué haces aquí? —preguntó con enfado—. Tantos años sin dar señales de vida y hoy tocas a la puerta de mi casa. ¿Qué quieres?

—Hablar contigo. ¿Puedo pasar?

—Veo que te han puesto la cara bien, ¿no? —Se fijó en el moratón que tenía en su ojo, lo que no se imaginaba era quién se lo había hecho—. Entonces, ¿qué? ¿Vienes a que te defienda? —se burló.

—Muy gracioso, ¿qué tal si me dejas pasar?

—Dime qué quieres.

A Mateo se le veía nervioso. No paraba de cambiar el peso de su cuerpo de una pierna a otra, sin dejar de bloquear la puerta de la entrada. Jaime quería entrar a toda costa, solo tenía que inventar la excusa correcta que apuntara directamente a su punto débil.

—Quiero hablar de Pedro Montijano, tu protegido.

Había dado en el clavo; la mirada de su hermano se lo confirmó.

—Está bien, pero no debes de subir a la planta de arriba: tengo visita.

—¿Visita? —disimuló—. No quería importunar, pero es importante.

—Sí, es una muchacha de compañía —sonrió—. Voy a subir a decirle que me espere unos minutos. No tardo en bajar. No te muevas de aquí.

Con el paso acelerado que puede tener una persona de su edad, subió los peldaños a la planta de arriba. En ese momento, Jaime corrió hacia el baño abrió la ventana. Debajo estaban Pablo y Ricardo. Les dijo que fuesen corriendo a la puerta de la entrada que les iba a abrir. Eso hicieron sin rechistar. Con el máximo cuidado posible Jaime abrió la puerta para no hacer ruido.

—La tiene en la parte de arriba. Me ha dicho que estaba con una puta y que no subiera. Esconderos aquí. —Abrió la puerta de un armario empotrado de la entrada. Estaba casi vacío, solo un par de chaquetones—. Lo distraigo para que subáis. No hagáis ruido.

—La casa ya está rodeada de policías: hemos dado las órdenes oportunas —dijeron mientras entraban.

—Dejo esta puerta medio abierta. Tened cuidado de que no se cierre; solo se abre desde fuera.

—Ten cuidado tú —contestó Rosales mientras le enseñaba de nuevo su arma.

—No te pongas en peligro: tenemos que salir todos con vida. Gracias —añadió Ricardo.

Un golpe sonó en la parte de arriba. Todos se pusieron en alerta. Unos segundos interminables después se escuchó a Mateo bajar las escaleras. Unos gimoteos procedían de la parte de arriba.

—Ya ni pagándoles hacen caso —dijo Mateo cuando observó que Jaime miraba hacia arriba—: se creen reinas y no son nada.

—¿Qué le has hecho? Se le escucha llorar.

—Nada, nada —negó con ambas manos—. Que quiere que esté con ella arriba dándole lo suyo. Así que venga no me entretengas. ¿De qué querías que habláramos?

—Invítame a una cerveza.

—No tengo.

—Una *Coca-Cola*

—Tampoco. Habla.

—Bueno, pues vamos a la cocina y dame un vaso de agua; vengo frito de sed.

Los dos policías escucharon cómo Jaime se estaba llevando a Mateo para la cocina, hablándole de la pelea que tuvo con Pedro en la floristería. Mateo cada vez estaba levantando más la voz. Podrían haber entrado en la casa, haber detenido a Mateo y sacar a Vera, pero no sabían si Mateo tenía más cómplices dentro de la casa; no sabían que se podían encontrar. Por ese motivo su objetivo era sacar a la muchacha, después atrapar a Mateo con todas sus consecuencias posibles.

Con sigilo subieron los policías. Cuando estaban arriba se encontraron con las cuatro puertas que Jaime les había explicado. Abrieron la primera: era un baño. No había nadie. Confirmaron que Jaime les había dicho la verdad. Guardaron silencio. Escucharon cómo Mateo protestaba en la parte de abajo, la discusión cada vez era más acalorada. Un gemido de dolor fue el que les dio la pista. Aún más silenciosos, con sus pistolas preparadas, abrieron la tercera puerta, pero no entraron. Desde el pasillo comprobaron que estaba a oscuras. Alguien dentro empezó a moverse, como si se estuviera arrastrando para ir en dirección contraria. Al no notar ningún otro movimiento, Guzmán entró en la habitación iluminándola con la linterna de su móvil.

Cuando Ricardo la vio quiso gritar. En lugar de eso se tragó su ansiedad e intentó serenarse. Se encontraron a Vera tirada en el suelo, atada, golpeada y con varias heridas sangrantes en sus brazos. Encendieron la luz. La última rosa negra estaba sobre una mesa dentro de un jarrón de agua.

Pablo fue a registrar las dos habitaciones contiguas. En una de ellas encontró un laboratorio. Aquello explicaría todo que lo decía Jaime de que quien estuviera detrás de dejar los órganos de Pedro en las cajas rojas sabía muy bien lo que se hacía. Mateo, ofuscado en su discusión con su hermano, no los escuchaba moverse por arriba. Ricardo soltó a Vera. Le pidió que guardara silencio. Ella asintió con la cabeza. Pronto acabaría todo. Su cuerpo se estremeció, ya no la golpearía más. Si lo atrapaban ya no tendría que vivir más con miedo. Miró de reojo las heridas de sus brazos. Mateo le había estado arañando con un cuchillo escribiendo la palabra venganza sobre su piel. Quizás esas cicatrices se le quedaran de por vida. Si sobrevivía nunca podría olvidar lo sucedido.

Pero no era el momento de pensar en eso, era el momento de salir de aquella casa, de seguir viviendo.

Los dos policías empezaron a hablar con gestos. Vera sabía que iban a bajar por las escaleras. Tenía miedo, no lo iba a negar, pero hizo caso a todo lo que le decían. Cada peldaño era como una patada al estómago de la muchacha.

—No entiendo cómo has sido capaz de eso. —Escucharon cómo le gritaba Jaime a su hermano—. ¿Es que no tienes conciencia?

Ricardo agitó las manos, indicándole a Vera que saliera. Pablo la siguió; tenía que asegurarse de que estaba a salvo. Guzmán se quedó en el pasillo escuchando la conversación.

—Habéis matado a gente inocente.

—Era necesario para el negocio. Te puedo hacer socio. Necesito a alguien que me ayude, por eso te lo propongo. Me han matado a Pedro: me he quedado sin guardaespaldas. Necesito buscar médicos. Cuando nos hicieron la redada en la nave, acabaron con los que teníamos. Eres mi familia. Tienes que ayudarme —exigió.

—No puedo hacer eso. —Estaba abatido.

—O lo haces o tendré que matarte; ya sabes demasiado.

—Haz lo que quieras. No voy a entrar en tu juego.

—Pues ha llegado tu final.

Fue todo cuestión de segundos. Ricardo entró en la cocina. Mateo se quedó fuera de juego; no esperaba tener a nadie más dentro de la casa. Su edad le había hecho ser menos cuidadoso, por eso Pedro siempre lo iba corriendo. Jaime se tiró al suelo, metiéndose debajo de una mesa. Sonaron tres disparos y después se hizo el silencio. Jaime se asomó. No sabía que podía haber ocurrido. Vio a su hermano con un disparo en la frente y otro en el hombro. Buscó a Ricardo: estaba en el suelo. Le habían disparado en la pierna.

Varios policías uniformados entraron en la casa.

—Aquí no hay nadie. ¡Registrad toda la casa! —ordenó. Todos salieron dejándolos solos—. ¿Qué te ha contado? —preguntó Guzmán con la respiración entrecortada.

—Me lo ha confesado todo: quería que yo fuera su nuevo ayudante, ha perdido toda la ayuda que tenía.

—Ya si es verdad que ha terminado todo —dijo con lágrimas en los ojos.

—Sí, ya sí. Voy a llamar a una ambulancia; tienen que curarte esa herida.

—Por favor, busca a Pablo Rosales, que él llame a la ambulancia.

—Voy —dijo mientras se levantaba de su lado para ir en busca de ayuda.

—Jaime —el profesor volvió a agacharse—, gracias por todo. Lamento haber desconfiado de ti.

—No te preocupes por eso ahora —dijo mientras le hacía un torniquete con un paño de cocina—. Voy a buscar ayuda.

—Una cosa antes de que salgas —Ricardo suspiró—: busca a Marcos; dile a Pablo que te lleve hasta él. Coméntale que la última rosa no ha cumplido su misión, así que es una buena noticia. Pídele perdón de mi parte por todo lo demás.

—¿Perdón? ¿Por qué? Venga, vamos a buscar una ambulancia que te lleve al hospital y ya se lo pides.

No hablaron más. Jaime salió corriendo en busca de ayuda. Un disparo seco sonó dentro de la casa.

VIERNES, 10 DE AGOSTO

CAPÍTULO 33

Aquella madrugada fue muy larga. Pasaron toda la noche en urgencias. Estuvieron curándole las heridas a Vera y haciéndole unas transfusiones de sangre debido a la pérdida de sangre de sus heridas. La muchacha estaba débil. Ni Marcos ni Soledad se separaron un momento de ella. Escuchaba a las dos mujeres parlotear para distraerlo, en el fondo se alegró cuando Soledad le propuso a Vera que le ayudara en la cafetería. Vera no paraba de agradecérselo. Ella había perdido su trabajo y le estaba ofreciendo un contrato en mejor condiciones. Parecía que la vida volvía a tomar el camino correcto. Todo por fin había terminado.

Aún así, el muchacho estaba muy silencioso, luchando contra sus propios demonios. Esa imagen la recordaría toda la vida. Cierto que es que con el paso del tiempo el dolor se iría calmando, pero nunca se olvidaría.

Todo había ocurrido demasiado rápido, ahora tenía que asimilarlo. Vera salió de la casa de Mateo malherida. Marcos la abrazó con ansiedad: por fin estaba a salvo. Por suerte, todo estaba cambiando, aquél era el principio del fin, o por lo menos eso fue lo que sintió él. Se escucharon tres disparos. Todos los oficiales salieron corriendo. Alguien dijo que Guzmán había sido herido en una pierna, pero que estaba bien. Soledad estaba cogiendo su móvil para llamar a una ambulancia cuando se escuchó otro disparo desde el interior. A Marcos se le heló la sangre, recordó las palabras de Soledad minutos antes:

«Hoy vas a tener una pérdida de alguien a quien quieres mucho.»

Él siempre había pensado que se refería a Vera, creía haber vencido al destino no escrito, hasta que llegó aquel momento. Todos corrieron hacia el interior de la casa. Soledad miró a Marcos esperando su reacción. Él abrazó a Vera; sabía que su amigo no había sido capaz de superar el dolor: había tomado el camino fácil para dejar de sufrir.

Esperando a que Vera se cambiara de ropa una vez que le habían dado el alta, Marcos no paraba de darle vueltas a la cabeza a todo mientras miraba la cuidad por la ventana de la sala de espera del hospital. Sabía que había tomado una buena decisión, y esperaba no arrepentirse después. Él no había entrado a la casa a ver el cuerpo de Ricardo. No quería tener esa imagen. Prefería recordarlo siempre como un luchador. Como el hombre que desde niños había sido su guardián protector.

Arropando a Vera, salieron del hospital con dirección al cementerio. Había llegado la hora de despedirse de Ricardo. A su sepelio fueron muchísimas personas. No escatimaron en flores, medallas de honor y un montón de parafernalias que quien conocía a Guzmán de cerca sabía que él, debido a su sencillez, no hubiera querido.

—Gracias por todo, hermano. Dale un beso a Noelia de mi parte.

Fueron las únicas palabras que salieron de la boca de Marcos. Él fue el último en acercarse al ataúd antes de que el cuerpo fuese a su nueva oscura casa junto a la de su esposa.

Con pasos muy lentos, empezaron a salir del cementerio. Excepto Soledad, que se marchó con urgencia: tenía que atender su negocio.

A Vera le dio un vuelco el corazón cuando lo vio. Allí estaba, de nuevo ante ella. Tallada en mármol blanco, se veía a una dulce doncella muerta que descansa tendida sobre un manto de jazmines de piedra. Recordaba perfectamente la primera vez que había visto la caja roja con la rosa negra posada sobre ella. Se acercó más a aquella estatua. Acarició con sus dedos la fecha que había allí inscrita: «1881». Volvió a fijarse en los rasgos de la mujer. Confirmó sus recuerdos. Parecía más dormida que muerta. Por suerte, ella no había terminado como aquella mujer, muerta el día de su boda. Una pequeña mariposa de colores se posó sobre la tumba; a los dos segundos retomó su vuelo. La muchacha la observó. Con sus alas abiertas en colores malvas y verdes le recordó a la vidriera tallada que decoraba la casa de Pedro. Como todo en la vida, llegó, hizo presencia y se marchó. Vera siguió su trayectoria con sus ojos, cuando dejó de verla busco la mirada de Marcos.

Parecía que había pasado una eternidad, pero en realidad todo había comenzado el domingo y acabado el jueves en ese mismo lugar. Era el momento de no mirar atrás, de no olvidar lo aprendido y de dar los nuevos pasos hacia su futuro.

Vera se acercó a Marcos. Lo abrazó con fuerza. Respiró hondo su aroma y por primera vez en aquellos cinco días de pesadillas se sintió tranquila.

—Bueno, ¿entonces qué? —le sonrió Vera—. ¿Esta noche donde vamos a dormir?

—Pues, o en tu casa, o en la mía.

—Había pensado que podríamos buscar un piso un poco más… grande. —Dudó cómo seguir—. Ahora que voy a tener trabajo de nuevo, podríamos ser compañeros de piso.

—Genial —sonrió Marcos viendo que ella le proponía lo que él quería hacer—. Por ahora podemos decidir dónde dormir esta noche, te tienes que recuperar. Mañana empezamos a buscar.

Vera lo abrazó. Ahora era ella la que tenía que ser el apoyo. Juntos habían salido de cosas peores. Continuaron caminando hacia la salida y se sonrieron con timidez. Aquello era el principio de algo. De algo que los dos querían, pero pensaban que quizás no era el momento. Ya no tenían que correr, ya no tenían que esconderse. Ahora tenían todo el tiempo del mundo. Marcos seguía con algunos moratones que iban desapareciendo poco a poco. Vera tenía sus heridas que tardarían poco en curarle.

Y había algo que nadie les podía arrebatar ya: por fin podrían ser ellos mismos.

FIN

AGRADECIMIENTOS

De nuevo, ante este folio, me doy cuenta de que es lo que más me va a costar escribir de la novela, ya que tengo tanto que agradecer que no sé por dónde empezar.

En primer lugar, quiero agradecerte a ti lector, por ayudarme a que mis personajes vuelvan a tener vida, aunque esta vez sea en vuestras mentes. Gracias por el apoyo y el tiempo que le dedicáis a leer esta historia.

Tengo que dar las gracias a *Agencia Autores*, en especial a Manuel Tristante, que fue el primero en darme su apoyo sin dudarlo y montarme en el barco de la agencia. Y a Pepe Martín, mi agente, por darme el empujón que necesitaba.

Quiero dar un millón de gracias a todas las blogueras (que no las nombro una a una porque son muchas y seguro que se me escapa alguien, por el tiempo que me han dedicado), por el espacio que ha ocupado mi anterior novela y el que espero que va a ocupar *NO TODO SE VENDE.*

Quiero dar las gracias a toda la pandilla Cervantes, como yo les llamo, a mi Soledad Heredero, Yaiza, Estefanía Jiménez, Raquel, Carmen Morales, Carmen Menchu, Adriana Criado,..

También gracias a todos mis compañeros de trabajo, al equipo de Abella Decoración, tanto a los que están, como al que ahora es una estrella, (Rocío García Montes entras dentro de este equipo, ja, ja, ja) por el apoyo que me han dado. Así como un reconocimiento especial a Roberto, Mari y Belén, por haber sido mis lectores cero junto con mi madre y mi tía Encarni, ellos han ido leyendo capítulo a capítulo, y juzgando duramente mis decisiones.

No me puedo olvidar de mis cansinas, Olga y Angélica, mis locas. Gracias por vuestro apoyo y por tantas charlas que me hacen sonreír. Sois las mejores.

Por supuesto, no me puedo olvidar de Almudena González Martínez, Ana de librería Cala, Marga de librería Beramajo, David López Rodríguez, Ana Larrz Gale, Nady Marley, Esther López Fernández… por ese empuje que me han dado, por sus publicaciones en Facebook, y por todo el apoyo que siempre me han demostrado.

Gracias también a una de mis profesoras preferidas, la seño Inma, y a todas las mamas de colegio Nazaríes de Armilla, que no las pongo una a una porque son demasiadas, espero que después de esperarla tanto, esta novela os guste.

Tengo que hacer una mención especial a Isidoro Ibáñez Muñoz, él sabe el porqué. Y a Miguel Rafael Martin Torres, por prestarme su nombre. A David López Rodríguez, por todos los buenos consejos.

No me puedo olvidar ni de mi familia, ni de mi familia política, padres, hermanos, tíos, cuñados, primos, sobrinos, que van hablando de mis novelas a todo el mundo. A mis padres, que les voy a decir, que los quiero mucho. Y un gran reconocimiento a mi abuela, que a pesar de sus maluras, no ha dejado de leer la novela. Aquí hablando de mi familia, quiero confesaros que he incluido el nombre de Antonio Martin Calancha en la historia, he creado un personaje, y le he puesto el nombre de mi abuelo, uno de mis ángeles iluminadores del cielo.

Como siempre, y solo por educación, dejo para el final a mis dos pilares base. Eva y José. Gracias a ellos, por el apoyo, por el tiempo que les robo, y por el brillo de la mirada de mi hija pequeña, este proyecto sale adelante. ¡OS QUIERO!

Como siempre, por más vueltas que le doy, se que seguro que se me olvida alguien.

Por si acaso: ¡GRACIAS A TODO EL QUE HAYA LEÍDO ALGUNA DE MIS NOVELAS!

Un abrazo.
Patricia.

ÍNDICE

20458479R00136

Printed in Great Britain
by Amazon